唐人街

消失的汉堡

盛振鸣◎著

Das zerstörte Chinesenviertel in Hamburg

中国社会出版社
国家一级出版社·全国百佳图书出版单位

图书在版编目（CIP）数据

消失的汉堡唐人街 / 盛振鸣著 . —北京：中国社会出版社，2017. 8

ISBN 978-7-5087-5762-9

Ⅰ. ①消… Ⅱ. ①盛… Ⅲ. ①长篇小说—中国—当代 Ⅳ. ①I247. 5

中国版本图书馆 CIP 数据核字（2017）第 220765 号

书　　名：消失的汉堡唐人街
著　　者：盛振鸣

出 版 人：浦善新
终 审 人：王　前
责任编辑：杨建萍　　**责任校对**：李　敏

出版发行：中国社会出版社　**邮政编码**：100032
通联方式：北京市西城区二龙路甲 33 号
电　　话：编辑室：（010）58124838
销售部：（010）58124835
（010）58124837
网　　址：www. shcbs. com. cn
shcbs. mca. gov. cn
经　　销：各地新华书店

中国社会出版社天猫旗舰店

印刷装订：中国电影出版社印刷厂
开　　本：170mm×240mm　1/16
印　　张：17. 25
字　　数：280 千字
版　　次：2017 年 12 月第 1 版
印　　次：2017 年 12 月第 1 次印刷
定　　价：42. 00 元

中国社会出版社微信公众号

谨以本书告慰在德国纳粹政权期间
遭受不幸的汉堡华人

鸣　谢

特别感谢：

德国汉堡圣保利文献馆（St. Pauli-Archiv e. V.）Frau Gunhild Ohl-Hinz 女士为此书提供照片并授权使用。

特别感谢：

张雪芳女士（Frau Marietta Solty）授权本书使用与她相关的照片。

张添林先生 (Chong Tin Lam) 不同时期的照片

当年张添林先生在酒吧工作

张添林先生和女儿在一起

张添林先生（右）和中德朋友在一起小酌

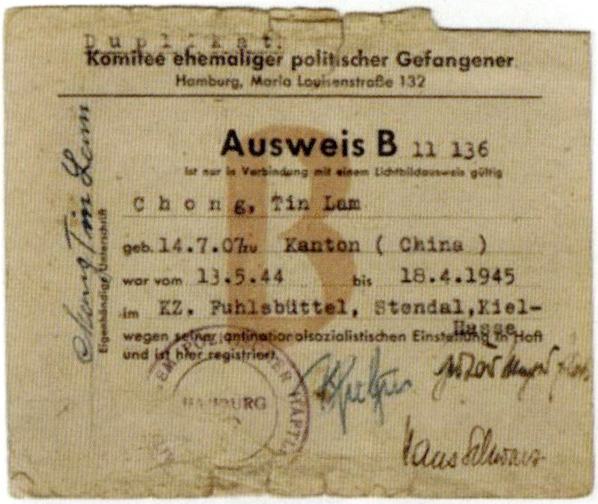
Duplikat!
Komitee ehemaliger politischer Gefangener
Hamburg, Maria Louisenstraße 132

Ausweis B 11 136
ist nur in Verbindung mit einem Lichtbildausweis gültig

Chong, Tin Lam
geb. 14.7.07 in Kanton (China)
war vom 13.5.44 bis 18.4.1945
im KZ. Fuhlsbüttel, Stendal, Kiel-Hasse
wegen seiner antinationalsozialistischen Einstellung in Haft und ist hier registriert.

Chong Tin Lam
Eigenhändige Unterschrift

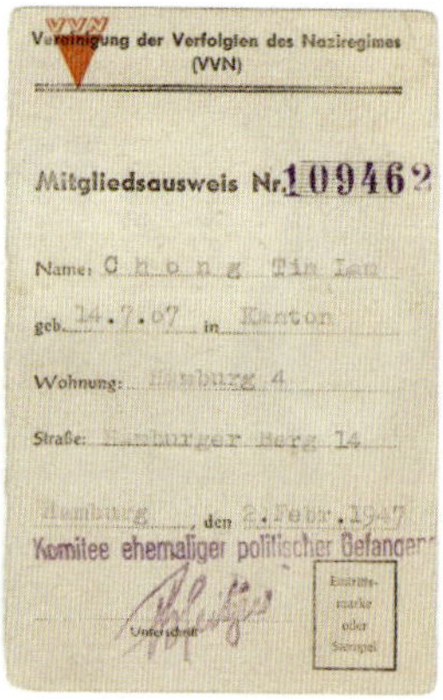
VVN
Vereinigung der Verfolgten des Naziregimes (VVN)

Mitgliedsausweis Nr. 109462

Name: Chong Tin Lam
geb. 14.7.07 in Kanton
Wohnung: Hamburg 4
Straße: Hamburger Berg 14

Hamburg, den 2. Febr. 1947
Komitee ehemaliger politischer Gefangener
Unterschrift
Eintrittsmarke oder Stempel

张添林先生的证件：
左：纳粹时期被逮捕的证明：张添林，1907年7月14日生于中国广州。1944年5月13日至1945年4月18日先后被关押在Fuhlsbüttel, Stendal , Kiel–Hasse监狱。
罪名：反纳粹。
右：纳粹政权受害者协会会员证。张添林先生当时的地址是Hamburg Berg14.
下：张添林先生亲笔签字。

战后张添林先生重新开业的香港旅店，坐落在汉堡贝格街14号（Hamburg Berg 14）。旅店的中国式木门是张添林先生亲手制作，一直沿用至今。

香港旅店内墙上悬挂的张添林先生年轻时的照片，晚年的肖像画和最早的店主证书。

现任香港旅店的老板娘，张添林先生的女儿张雪芳（**Marietta Solty**）照片（2009年）。

何领事的原型是中国领事何凤山先生。图为美国为他设立的纪念牌。

1996年树立在汉堡首饰街北侧的临时纪念牌。标题：圣保利的中国城。从文献记载和照片上看，黄埔饭店和张业记是在同一个地方：首饰街18号。

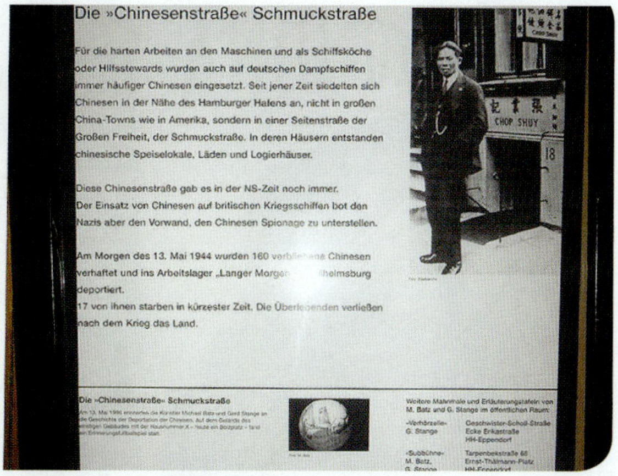

1998年树立在汉堡首饰街13号对面的永久性纪念牌。标题:“中国街”首饰街。图片下方是当年举行首饰街纪念足球赛使用的足球,上面有几位德国朋友的签名。

以下照片由St. Pauli-Archiv e.V. 文献馆提供本书使用。

此照片是Ludwig Jürgens所作St. Pauli, Hamburg1930书中照片,人物身份未知。

位于原汉堡大自由道11号新中国楼舞厅酒吧的海报和有关中国人和唐人街题材的画作。

拍摄于1920年前后的一些中国商人和打工者的两张照片。
（照片由St. Pauli-Archiv e.V.授权使用，出自Ludwig Jürgens, St. Pauli, Hamburg1930, 16页）

汉堡唐人街繁华的夜景。从照片左侧可看到新中国酒楼NEUCHINA的霓虹灯，右侧檀香山酒楼HONOLULU的招牌。
（此照片由St. Pauli-Archiv e.V. 授权使用。出自Gustav Roscher, Großstadtpolizei, Hamburg 1912, 400页）

1940年汉堡首饰街附近的地图。

这条街是首饰街。当时南北两侧都有密集的建筑物。战争中北侧的建筑物都被摧毁，战后改建成运动场。

如今的首饰街（Schmuckstraße）的路牌

位于当年汉堡Holstenglacis大街3号的调查监狱的外景照片。1944年5月13日首饰街的华人被捕后首先被送到这里，搜去了护照、现金和全部随身物品。

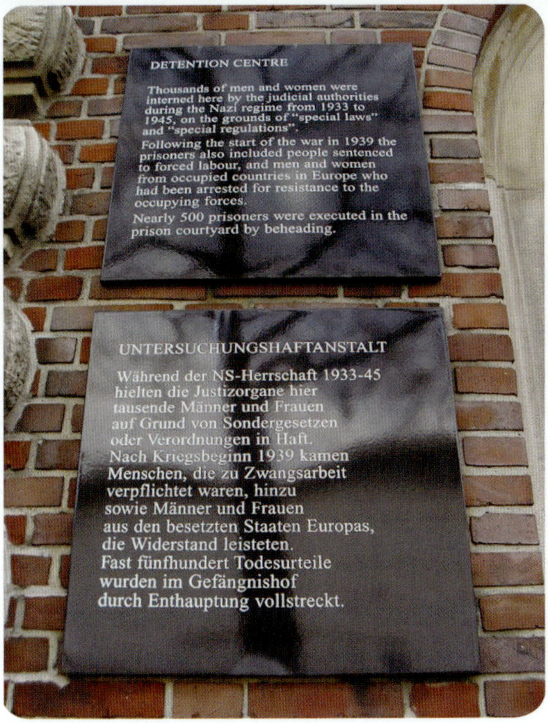

汉堡调查监狱门前的纪念牌。

汉堡福尔斯布特监狱 (Strafanstalten Fuhlsbüttel)入口照片。很多首饰街的华人在此受尽残害。有些人在此被迫害致死，有些人被转到其他监狱，由于档案丢失，具体数字难以考证。

福尔斯布特监狱入口墙上的纪念牌。

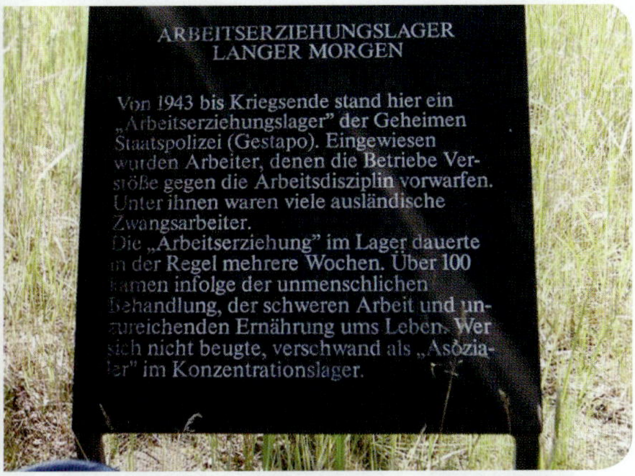

树立在汉堡153路 Eversween Nord 汽车站 的栏杆旁的蓝色纪念牌。

纪念牌记录了纳粹在朗格摩根集中营犯下的罪行。首饰街的中国人被投入此集中营后不久，就有17人被折磨致死。由于档案丢失，难以确定在此处遇难的中国人的具体人数。

集中营中劳工穿的囚服。

树立在欧勒斯多夫墓地（Ohlsdorf Friedhof）的纳粹时期各国蒙难者纪念碑。

树立在欧勒斯多夫墓地（Ohlsdorf Friedhof）的华侨公墓石碑。

首饰街7号门前的胡烈坚先生黄铜纪念砖。

陈厚宝先生的石碑。
（姓名拼法有误，但生卒日期正确）

位于绳索街(Reeperbahn) 离首饰街最近的警察局 Davidwacher。

首饰街(Schmuckstraße)东口。从谷物街（Talstraße）方向看过去的街景。
南侧（照片左边）是新旧相间的楼房，楼房之间断开的部分是被炸毁楼房形成的空地。原来北侧（照片右边）被炸毁的楼房没有重建。 现在被开辟为绿地和运动场。

首饰街(Schmuckstraße)西口。从大自由道(Große Freiheit) 方向看过去的街景。

首饰街西口对面的圣·约瑟夫教堂(St. Joseph Kirche)。

首饰街南侧的照片。5号楼和9号楼（白色楼房）是战前所建，7号和11号红色楼房是1994年新建。

首饰街5号的照片。除窗子更新外，基本保留战前原貌。

首饰街9号的照片。基本保留战前原貌，门窗和二层以上的外墙已经更新。

首饰街北侧。在原建筑物的旧址建成了运动场。

内容提要

“一战”结束之后，因病下船的水手张金兴来到汉堡初具规模的唐人街，开始了艰难的创业历程。在一个冰天雪地的清晨，他救助了一位快要冻僵的德国姑娘莫妮卡，收留她在自己新开业的饭店里工作。在艰苦的生活和繁重的劳动中，勤劳朴实的中国汉子和美丽能干的德国姑娘坠入了爱河。莫妮卡的同乡、党卫军军官埃里希·哈尼施也在追求莫妮卡，但是她抛弃了世俗观念，决定嫁给勤劳善良的中国人张金兴。汉堡的华人社团为他们举办了隆重的婚礼。埃里希·哈尼施又气又恼，他发誓要夺回莫妮卡。

唐人街的华人社会很复杂，既有正直善良的张金兴、张添林、陈纪林、胡烈坚等人，也有烂仔陈颂献等人的黑社会势力。在纳粹党徒捣毁犹太医生的诊所时，张金兴和莫妮卡勇敢地保护了犹太医生一家，但被正行窃的陈颂献看到。张金兴在中国领事馆被关闭之前为犹太医生一家办好了去中国的签证 ，使他们一家成功地逃往中国上海。

埃里希·哈尼施多次想对莫妮卡寻衅，未果。陈颂献把莫妮卡骗到酒吧，为他提供了性侵的机会。胡烈坚等人及时机智地闯进酒吧佯装打架，报警叫来了警察，迫使埃里希·哈尼施终止施暴，巧妙地救了莫妮卡。陈颂献到警察局告发了莫妮卡救助犹太医生一家的事实。

在埃里希·哈尼施的授意下，地方政府以保证血统纯洁的理由下令莫妮卡离婚，遭到她的拒绝后，警察以帮助犹太人的罪名逮捕了莫妮卡，把她送进调查监狱。莫妮卡巧妙地摆脱了看守长的性侵企图，但随后被送到朗格摩根集中营关押。埃里希·哈尼施指示集中营当局关照莫妮卡。张金兴则因丧母和莫妮卡被捕双重打击而精神失常。

陈颂献经常从英商手里购买鸦片，引起秘密警察的怀疑。1944年5月13日，在埃里希·哈尼施的指挥下，对汉堡唐人街实施了血腥的“中国行动”，捣毁了全部中国商铺，抓走了全部华人，以通敌、败坏社会风气等罪名把他们投入监狱或朗格摩根集中营。汉堡唐人街被纳粹彻底摧毁，从此不复存在。

被捕的华人在集中营里受到了非人的待遇。不到一个星期，就有十七个中国人被折磨致死。莫妮卡在集中营中被安排烧锅炉，她巧妙地挖了逃生地道，当她和张金兴逃跑时被哨兵发现，莫妮卡舍身掩护张金兴逃脱，自己反被抓住。

张金兴拼尽全力把情报送出，在他的引领下，美军以最小代价成功地攻占了集中营，解救了全体囚犯。集中营指挥官把莫妮卡当人盾企图逃跑，当莫妮卡看到张金兴后，全力挣脱拼命向他跑去，丧心病狂的指挥官开枪杀害了她，莫妮卡惨死在张金兴的怀抱中。

“二战”结束后，张金兴回到被摧毁的唐人街，遇到了劫后余生的张添林，他们从头开始继续创业。在码头上他们抓住了装扮成水手的埃里希·哈尼施。这个恶魔后来在监狱里畏罪自杀。

犹太医生一家已在澳门开办了医院。他们在汉堡找到了救命恩人张金兴，把他接回澳门一起发展。张添林等中德朋友前来送行，大家洒泪而别。张添林继续经营位于原唐人街的唯一一家华商旅店，直到1983年病逝。

根据当时的历史进程，本书描写了当年汉堡唐人街华侨生活的方方面面，还着重描写了汉堡华侨的爱国和互助行动，如举行示威游行抗议巴黎和会不平等条约，捐助国内抗日战争，捐助中国奥运代表团，帮助滞留的中国水手和留学生回国，等等。

前 言

1996年5月13日。

德国汉堡体育场座无虚席。天上布满乌云，下着毛毛细雨。

球场上的气氛与往常大不相同：两队的球迷没有往常赛前的那种大呼小叫，没有吹吹打打，所有人都很安静，一改往常多姿多彩的穿着，很多人穿着黑色的上衣，脸上一派严肃的表情。整个球场秩序井然，但沉浸在一种肃穆的气氛中。

两队运动员在裁判员的引领下默默地走进球场，但是主裁判手中没拿着比赛用的足球。主席台上穿着一身黑色西装、系着黑色领带的贝勒先生走到话筒前，用他那低沉有力的声音致辞：“尊敬的女士们，先生们！非常感谢大家来此观看球赛。正如我们在海报和球票上写明的那样，今天的球赛是专门纪念在纳粹时代被迫害致死和致残的中国人。当年他们来到汉堡，举目无亲，靠着他们特别能吃苦耐劳，胼手胝足，为我们这个自由港的繁荣作出了贡献。非常不幸的是，他们受到纳粹政权的残酷迫害，在1944年的今天——我们不能忘记的5月13日，盖世太保实施了蓄谋已久的‘中国行动’，以‘通敌’、‘败坏社会风气’等不实罪名，逮捕了居住在圣保利首饰街及附近的所有华人。有些华人在Fuhlsbüttel的盖世太保监狱和其他监狱被折磨致死，更多的人在汉堡南边Wilheimsburg附近的Langer Morgen集中营里被强制劳动，受尽迫害，很多人惨死在那里。我们永远不能忘记这段惨痛的历史，深刻反省历史教训。前事不忘，后事之师！”

整个体育场安静极了，没人走动，连卖零食饮料的小贩都坐在原地倾听。绿茵场上的两队运动员站在细雨中倾听着。可以听到体育场外风吹橡树的沙沙声和远处易北河中轮船的汽笛声。

贝勒先生是有名的足球明星兼电视转播的解说员，平时所有球迷都为他的洪亮有力的声音而着迷。他的解说恰到好处，语言精练准确，而且幽默风趣，听众会不时捧腹大笑。今天他的声音完全不同，低沉而缓慢，说到动情处，声音竟然颤抖起来。平时他的穿着很随便，总是一身运动装，脚蹬运动鞋，动作潇洒，充满活力。没人见过他像今天这样表情严肃，穿得这样正规：笔挺的黑西装，黑领带，黑色薄底皮鞋。

贝勒先生停顿了一下，环顾四周，清了清嗓子继续说道："为了纪念那段苦难的历史和纳粹的罪恶，我们在阿尔托纳市议会大楼前为被迫害的犹太人建立了纪念碑。虽然受难的中国人没有犹太人那么多，我们还是要为被迫害的中国人在首饰街建立图文并茂的纪念牌，我们汉堡的两位艺术家已经设计完毕。我们要让我们汉堡人和世界各国人民知道，在我们汉堡曾经有一条繁荣的唐人街，两千多勤劳的中国人在这里生活过，经过几十年不懈的努力工作，他们把破败凋零的街区建设成汉堡最繁荣的地区之一。但是他们却受到纳粹政权的残酷迫害。不幸的是，被称作唐人街的首饰街的北侧在'二战'中被战火摧毁，现在成了运动场 。虽然1994年我们在首饰街南侧重建了几栋楼房，但无法恢复战前的原貌。"

他话锋一转，继续讲下去："我们汉堡人特别喜欢足球，其他任何活动也不可能吸引这么多人，因此我们决定举行今天这场纪念球赛，把大家聚集在这里，纪念五十二年前的今天那个不幸事件，纪念那些被迫害的人们！历史的错误不能再犯第二次！让我们，特别是年青一代永远记住这段历史！"他转过身去，面对坐在旁边的一位老者说道："这位张金兴先生，是Langer Morgen集中营，也就是被中国人称作'朗格摩根集中营'的幸存者之一。他专程从澳门飞来参加今天的纪念活动。我们请他宣布开球！"

整个体育场响起热烈的掌声。在旁边人的搀扶下，张金兴先生慢慢地站起来，他稀疏的白发在微风中飘荡，脸上布满深深的皱纹，身材十分消瘦，体不胜衣，黑色的西服显得过于宽大。但是他精神矍铄，两眼炯炯有神。他佝偻着身躯，缓慢地走到话筒前，大声说道："亲爱的汉堡的女士们、先生们，Moin，Moin！”

他说的“Moin，Moin”是汉堡当地人的问候用语，德国其他地方没有这样的问候语。所有在场的人一下子觉得特别亲切，被他那种充满当地语调的问候语所感动，场上响起雷鸣般的掌声。

张先生继续用带汉堡口音的德语说道：“谢谢你们来观看这场纪念中国蒙难者的比赛！我们不会忘记那段苦难的历史，不会忘记在福尔斯布特的盖世太保监狱和朗格摩根集中营中各国的遇难者！我们不会忘记纳粹的罪恶，更不会忘记那些帮助过我们善良正直的德国人！我不会忘记生活过二十八年的汉堡首饰街……”他低下头，深沉地说：“此刻我最怀念的是我的德国妻子莫妮卡！她是吕贝克人，她美丽而善良。我们深深相爱，一起度过了美好的时光，但她没能逃出纳粹的魔掌……”

大颗的泪珠夺眶而出，他的声音颤抖起来，呜咽地说：“要是莫妮卡今天能在这里看球，那该多好啊！请大家看 ，这就是莫妮卡当年用过的围巾！”张先生举起一条紫色的围巾向大家展示。

叹息声此起彼伏。主席台上，有位女士竟然哭出声来，她是香港旅店的现任老板娘玛丽埃塔，她想起了小时候经常看到的老一辈善良的华人叔叔阿姨。玛丽埃塔已故的父亲是张金兴先生的老朋友，也是最早来到汉堡创业的华人张添林先生。

贝勒先生拿起一个白色的足球 ，用一支黑色的粗墨水笔在足球上边写了“1944—1996”几个数字，表情凝重地递给张金兴先生。张先生接过笔，在足球上一笔一画地写了“纪念”两个汉字，然后双手把足球郑重地交给主裁判。

张先生咬了咬下嘴唇，强忍住悲痛，挥舞着干瘦的双手，大声说道：“我宣布，开球！”

又是一片暴风骤雨般的掌声。

球赛开始了……

一

1918年深秋，第一次世界大战刚刚结束。

勇士号货轮的水手张金兴提着蓝色的旧帆布箱，慢慢地走下摇摇晃晃的舷梯，中间他不得不歇了两次，大口喘气，咳嗽一阵，再慢慢往下走。他生病了，不能再继续在船上当水手了。虽然头昏目眩，他还是坚持着走到了岸上。这里是德国最大的港口，汉堡港的码头。昨天，马丁大副刚刚为他办好了为期一年的居留证明，他可以在此治病，合法地在汉堡居住一年。

“等一下，大哥，等等我！”他的同乡水手王家驹从舷梯上跑下来，一把抱住张的肩头，呜呜地大哭起来，“保重呀，大哥！真舍不得让你一个人留在这里呀！我这点本事都是你教的呀，剩下我一个人可怎么办呀?!”

张金兴摸着小兄弟的头说：“别难过，好兄弟，最多一年我们还会在这里重逢，那时我的病也好了，我们一起继续跑船，好日子还在后边呢！”他说着，眼泪却忍不住掉下来，他舍不得家驹，舍不得船上的同生死的弟兄们。

船上的汽笛响了一声，船要起锚了。家驹从口袋里掏出一沓钞票和一把硬币，塞到张金兴的口袋里：“这是大家的一点心意，你一定要收下，在这里用得着的。”金兴说：“你把这些钱带回去交给我老妈吧，她盼我早日回家，赚回钱来度日。这次我回不去，她不定多着急了。”

“这个你放心，我回去见到她老人家，一定像亲儿子一样孝敬她。你的工钱我会原封不动交给她老人家。我会想尽办法安慰她，尽量让老妈放心。”

生离死别！和同甘共苦、风雨同舟的朋友分手，不知今生今世是否还能重逢。独自一人留在异国他乡，又身患疾病，前途未卜，谁知道还会遇到什么难处？有什么比这个更令人惆怅，令人难过。

汽笛又响了一声，家驹急忙回转身跑上舷梯，跑几步就回头看看，听得到他的呜呜的哭声，看得到他不时用袖子擦去泪水的动作。

起航是船上最忙的时候。所有人都站在自己的位置，听从船长的指挥。但船上的水手，特别是中国水手，都在很短的间隙时间走到船舷，向张金兴挥手告别。

舷梯收起来了。船要掉头，必须转180度，船头由原来朝向易北河上游转向下游方向。船尾的缆绳套在岸上的缆桩上，船身转到和岸边成90度时，要准时地摘掉船尾缆绳。

张金兴自告奋勇，主动承担他在勇士号货轮的最后一项工作。他沉着地看着船掉头，船尾的缆绳绷得紧紧的，在船转到合适的角度时，在船长指挥下船稍稍后退，缆绳松了一下。张金兴不慌不忙，抓紧时机从缆桩上摘下缆绳，船上的绞车及时把缆绳收起。船上响起清脆的当当铃声，起航完成，一切正常。

白胡子的船长今天穿戴特别整齐。他伸出右手，向张金兴做了个OK的手势，又挥动双手向他最喜欢的中国水手告别。几位中国水手跑到船尾，向他们的张大哥告别，他们不停叫喊，喊声被隆隆的发动机和涡轮拨水的声音淹没，听不清喊些什么，只见几位朝夕相处的同胞兄弟不断抹泪。船渐渐远去，船上的人影已看不清了，张金兴还在挥手。船在汹涌澎湃的易北河中顺流而下，船影越来越小，最后完全消失。张金兴擦干眼泪，两腿一软，一下子坐在缆桩上，大口喘着气。

天渐渐黑了下来，风聚集着乌云，下起了小雨。宽阔的易北河波涛滚滚，打在岸边停泊的船只的船舷上发出巨大声响。汉堡是世界上最大的，也是最繁忙的码头之一。第一次世界大战结束后，汉堡港慢慢恢复了繁忙的景象：货运码头永远是不分昼夜地装货和卸货，客运码头停泊着来自各国的白色邮轮，还有易北河上的渡轮码头，总是熙熙攘攘地聚集着等渡轮的人们。河面上悬挂着各国旗帜的大小船只川流不息。

张金兴没有心情欣赏码头景色，他跑过很多码头，但对汉堡港不很熟悉。他抬头仰望布满黑云的天空，低低的云层似乎要压垮他那瘦弱的身躯，强烈的又湿又冷的风就像要把他吹跑。雨水打在脸上凉飕飕的，和眼泪混合在一起，流到下巴上。

身体患病，举目无亲，前途渺茫！张金兴从来没有感觉过这样无助、这样孤单。他擦了擦脸，咬了咬牙，提起帆布箱子，离开易北河边，慢慢地向汉堡市里走去。

和当时的其他商船一样，勇士号船上也没有专职船医。马丁大副通过医学专业训练，兼任船医。张金兴在一次狂风暴雨的天气值班时，浑身湿透，在长时间强烈的海风狂吹之下，患了重感冒。虽然服了马丁大副给的西药，但病情越来越重，咳嗽不止，痰中有血。马丁大副只好让他停止重体力工作，为防传染把他隔离。船上医疗设备简陋，药品有限，经船长批准，决定让他留在汉堡治疗。

这还是勇士号第一次遇到有船员要留在汉堡的事情。为此马丁大副买了一辆旧自行车，骑着车跑了很多地方，总算在开船的前一天把所有居留手续办完，联系好了医生，把张金兴的病情做了说明，船上的病历也交给了那位医生。并且为他租好了最便宜的住房。

临分别时，马丁大副交给张金兴两封信。此时他从衣袋里掏出第一封信。正面用钢笔工整地写着地址和房东姓名，背面是用铅笔画的路线图。信封里边是给房东的信件。

按照信封上的路线图，张金兴慢慢地走着，好不容易看到一块路牌，他仔细端详起来，那上边是用花体字母拼写的，蓝底白字，很醒目，但德文的花体字母很难认，他怎么也和路线图上的街名对不起来，站在那里不知所措。

“需要帮助吗，这位水手？”一位穿呢大衣、戴礼帽的高大男子问道。张金兴指指路牌，又把信封递过去。那男子指着路牌，又指路线图的一条街，用手中的雨伞在地上画了起来，指出方向，看到张金兴还不明白，耐心地连比画带说地又讲了一遍，领着张金兴过了一条马路，指给他前行的方向，这才转身走开。

这是汉堡，不，是全世界都有名的圣保利红灯区。绳索街是圣保利地区最繁华的一条街。张金兴穿着水手服，提着帆布箱，第一次慢慢地走在这条街上。战争结束以后，随着各国商船的到来，红灯区是恢复得最快的，这不能不说是个奇迹。绳索街是一条很宽阔的林荫大道，马路中间是绿化隔离带，上下快行道分离，因此各种汽车开得很快，摩托车很多，开得也很快。马路交叉口有穿制服的警察指挥交通，秩序井然。和阿姆斯特丹等其他港口红灯区比起来，圣保利的环境要好多了，马路宽阔洁净，绿树成荫，人行道也很干净。马路两边那就热闹非凡了，从东边街口走过去，开始是一些餐馆和酒吧。餐馆风格不同，有很考究的高档餐厅，里边高悬水晶吊灯，铺着红地毯，餐桌之间有木板隔断，餐桌上铺着洁白的桌布，中间摆着鲜花，还点着蜡烛，男客人穿着讲究的西装，女客人则穿着袒胸露背的晚礼服；就连服务生也穿着雪白的衬衣，系着红色的蝴蝶结。

但大部分餐馆没那么讲究，但经营的食品却各具特色，有墨西哥的辣味菜和炸玉米饼，意大利的面条和比萨饼，土耳其的烤肉，希腊烧烤，巴西烤肉，葡萄牙海鲜，当然还有热狗和汉堡包，等等。这些店里布置简单，但店里边座无虚席，街上也摆上桌椅，穿黑色围裙的服务生穿梭般地跑来跑去。客人穿着各式服装，大部分人穿着水手制服。他们手拿酒杯，说着各种语言，有人高谈阔论，有的大声怪笑，喝醉了的趴在桌子上一动不动。可以看出，这些客人大部分是来自世界各地的水手。

再往前走，是一些剧院和音乐酒吧，剧院的海报很大，有专门演出侦探剧的剧院，也有演出芭蕾舞和古典传统剧的剧院。音乐酒吧中传出流行的爵士乐狂乱的旋律，小号的声音尤其高亢。“这是红灯区吗？怎么看不见女人呢？”张金兴很纳闷。

又走过一个街口，眼前情况大变。这个区域性商店一家挨着一家，招牌上画着搔首弄姿的美女巨型画像，落地大玻璃橱窗里陈列着各种各样的性器具，在彩色霓虹灯的照耀下，五光十色。还有另类商店，门口站着穿着奇装异服的男人，不停地向过路的人喊着：“二十位美女轮流倾情表演，这是世界上最美的舞蹈，节目保证都是你没看过的，绝对刺激！门票五十马克!”看到张金兴摇头，他又改用蹩脚的英语大声说了一遍，又把窗子开了一条缝，请张金兴看，里边烟雾滚滚，音乐震耳。张金兴加快脚步，急忙离开。没走几步，又是一家这样的商店，虽然也有人拉客，但观看方式不同，不用走到里边去，只是在一个小窗偷看里边表演。这种Peep show是计时收费的。

绳索街有个地方特别安静，高大的红砖尖顶的楼上写着白色POLIZEI很大字母的招牌。这是汉堡著名的David Wacher警察局。“我说这里秩序为什么这么好，原来警察局就在街边。”张金兴想到，他没在其他国家的红灯区看到这么大的警察局。正在迟疑期间，里边走出一位穿暗绿色制服的警察。张金兴掏出信封递给那位警察，警察看了看信封，又仔细打量了他一下，向他歪了一下头，示意跟他走。过了警察局才是绳索街最热闹的地方，街边站满了各式各样的女人，她们穿着暴露，化妆夸张，挤眉弄眼，以色诱人。但是她们只是招揽客人，决不强拉硬拽。街边有很多小客栈，专门提供小时服务。

张金兴庆幸跟在警察后边走，没人纠缠，又不走冤枉路，还省去问路的麻烦。走到大自由道的街口，警察要沿绳索街直行，就示意他向右走入大自由道，然后在第一个路口向右拐，那就是首饰街了。

圣保利的大自由道是红灯区的核心地带。战争结束以后，劫后余生的人们沉浸在狂欢之中。这里游人如织，摩肩接踵。街边是2层或3层楼房，过街的霓虹灯比比皆是，把整条街道照得五光十色。两边都是大型高级的色情场所，主要以艳舞表演为主，每一家门口都挤满了人。橱窗和大门上浓墨重彩地画着女郎们表演的宣传画，充满激情的音乐从街道两边传过来，加上人们大喊大叫，刺耳的口哨声，真是鼎沸了。这里真是太自由了，人们穿着非常随便，奇装异服者有之，袒胸露怀者有之，男扮女装者有之，假面长髯者有之，最多的还是水手打扮，就是没有西装革履者。很多人一只手握着酒瓶，不时地喝上一口，另一只手夹着雪茄烟，摇摇晃晃地走着，嘴里不知乱嚷些什么。还有的三三两两喝得大醉的人，相互搀扶，歪歪扭扭地走着。空气中弥漫着烟酒的气味。好一幅战后余生的狂欢景象！张金兴在人群中挤来挤去，他无心细看热闹纷乱的街景，他被空气中烟酒气味呛得不停咳嗽。

忽然一个头上围着紫色围巾、衣衫褴褛的女人，在人群里不顾一切地向前跑，嘴里还乱喊着什么，被她撞到了的一些人骂骂咧咧，狂喊乱叫，她也全然不顾。在她身后不远的地方，一个穿着一身破旧西装、手里提着酒瓶子身材高大的男人，一边追一边高喊着："莫妮卡，莫妮卡！看你往哪儿跑，你给我站住！"那个女人跑掉了一只鞋，可是仍然拼命地往前跑。眼看那个男人就要抓到那个女人了，只见那个女人忽然停住脚步，往下一蹲，那个男人被她绊倒，摔了个嘴啃地，手里的酒瓶也摔得粉碎。旁边的人哈哈大笑，口哨声和怪叫声响成一片。

那个女人站起身来，大口喘着气，苍白的脸上淌着泪水。她捡起那只跑丢的鞋刚刚穿好，只见那个男人爬起来吐了一口唾沫，恼羞成怒地用手指指着那个女人大骂，迈开大步又向那个女人扑来。那个女人满脸惊恐地大叫起来："救救我呀！警察！快抓坏人啊！"张金兴看着女人那张充满恐惧消瘦苍白的脸，忽然想起刚刚和他分开的那位警察，他不顾一切地转身追了上去，挡住警察的去路，打着连他也不懂的手势，嘴里不停地乱说着。那位警察瞪大眼睛不停地摇头，这时又跑来一个德国小伙子，只说了一句话，警察就跟着他跑起来，一把抓住了那个男人，用命令的口气说："你又喝醉了吧？埃里希·哈尼施，马上跟我到警察局去醒醒酒！"

那个女人不知跑到哪里去了，那张惊恐苍白的脸深深地印在张金兴的脑海里。好不容易走到第一个丁字街口，往右看就是他要找的首饰街。正对着首饰街的却是庄严的圣·约瑟夫教堂。"这是怎么回事？把教堂建在这里，和一步之遥的红灯区反差也太大了，神父讲道时应该说些什么呢？是规劝那些嫖客呢，还是让那些妓女到这里忏悔呢？"张金兴看着巴洛克式的教堂，又回头看了看紧邻教堂的光怪陆离的红灯区，怎么也想不明白。

二

真是一步差三市，从大自由道向右拐进首饰街，几乎完全变了样，整条街道没有霓虹灯，只有路边电线杆上的路灯发出昏暗的灯光，路旁的店铺的窗子透出暗淡的光亮，一些餐馆和酒吧是开在地下室里。没有刺耳的音乐。街上只有稀稀拉拉不多的行人。

首饰街并不长，路的两边都是年久失修破旧的楼房，从光怪陆离的大自由道走过来真有来到另一个世界的感觉。张金兴无心细看，很容易就找到了 18 号。那是一座楼房地下室的门，他扶着铁扶手往下走了 9 级台阶，喘了几口大气，轻轻地敲了敲门上的玻璃，忽然觉得自己心跳快得不行，额上也沁出了汗珠。他在船上也和德国水手学了一点德语，但此时还是紧张得很，想不起第一句该说什么。

门里边的灯亮了，开门的是一位满头金发的中年妇女，她上下打量了一下张金兴，然后微笑着说了几句话，可惜张金兴一句也没听懂，站在那里发愣。当那女人示意让他进门时，他才清醒过来，抹了抹额头的汗珠，提起帆布箱走进门，赶紧掏出那封信来，交到那女人手上。

那女人打开信看了一下，示意让他坐下，又顺手递给他一杯水。张金兴喝了一口，慢慢放松下来。“Guten Tag!”他终于想起如何用德语问好，但发音肯定不好。那女人愣了一下，随即答复了好几句，张金兴只听懂一句他刚说的那句话。

那女人理了理金发，指着自己的鼻子说：“耶格，我是耶格夫人。你姓张，对吗?”张金兴连忙点头答应，一边掏出钱来放在桌上。耶格夫人摇头，指着那封信说，勇士号大副已经付过了一个月的房租和押金，示意张金兴把钱收起来。她又指着日历牌，指着下个月 15 日，意思是到那时再交房租 800 马克。张金兴注意到，耶格夫人客气地和他保持着距离。由于紧张，张金兴进门后竟然没有咳嗽一声。

耶格夫人引着张金兴走到里边，拿钥匙打开一间地下室的木门。地下室不大，却很干净。四壁雪白，可以闻到一股新刷的石灰水的气味。水泥地面擦得也很干净。里边有一张单人床，雪白的床单上放了一床被子和一个很大的正方形枕头。还有一张小桌和一把椅子。两个小窗户很高，屋里还有一个专门开窗用的小木梯子。耶格夫人拿来一个闹表放在小桌上，又说了一通话，不过张金兴都没有听懂。

只剩下张金兴一个人了。地下室最多也就有两米高，一伸手就能摸到屋顶，让人有一种压抑的感觉。一个完全陌生的环境，举目无亲。明天要发生什么事呢？我的病能治好吗？我将来怎样生活呢？太多的未知了。他想来想去，既来之则安之，硬着头皮闯吧！今天也实在太累了，先好好睡一觉再说吧。

一缕金色的阳光从窗户里射进来，地下室亮了起来。张金兴穿好衣服，登着小梯子打开了窗户，一股潮湿而清新的空气吹进来。地下室的小窗户位置很高，几乎贴近天花板。从地下室往外看有一种神奇的感觉：外边的世界好像悬在头顶上，外边的行人从头上走过，从窗里只可以看到外面便道上匆匆走来走去人的小腿部分，既看不到脚，也看不到膝盖以上，但脚步声却很响。耶格夫人敲门走进来，她领着张金兴到了浴室，告诉他如何使用淋浴设备。她又指了指对面的厨房。张金兴只是简单地洗了洗脸。早饭已经摆在桌上，有黑面包、牛奶和黄油。他学着船上外国水手的样子，切了两片黑面包，笨拙地用餐刀把黄油抹在黑面包片上，慢慢地嚼起来。虽然有些不习惯，还是饱餐了一顿，他实在有些饿了。

张金兴掏出第二封信递给耶格夫人看，原来那是一封给医生的信。耶格夫人点了点头，然后让张金兴去淋浴。张金兴有些不解，但还是去淋浴，又换了衣服。按照耶格夫人给他指的路，张金兴去找那家位于谷物街的约翰医生的诊所。

汉堡首饰街是一条不到三百米长的东西向的街道。东边出口连接谷物街，西边出口就是著名的红灯区大自由道。西边的出口正对着圣·约瑟夫教堂。这是张金兴第一次白天走在首饰街上。虽然阳光灿烂清风徐来，他却无心细看两边的街景。只觉得这是一条很破旧的街道，街道两侧都是年久失修的五层楼房，每座楼房前面都有向下的台阶通往地下室。街道的两边是不宽的人行道，街道的中间是用很大的砖铺就的，由于年代久远，铺地砖已经没有了棱角，每块砖都是圆乎乎的。

虽然街名是首饰街，张金兴却没看到一家首饰店。街道两边倒是有不少汉字和德语两种文字的招牌：既有餐馆酒吧，也有杂货店、理发店和洗衣店。有几位中国人正在用好奇的眼光打量着他。

张金兴一边咳嗽一边走着，不久就找到了首饰店街的东头，向右转弯就是谷物街，没走几步就看到了约翰医生的诊所。他按了按门铃，一位穿着白大褂二十几岁的青年人开门把他迎了进去。他急忙掏出信来交给年轻人。那位褐色头发、蓝绿色眼睛的年轻人示意让他坐下，转身走进屋里，拿出一个文件夹来。原来那是医疗保险合同，大部分内容马丁大副已经替他填好。那年轻人只是核对了他的姓名年龄和出生地，就让他在文件上面签了字。然后就介绍了医疗保险的种种好处，和每月应交的500马克的医保费。张金兴以前在船上听人讲过德国的保险制度，现在虽然没听懂介绍，但知道这是必不可少的手续，因此毫不犹豫地拿出500马克，交给那位年轻人。

诊室的门开了，张金兴轻轻地走了进去。坐在白色办公桌后面的医生站了起来，伸出手来和张金兴握了握手。他的手又大又有力。这位医生身材高大，也是褐色的头发，有四十多岁，面色红润，鼻梁高挺，胡子很长，特别是两个鬓角的胡子更长，蓝绿色的双眼炯炯有神。他微笑着说："我是约翰医生。马丁大副已经把你的病历交给我了。现在我们要给你做一下全面的体检。"

从身高体重开始检查。测了体温，按顺序又检查了鼻子、耳朵和口腔。然后示意他脱去全部上衣，上身完全赤裸。约翰医生用听诊器仔细听了他的前胸和后背，对前胸、后背又进行了扣诊。然后让他躺在诊断床上，对腹部和肝脏进行了触诊。又让他脱掉裤子，检查了他的膝关节和踝关节，还做了膝跳反射的检查。张金兴还是第一次做这样的全面体检。感到新鲜而且有些紧张。这时他才明白，为什么耶格夫人一定让他先淋浴更衣再来看医生。

“你吸鸦片烟吗？”约翰医生做了个躺着吸大烟的动作问道。张金兴使劲摇了摇头。约翰医生又拿出一支香烟和一支粗大的雪茄烟。张金兴又摇了摇头。“你不吸烟，这就好极了。”约翰医生说，“你要真的吸烟，为了治病也必须戒掉。”

“约翰森，你给张做一次胸部X光照相，再做一次血液和痰的化验。”约翰医生写好了化验单，交给了那位叫约翰森的年轻人。张金兴跟着他走进一间只有一盏红灯泡照明的暗室。里面有一个很大的机器。张金兴从来没有见过这样的场面，不免有些心慌。约翰森穿上沉重的铅围裙，让张金兴双手叉腰，尽量吸气不要动。然后关掉红灯，室内一片漆黑，就听到“咔嗒”一声，照相完毕，红灯泡又亮了起来。张金兴还是第一次经历这种照相，心想这种照相一定很贵，那个机器比起照相馆的机器可是复杂多了，就是屋里黑洞洞的有些怕人，还不知道照片是个什么样子呢。

等了好一会儿，张金兴终于看到了照片。这不是什么照片，只是一张底片，黑乎乎的，但是他能清楚地看到自己的肋骨。约翰医生指着照片说：“你的右边肺部发炎了，需要较长时间的治疗。不过你别怕，你的病没那么严重。”说完，就开了药方，握着张金兴的手说，祝你早日康复。这个医生竟敢和病人握手，他就不怕被传染吗？

约翰森把他送到诊所门外，指着远处药店的招牌说，你到那里买药再回来找我。张金兴很纳闷，为什么诊所里边没有药啊？还要跑到药店去买药，真是多此一举。

药店里的药剂师小姐很有耐心。一遍又一遍地解释几种药物用法。又在药盒上写了很多字。可惜张金兴都不认得。他走回诊所，把药全都交给约翰森。约翰森从中取出一盒针剂，给他做了肌肉注射。又在药盒上画了很多画，又是太阳又是月亮的，还画了钟表。张金兴总算明白了这几种药的服用方法。

这里的洋医生和中国的郎中真有天壤之别。以前在国内老爸生病时，请了郎中来看，只是把把脉看看舌苔而已。然后讲病理，什么阴阳不调、什么阴虚火旺、金木水火土等，都是非常难懂，玄虚得很呢。郎中摇头摆尾地用毛笔开方。然后到中药铺去抓药。最头疼的是药引子，往往是非常难得的东西，如夏至那天的雨水、原配蟋蟀一对等等。然后就是用砂锅来熬药，弄得满屋子都是药味。而且医生的谢礼、药铺的药费，都要现款交易，没有拖欠一说。谁也没听过医疗保险这回事。

三

中国人的勤劳在全世界都是有名的。张金兴在船上工作的时候，就多次被外国船长称赞，你们中国的水手是最能吃苦耐劳的，船上最脏最累最热的活，往往都是由中国水手来做的；特别是底舱的活，又累又热，欧洲的水手根本不愿意干。“你们中国人最耐热！比欧洲水手强多了！”外国船长不止一次这样说。

张金兴不仅干活很卖力气，还特别注意向外国水手学习各种技能，从各种绳索结扣到管道和电器维修。他还学会了很多航海的知识，例如使用罗盘和六分仪、看海图算距离等等。他还学会了一些外语。

常年的重体力劳动，练就了张金兴健壮的体魄。虽然得了肺炎，在经过一段时间的治疗之后，他恢复得很快。他是个闲不住的人，开始在房里打扫起卫生来。他像以前在船上擦甲板那样，单腿跪地，双手握住抹布把地板和楼梯擦得锃亮。厨房里的厨具和窗户上的玻璃也擦得干干净净。耶格夫人可乐坏了，竖起大拇指称赞，这个房客太勤快了！

现在最主要的问题就是钱。从船上带来的那点钱花一个少一个，总不是办法，必须出去找工作了。这条首饰街上已经有几家中国人开的餐馆。还是先到中国餐馆里去找个工作吧！他换了一套干净的衣服，决定去碰碰运气。中国人在海外总要有个互相照应吧！

离大自由道最近的是一家规模较大的中餐馆，名叫香港酒楼。张金兴小心翼翼地推门走入，看到两个洋人正在打扫卫生。他说我要见老板。那洋人听不懂，打手势让他坐下等着，然后向里面大声喊起来。从里边走出一个中国人来，大约二十几岁，腰杆很直，头发梳得很整齐，身上的衣服也很干净。看到张金兴热情地打招呼："你是中国人吧！来，请坐。"他的话带有很明显的广东口音。

"我是中国人。我叫张金兴，我的家乡在广东香山县。"

"我是广州人，我家就住在广州荔枝湾。我叫张添林。真是见到老乡了！太难得了，老乡见老乡，两眼泪汪汪啊！"一边说，一边拿起茶壶倒了两杯茶，"来，先喝杯茶吧！"按照广东人的规矩，张金兴用右手的食指和中指在桌上敲了两下，表示谢意。张添林显然注意到了这个细节。

"地道的广东英德红茶，是我们家乡的味道。谢谢你了张大哥。"

"介绍一下，这是我的丽娜·多娜丽乌斯，她是波兰人。"那位洋女人走过来，很大方地和张金兴握了握手。她的手很粗糙，是那种经常干体力活人的手。她的个子不高，栗色的头发，看上去也不过二十几岁。

张添林对丽娜说了几句波兰话。丽娜点了点头，转身走到厨房里去了。张添林热情地拉着张金兴的手用广东话谈了起来："几年前我到德国来留学，在海德堡大学读哲学。后来家道中落，只好辍学到汉堡来投奔我叔叔。后来开了这么一家酒楼。说来难啊！到现在借的账还没有还清呢！没钱回国娶妻，去年才和这位波兰女子相识。她们家也很穷，她家里孩子又多，生活很困难。每年和其他波兰老乡成群结队到汉堡附近来收庄稼。由于收入还不错，来的人越来越多，工作越来越难找，钱也就越来越难赚了，只好到处找工作。她在我这里工作了一段时间。她人很勤快，又很朴实，很和我谈得来，后来我们就住在一起了。"

张金兴喝了口茶，用广东话慢慢地谈起来。他说的香山县一带的广东话，和张添林讲的广州话有些区别，但双方都能听懂。"我的家境肯定不如你。我家祖祖辈辈都在家乡租种别人的水田。我们香山县地少人多，生活非常艰难。我们家乡离澳门很近，我12岁就离家到了澳门。什么脏活累活都干过。后来上了船，做了水手，到过很多码头。吃的那些苦就别提了。船上最脏最累最热的活，最危险的活，都是我们中国水手去做。但是比较起来，还是比在家乡种田强多了，起码每天能吃饱饭。在船上这几年，我的个头长高了，身体也比以前强壮了很多。但是在这次航程中，我们遇到了很多次大风大浪。我在一次值班时，被海浪打得透湿，被强烈的海风一吹，我病倒了。我发高烧说胡话，咳嗽气喘不止，吃了大副给我的药也不见效。船上人怕传染，把我隔离起来。船到汉堡以后，只好把我留下来治病休养。”

那位波兰女人丽娜端来两大碗热气腾腾的煮面条，又把两双筷子递了过来。

“边吃边谈，别客气。你去治病了吗？现在身体怎么样？”张添林关心地问道。

“我到谷物街约翰医生那里治的病。他给我照了X光相片，验了血和痰，最后确诊是肺炎，又是打针又是吃药。现在已经恢复得差不多了。”

“你真是太走运了。船上的大副真是个好人，他可是给你帮了大忙了。如果他只是给你几个钱把你赶下船，不知道你要遇到多少困难呢！那位约翰医生我认识他，他也是个好人。他的医术不错，待人也很好。诊所里那位年轻人约翰森是他的儿子，医学院毕业后做他爸爸的助手。他的太太也在诊所里帮忙。因为他一家是犹太人，周围的德国人对他一家敬而远之。”

“这面条太好吃了。谢谢你。我想在你这里找一份工作做，好养活自己。请多帮忙吧。”张金兴鼓起勇气，诚恳地说道。

张添林面露难色。他不好意思看着张金兴的脸，他转过头去，低声说道：“真是不好意思呀！老乡到我这里找工作，按理说无论如何要帮忙的。可是，你也能看到，这餐馆里里里外外就是我一个中国人。那些丽娜的同乡和亲戚，在外面找不到工作，都跑到我这里来。最后来的几个人，更是不要工钱，只要管吃管住就行。这么个小店，专门打扫卫生的就有两个人。说起来又都是她那边的亲戚朋友，弄得我真是没有办法。”他沉思了一下，对张金兴说：“你可以到前边陈记酒店去看看，说不定在那里能找到工作。”

张金兴只好起身告辞。他向张添林拱手说道：“谢谢大哥了。小弟改日再来拜访。”

“你先等一下，我有点东西送给你，也算当个见面礼吧！”张添林走到后面去，拿来一本小册子递到张金兴的手里。原来是一本手抄本的德汉会话小册子。“你要好好学习德文，在这里安身立命这是必需的！”张金兴满怀感激地说："这是金钱也买不到的东西。太感谢您了。"

出了香港酒楼，张金兴在首饰街上慢慢地走着，抬头看到一个中文招牌，上面歪歪扭扭地写着：老陈记酒楼。那是一家开在地下室里的餐馆。他走下台阶轻轻地推开门走了进去，里面有一股呛人的烟和酒的混合气味。墙壁和天花板也都黑乎乎的。让他感到有一种"窟"的感觉。

"你是来吃酒还是来打牌？"坐在椅子上跷着二郎腿的人问道。看样子他可能有三十几岁，头发蓬乱，两只老鼠般的小眼睛滴溜溜地乱转，上下打量着张金兴。他的脸色黄里带黑，上嘴唇上留着两撇花白的胡子，上下8颗门牙里出外进龇出老远，上下嘴唇很难合在一起。他身上的衣服随便而且肮脏，脚下趿拉着一双破旧的布鞋，左手拿了一支香烟，右手拿着一杯茶，在那里边抽烟边喝茶。

张金兴心想，这个人不知是干什么的，反正不像是老板。

"我找老板。"

"我就是，有事吗？"那个跷着二郎腿的人拉着长声说。

"我想在您这里找份工作，请多关照吧！"

"我早就看出来了。我这里不用人，你走吧！"

"临时的工作也行，半天的工作也行。工钱您定。"

"走，滚出去！"他从椅子上站了起来，他指着门大声地说，顺手把喝剩下的半杯茶泼在地上。茶水溅到了张金兴的裤腿上。虽然两个人之间有一段距离，但张金兴还是闻到从他嘴里喷出的浓烈的大粪般的口臭味。

他的身材比张金兴低了大半头，最多也就1米60的样子，还有些驼背。他瞪起老鼠般小眼睛盯着张金兴，看到张金兴还在那里发愣，转身冲着里边喊起来："厚宝，老二！你们快来把这个要饭的臭水手给我赶出去！"

真没想到，工作没找到却受了这番侮辱。张金兴憋了一肚子气。真难理解，我们船上的人就像亲兄弟一样，怎么在海外还有这样的中国人？走上台阶，回头又看了看那写着歪歪扭扭的中国字的老陈记酒楼，忽然听见身后有人在喊他："金兴兄弟，你在这里干什么？"回头一看，原来是张添林提着篮子，正向这里走来。

“我到这里找活干，没想到被人家辱骂一番。”张金兴垂头丧气地说。

“唉！你走错门了。我是让你去找陈记酒楼，你怎么跑到老陈记酒楼来了？也难怪，这条街上有两家姓陈的浙江人开的酒楼，一家是陈记，另一家是老陈记。老陈记的老板是一个最坏的烂仔，名叫陈颂献，就是那个贼眉鼠眼的矮个子驼背大龇牙。看到人家陈记酒楼生意好，他就把他的餐馆改名为老陈记酒楼，浑水摸鱼，跟人家抢生意。洋人搞不清什么陈记和老陈记，在报上看到陈记酒楼的广告，又看到 Chen 的招牌，就进去就餐了，这烂仔就这样鱼目混珠赚了不少钱。你肯定是受了这烂仔的窝囊气。来，我带你去陈记酒楼。那位宁波人老板陈纪林，原来也是船上的水手，来汉堡时间很长，现在还经常到其他码头，帮助我国的水手解决各种难题。他是个很讲义气的人，也是我的好朋友，他最乐于助人。”

两个伙计正在陈记酒楼门外擦玻璃，看到他俩走过来，热情地打招呼。

“老板在家吗？”张添林拍着一个小伙计肩膀问道。“昨天晚上他接到一个电报，今天早晨一早就去了阿姆斯特丹。您有事吗？”那个小伙计客气地答道。

张添林惋惜地看了张金兴一眼，“那就等他回来我们再说吧！”

张添林拉着张金兴的手安慰他说：“金兴兄弟，别灰心。机会总会有的。也好，这几天你再好好休息一下，养好身体。今后的日子还长着呢！”

四

耶格夫人也是个热心人，她看到张金兴拿着小册子在念德语，就时不时来教他一下，纠正他的发音。她还在屋里面的各种器具上贴上写着德语的条子，背下来以后才撕掉。时间不长，张金兴可以用德语简单地会话。由于他每天替耶格夫人做卫生，耶格夫人就把他的房租减了 100 马克。

找不到工作，从船上带来的钱已经所剩无几，加上物价上涨太快，张金兴觉得问题越来越严重。他鼓起勇气，问耶格夫人："我现在身体恢复得差不多了，必须要找个工作。那几家中餐馆我都去了，可惜没找到工作。您能告诉我哪里能找到工作吗？"

"是挺困难的。战争之后，市面上非常萧条。现在失业的人实在太多，找份工作挺难的。可是东西一天比一天贵，大家生活都很困难。就说你住的那间地下室吧，战争以前租金最多也就五十马克，现在至少要八百马克。"耶格夫人低头想了一下，"不要去找工作了，还是你自己干吧！你等一下。"她从抽屉里拿出一张发黄的硬纸片来。"这是我以前的流动小贩执照。我以前在码头上做过流动小贩，卖一些糖果饮料等等。现在申请这类执照已经很难了。我想到工商局去，把我的名字换成你的名字，你就可以合法地在码头上做点小买卖。喂，你的护照拿来我看看。"张金兴找出了护照，耶格夫人接过来一看："真是太好了。你的签证上有个加注：允许做工。你们船上那位大副实在是个好人，办事太周到了。现在德国人还有很多人失业，你这个签证真是难得呀！"张金兴听了真是喜出望外。

耶格夫人说："明天你到医院做个体检，办一个健康证明，再去照一张相来，营业执照上要贴上你的照片。然后你和我一起到工商局去把执照办好。”

德国的政府工作人员办起事来对事不对人，只要符合法律，该办的一定办好。虽然那个工商局的官员很好奇，仔细打量了张金兴半天，仔细审查了耶格夫人填的表格，检查了张金兴的护照和签证，仔细审核了健康证书，又问了耶格夫人几个问题，还是很快把执照办好，整个过程也就十几分钟。临走，那官员还微笑着点了点头，很客气地说再见。

进工商局大门的时候，张金兴的心还在怦怦乱跳。没想到，办这个麻烦的事就这么简单。在家乡时，他到村公所办一个去澳门的证明，不知跑了多少趟，每次都是打躬作揖，就是办不下来。后来还是托人送钱，才办出一张证明来。到澳门后来为了到外国船上去工作，要去办护照，那真是比上天还要难啊。最后还是借了高利贷，给办事的人送了大礼，才把护照办出来。前后用了三个月的时间，差一点就误了船期。

老爸以前和他说过，艺不压身，学会一种本领就多了一个求生活的机会。张金兴牢记着爸爸说的话，只要有机会就学一些手艺。在澳门干活的时候，就学会了一些。到船上以后，只要有机会就学一些东西。现在这些技艺可都用上了。耶格夫人找出以前她做流动小贩使用过的所有装备。张金兴从张大哥那里借来了很多工具，不出半天的工夫，一个像模像样的肩挎式的销售木箱就做好了：木箱里面分成几个格子，上边还有玻璃。营业执照也镶在玻璃里面。看上去又干净又利落。耶格夫人连声叫好。

“卖糖果饮料赚钱实在太少，卖香烟需要特殊许可。我想你最好卖一些吸引人的新奇东西。比如昨天中午你给我吃的那种油炸的东西，你说叫春卷儿的那种小吃，我看就很不错。这里很少有人吃过这种东西，一定很受欢迎。这样你可以多赚一点钱。现在钱越来越毛了，最近的物价涨得太快了。”

张金兴一边擦拭着销售木箱，一边仔细地听着，心里慢慢地盘算着。

“我们这里，对销售食品要求是很高的。你必须戴着白手套，木箱里面一定要垫好油纸，食物要摆放整齐。木箱上面一定要有活动的玻璃防尘。出售食物时，一定在食物下面垫好白纸，用干净的食品夹递送食物。手不得接触食物。你别那么惊奇地看着我，如果做得不好就会被罚款，甚至吊销执照。现在你就练一练，不要到时候出乱子。”

万事开头难。德国也有这样的谚语：Alle Anfang ist schwer. 张金兴第一次背上装满春卷儿的木箱走出去的时候，心里还真是没有底，他以前没有做过这种买卖。好在耶格夫人写好了一个纸条贴在玻璃上：中国食品，Springrolle，香脆可口，每个十马克。

白天的红灯区人很少。张金兴背着装满春卷的木箱穿过大自由街走到绳索街。有人围拢上来看热闹，指指点点，不知道说些什么。这时从远处走来三个人，看来是一家子。他们的衣着很讲究：走在前面的男人大约三十几岁，头戴礼帽，身穿讲究的西装，手里还拿了一个文明棍儿；旁边的女人穿着讲究的裙装。后面跟着的男孩也就十一二岁，面目很清秀，穿着西装和皮鞋，领带打得很正。他们停下脚步，看了看张金兴卖的东西。那男人回头对那女人和孩子说道，我在荷兰阿姆斯特丹的那家欧洲最大的中餐馆，叫作海上皇宫的，吃过这种东西，叫作中国春卷，确实非常好吃。你们今天也来尝尝。

他对张金兴伸出三个指头，张金兴会意，按照事先在家里练好的程序，不慌不忙地把三个春卷递过去。那男人掏出一张五十马克的钞票递给张金兴，又摇了一下手，表示不必找钱。张金兴略微一愣，连忙又取出一个春卷递到那男孩的手中。那男孩很有礼貌地连声道谢。他们边走边吃，那男人连声称赞，真比我在阿姆斯特丹吃的那种好多了。

汉堡红灯区里来往的人员复杂得很。由于离码头很近，就是大白天，各国的水手也到这里来闲逛。一位面色暗黑、穿着皮夹克、身材高大的外国男人，搂着一位妖艳的女士腰肢，晃晃悠悠地走了过来。那女人站住脚，好奇地看了一下张金兴卖的东西。那男人走过来自己掀开防尘玻璃，抓了两个春卷儿讨好地塞给那个女人，又抓起两个塞到自己嘴里，然后搂着那女人转身就走。张金兴一把拉住那男人，伸手找他要钱。那男人嬉皮笑脸地说，我们都是好朋友，这就算给我的礼物吧！张金兴不答应，还是伸手找他要钱。这家伙觉得在女人面前丢了面子，突然间变脸，甩开张金兴的手，一拳打到张金兴的头上。张金兴猝不及防，被打倒在地，脑袋正好撞在消防栓上，鲜血马上流了出来。那个木箱也重重地摔到地上，玻璃摔碎，春卷儿滚落了一地。那个女人“啊”的一声惊叫起来。

原来那一家衣着讲究的三人并没有走远，他们听见这边吵闹的声音，马上转身，快步走过来。那打人的家伙看到势头不对，撇开那女人，快步跑掉。那女人也想趁乱溜掉，但是被这一家人拦住。

“啊！这个人受伤了，你先给他止血。”男人掏出一方雪白的手帕，那位夫人熟练地用手帕压住了伤口。“你住在哪里？”他问张金兴。“首饰街18号。”他转身对那男孩说：“你到前边警察局报案，让警察到首饰街18号找我们。”又转身对那吓呆了的妖艳女人说：“把地上的东西收拾一下，送他回家吧。”说着，搀扶着张金兴朝首饰街方向走去。

刚走进首饰街，立刻引起许多人围观。张添林三步并两步跑上来，焦急地问：“怎么回事？伤得重不重？”他的身后紧跟着一位穿着西装漂亮的中国小伙子，他走过来说：“我是医生，让我看一下！”他仔细看了一下，对张添林说：“无大碍，血已经止住了。你先送他回去，我取了药箱随后就到。”

人群走过老陈记酒楼时，几个伙计走出来看热闹。老板陈颂献瞪起一对鼠眼，张开龇牙大嘴喊道：“有什么好看的！不就是让洋人打了吗！敢惹洋人，哼，活该！打死一个少一个！你们都给我滚回去干活去！”

耶格夫人看到受伤的张金兴也真吓了一跳。她把众人让进屋里，不知说什么才好。那位漂亮的医生小伙提着药箱挤进来，很熟练地为伤口消毒并包扎好。张添林向大家介绍说，这位卓景荣先生，是我的老同学，上个月刚刚在海德堡大学医学院获得医学博士学衔，明天就要在汉堡上船回中国工作去了。

那位衣冠楚楚的先生拉着卓博士的手说：“为什么不留在德国行医呢？你的条件很不错啊！”

“我要为我的祖国服务，那里缺医少药，更需要我这样合格的医生。我接受了天津邮政总监的邀请，到天津邮政总局去做专职医生。如有机会，请到天津去游览，那里还有德国的租借地，风光很不错啊！”

那男孩领着两位警察走了进来，他们一眼就看到躲在角落里的那个妖艳的女人。“你又惹事了，英格？吃人家东西还不给钱？你打人了吗？”一位警察问道。另一位警察拍着那男孩的肩膀说："这小伙子口齿伶俐，已经把事情说明白了。英格，那打人的家伙叫什么名字？住在哪里？"

"我刚和他认识也就半小时。他是个外国人，真不知他叫什么、住哪里。我们在街上闲逛，我第一次看到这种食物，很好奇，他就……"那女人吞吞吐吐地说道。警察不耐烦地打断了她："够了！跟我们到警察局去做笔录吧。"

那位警察又弯下身来，看着张金兴问道："伤重吗？要叫救护车吗？看来救治及时。包扎得也很专业。有新情况请跟我们联系，抓到凶手，我们会惩治的，还得让他到这里道歉。哎，祝大家好运。"

两位警察带着英格走了出去，在门口和大家挥手再见。

耶格夫人仔细地端详了一会儿那位衣冠楚楚的先生，忽然高兴地说："这不是舒马赫先生吗？你以前是我们的老主顾了！"那位先生仔细地端详了一下耶格夫人："是啊！多年没见了，我一时没敢认你，真对不起！耶格夫人！"他转过身去，拉着他太太的手向大家介绍说："这是我的夫人玛利亚，那是我的儿子托马斯。今天我们到他的学校去和老师座谈，取回他这个学期的成绩单，顺便在码头上散散步。没想到会遇到这种事。"张添林诚恳地说："谢谢你，舒马赫先生，你救了我这位朋友！"

耶格夫人大声说："你们都坐呀。真是难得来了这么多朋友！我去拿些喝的来。"

卓景荣博士拉着托马斯的手问："在哪里上学呀？几年级了？喜欢学医吗？"

"我在阿尔托那高中上学，离这里不远。我不大喜欢医学，好像太难了。"托马斯不好意思地回答。舒马赫先生插嘴道："我们做家长的都希望他学医，他就是不肯。你看他的成绩都是最好的一分。那个阿尔托那高中是丹麦政府开办的著名高中，将来上医学院是没有问题的。"卓博士说："其实当初我也不想学医。医学院学习的时间很长，还要背很多东西，还要学拉丁语，不下苦功夫是不行的。可是我想到要拯救人们的病痛，呵护他们的健康和生命，因此医生的职业是崇高的。在社会上医生是受人尊敬的。你想想，没有医生的世界会是怎么样的？你现在的成绩很不错，成绩不好的学生根本进不了医学院。另外，一般情况下，医生是没有失业的，从业的时间越长，经验越丰富。医生可以工作到很大的年纪，不像有的行业，岁数大就干不了啦。你说，我说的有道理吗？”舒马赫先生不断点头，对托马斯说：“你回去好好想想，人家卓博士说的就是有道理。”

耶格夫人端着一个大盘子走过来，里边放满她自己烤的小点心，她给每个人的杯子里都斟上咖啡。“请自己动手加糖和牛奶。”她把糖罐和奶壶放在桌子中间。

“耶格先生在家吗？他还加工首饰吗？我记得，这里以前是一家首饰店吧！怎么变成现在这个样子了？”舒马赫先生问道。

“说起来令人难过，去年他在法国前线战死了。这条街上最后一家首饰店也就只能关门了。”耶格夫人难过地说。

“耶格先生是个多好的人呀！我们的结婚戒指还是他给加工的呢！说起来真令人难过。他的手艺真是太精湛了，不但戒指漂亮，加工精细，戒指的里面，就是挨着手指的那一面，还刻着我们的名字，那可不是一个一个的印刷体字母，而是我们自己的手写体签字。我真不知道谁还会有这种手艺。”舒马赫太太难过地说。

“首饰店关门了，你还有收入吗？今后怎样生活呢？”舒马赫先生关心地问。

“我把原来店里的东西都处理掉了。我打算把店面出租，收些租金过活，如今市面上这么萧条，到现在还没租出去呢。只是把那间小地下室租给了张。”

舒马赫先生喝了一口咖啡，沉思起来。其他人都为耶格夫人的遭遇唏嘘不已。忽然，舒马赫先生抬起头来环顾四周，对大家说：“我倒有个主意，你们看行不行。既然店面租不出去，不如自己利用起来。这位张先生会做中国小吃，耶格夫人会烤这么多种点心，为什么不开一间食品店呢？”

“这个主意倒是不错。可是我这里原来是个首饰店，没有加工食品的设备和环境，要购置设备和改建店面，可是需要一笔不小的资金，以我现在的条件，银行是不会贷款给我的。”耶格夫人为难地说。

“我刚才想到了这一点。”舒马赫先生说，“我可以先借你一些钱。由于我刚买了一台拖拉机，剩下的钱已经不多，你能自己再筹集一部分吗？”

张添林慢慢地站了起来，拍着胸脯说：“我去联系几个中国人，大家凑些钱，帮着耶格夫人和金兴兄弟先把铺子开起来。”

众人一起叫好。耶格夫人激动地搓着双手，不知该说什么好。张金兴紧紧握着张添林的双手，激动得一句话也说不出来了。

五

“金兴，这位就是我们这个地方德高望重的陈纪林老兄。”张添林把张金兴领到一位瘦高汉子的面前。张金兴连忙拱手：“很高兴认识陈兄，今后还请您多多关照!”陈纪林连忙答礼，“你好啊，我们这里又多了一位兄弟。”他的话带有浓重的宁波口音，“你也是个水手吧？我一眼就看出来了。我以前也是水手，上过好几条船，跑过不少码头呢。”他爽朗地笑了起来，紫红色的脸膛上放出光彩。

“我介绍一下，这位是洗衣店的李老板，那位是士多店的梁勇老板，那位就是新中国酒楼的胡烈坚老板。来来，快坐。在座的都是规矩的买卖人，也都是好朋友，今后大家要互相关照啊!”陈纪林请大家坐下来，伙计小李给每人倒上了茶。

“我开门见山，请大家到这里来，是想请大家帮帮这位刚来的金兴兄弟。”张添林端起茶杯向大家说道，“金兴兄弟和他的房东太太想合伙开一家食品店，可惜资金不足。今天请纪林大哥出面，请来诸位好友，大家想想办法。”

“我住的那里原来是一家首饰店，我们不可能开成传统意义上的中国餐馆，那里没法建中国式的炒菜后厨，只能做一些简单的食品，经营类似我们在其他码头上看到的饼屋那样的店。”张金兴介绍说，“这样也不会和别的酒楼抢生意。”

“我看还是按照我们中国人的老办法，大家起个会，你们看怎么样？”陈纪林端起茶杯说，“大约还需要多少钱？”“我仔细算了算，除了舒马赫先生借我们的钱以外，还需要五千马克。”张金兴答道。

“这个数目不算太大，我们现在有五个人，每人先拿出一千马克来，这个月先给金兴兄弟用，你们看怎么样？下个月给李老板，再下个月给梁勇老板，接下来给添林老弟和胡老板，最后给我用。这样安排可以吗？”陈纪林提出他的方案。

“这样吧，我最后用。金兴是我介绍来的，纪林你不要再争了。”张添林说。

胡老板说：“开始做生意会有困难，现在市面上这么艰难，晚给我两个月没关系的。”李老板和梁勇老板也随声附和。

“好吧，就这样定了。我写个字据，大家签个名，把钱拿来交给金兴。来，我们以茶代酒，干了这一杯吧！”陈纪林爽朗地说。张金兴连忙站起来给大家作揖，连声道谢。

土木工程不可擅动。虽然只是扩建厨房，把原来的首饰店改成食品店，工程量也是不小。除了上下水排风管道和灶具是请了一家公司安装加工以外，其他的活儿都是由张金兴和耶格夫人自己完成的。耶格夫人头上包着头巾，腰里围着蓝布围裙，不知疲倦地忙碌着。张金兴自己也不知道哪里来的那么大的劲头，从早到晚就从来没有停过手。每次都是耶格夫人几次叫停，他才肯停下来歇一会儿，急急忙忙地吃了一点东西，接着又干起来。

忙忙碌碌地干了半个多月，总算有了些眉目。陈纪林和张添林跑来看了几次，提出了一些改进的意见，特别是在厨房中添加了一个中餐用的灶台。“西式的食品主要是用烤炉来加工。中国菜主要用锅炒，炸春卷要用油锅。另外叉烧包等要蒸熟，还要有一个蒸锅才行。”陈纪林把自己的经验介绍给张金兴。

“你这家食品店要取个响亮的字号啊！”张添林忽然想起这个重要问题，“工商登记你们做了吗？门楣上也要写好才可以啊！”

“工商登记是耶格夫人去做的，我们开的就是食品店。耶格夫人说，由于以后主要经营中国食品，因此她登记的名称是 Chang。”

“这样吧，中文名称就叫张业记食品店，业和耶同音，既有你的张姓，又有耶格夫人的耶音，这样讲得通的。”张添林说。

陈纪林和张金兴都点头称是。耶格夫人开始没听明白。张添林不愧是留学生出身，德语娴熟，他把这个想法仔细地讲给耶格夫人听，耶格夫人欣然同意："外边的中文牌匾可要你们来写了，我可不会写中国字呢！"

陈纪林非常认真地说："还有一件非常重要的事情，既然开了这家食品店，金兴应该尽快拿着营业执照到移民局去办理手续，把居留身份改成工商业者，也就是老板身份，这样就可以获得长期居留许可了。"

"纪林兄，你那个陈记酒楼是不是也该改改名字了？洋人可搞不清陈记酒楼和老陈记酒楼有什么区别。就是因为字号太近似了，你的生意让陈颂献这个人渣给抢了。"张添林说道。

"是啊，是得改个字号。你们说，叫水手馆怎么样？我本来就是个水手，这里又是汉堡码头，来往的中国水手很多，大家总要相互关照一下。"陈纪林答道。

"对！就叫水手馆，这个名字响亮。以后不管中国人、外国人，都会很容易找到你那里去的。"

六

汉堡的地理位置很靠北，由于大西洋暖流的影响，并不十分寒冷，但是降水量很大，特别是到了冬天，经常下雪。由于地处高纬度，冬天夜长昼短，下午四点天就全黑了，早上八点以后天才刚蒙蒙亮。

1919年2月，天气特别冷，雪一场跟着一场，下得特别大，几乎每天都是大雪封门。张金兴每天第一件事就是铲雪。这天，他一打开门，只见一个人靠着门坐在地上，门一开这个人就倒了进来。原来地下室的门口没有积雪，靠着门还能够稍微暖和一点。他吃了一惊，借着灯光仔细一看，那人头上围着紫色围巾，身上穿着破破烂烂的旧衣服，脚上的鞋子也很破旧。这个人脸色苍白，身体一个劲地颤抖着，手里还紧抓着一个布包。张金兴没有犹豫，用力把那个人拖进屋里，关上店门，尽量保温。

“耶格夫人，你快来呀，这里有个人，快冻僵啦!”张金兴大叫起来。耶格夫人衣服还没穿好就跑过来了，“我的上帝啊！可怜的人啊！怎么冻成这个样子!”两个人很费力地把那个人抬到壁炉边。张金兴快速跑到自己住的地下室，搬来自己的床垫，又拿来一些木头，把壁炉烧起来。

壁炉中的火苗跳动着，燃烧的木头发出噼啪噼啪的响声，屋子里暖烘烘的。躺在床垫上的人慢慢地睁开了眼睛。耶格夫人端来一大杯热茶，又往里边放了两匙糖，“喝吧，可怜的孩子，喝了好暖暖身子。”那个人费力地坐起来，双手接过茶杯，一边用茶杯暖着手，一边慢慢地喝起来，“谢谢您，好心的夫人。”虽然声音很轻，但张金兴听得出那是个女人的声音。

她摘掉了头上的紫色围巾，露出一头的金发，苍白的脸上露出一些红晕。她脸很消瘦，颧骨略高，眼窝深陷，黑眼圈很明显，蓝色的眼睛里露出忧郁的神情。看着女人苍白消瘦的脸，张金兴觉得好像在哪里见过她。他突然想起到汉堡的第一天，在大自由道上看到的那个被追打的女人。“就是她，一点没错！这些天到哪里去了呢？今天怎么坐到我们店门口呢？险些被冻死啊！真是个不幸的人啊！”

“你一定很饿吧，你吃些东西吧！”张金兴把面包篮子放在她面前。“别光喝茶，吃点面包，抹些黄油。我不陪你了，我到外边铲雪去了。”他怕那个女人当他的面吃东西不自在。

铲完雪回到店里，才发现那女人已经睡到耶格夫人房间去了。张金兴依然和往常一样加工食品，做卫生，忙得满头大汗。只是不知为什么，他总想着那位围着紫色围巾的金发女人。

“这孩子真够可怜的，”耶格夫人一边擦着桌子一边说，“她是吕贝克那边的人，名叫莫妮卡。前年她的爸爸在东部前线战死了。妈妈带着她给别人帮工，没想到去年年底她妈妈也病死了。她跑到汉堡来找她的叔叔，谁知她的叔叔到非洲的桑给巴尔去谋生了。她想在汉堡这里找工作，跑了几天都没有着落，钱也花光了，昨天晚上就在我们店门口坐了大半夜。唉，真的太可怜了！”耶格夫人长长地叹了一口气。

“我们这个食品店虽然刚刚开张，生意也不怎么样，可是我们还是要想办法帮帮她。”张金兴说，“你觉得我们是不是需要一个帮工啊？我们两个人实在有点忙不过来，不知道她愿不愿意在这里干。”

“我也有这个意思，我去问问她。”耶格夫人点头称是。

“我很愿意在这里工作，要不是你们及时施救，我早就冻死了。”那个女人刚刚睡醒，走进来时正好听到他们的谈话。她诚恳地说：“我什么活儿都能干，以前还在甜食店和面包店做过帮工，和面包师学会了很多东西，做这些活儿我不是外行。”

“那好吧！莫妮卡，你跟我上楼去，我给你找几件衣服换换，食品店里的人要穿得干干净净的才行。明天我们就到劳动局办理手续。”耶格夫人拉着莫妮卡上楼去了。

不知是为了什么，张金兴有一种莫名其妙的兴高采烈。

莫妮卡从楼上走下来的时候，张金兴只觉得眼前一亮：这个女子真是楚楚动人，匀称而高挑的身材，脸色虽然有一些苍白，有些消瘦了，但是五官长得很匀称。她白皙的脸颊配上金黄色的头发，长长的眼睫毛下有一对漂亮的蓝色的眼睛；高高的鼻梁，尖尖的下巴。她穿着耶格夫人洗得发白的蓝色旧裙装，系着一条雪白的围裙，两个衣袖高高挽起，露出两条粗壮的白白的胳膊。

“以后我主要是去购买各种原料，在店里招呼客人，做店面的卫生，你们两人主要是负责后厨的工作，这样分工怎么样?”耶格夫人问。

“你出去的时候，我来招呼客人。”莫妮卡说。

莫妮卡干起活来干净利落，工作时头上扎着白头巾，身上的衣服也很整洁，围裙总是雪白的，总是一尘不染，好像就是个装饰品。两条粗胳膊很有力气，一会儿就把一堆面团揉好。干起活来井井有条，很有节奏感，很轻松地就把所有的活儿都干完了。

“莫妮卡，我到这里的第一天就见过你。”张金兴一边搅肉馅一边说。

“是吗?在哪里呀?”莫妮卡微笑着，睁大眼睛好奇地问。

“那天你在大街上穿过人群没命地跑，鞋都跑丢了，后面有个男人在追你，眼看他就抓到你，忽然你往下一蹲，那个男人被你绊倒。后来那个男人被警察抓走了，你也消失在人群中了。当时我就在旁边，看得很清楚。”

莫妮卡脸上的笑容一下子消失了，把手中的面团狠狠地摔了一下说：“那个家伙是我们村里有名的坏蛋埃里希·哈尼施，对我一直没安好心。一想起他来我就恶心。”

张金兴很后悔不该提这件事，他低下头继续干活。

“莫妮卡，这是你的工钱。”耶格夫人把一沓钞票递给她。“我要出去买点东西。”莫妮卡解下围裙，边洗手边说。“要买东西就要快去！东西一天一个价，真让人心烦。”耶格夫人抱怨说。

过了一会儿，莫妮卡回来了，手里提着一个很大的包裹。她擦了擦汗，打开了包裹。耶格夫人和张金兴都吃了一惊，里面有一个很大的铁熨斗，还有十几块旧的桌布。“我前两天到一家旧货店找工作时，看到了这些东西，现在看来，这些东西都可以派上用场。我们这几张餐桌铺上台布，就显得很有气派。但是台布每天要洗，用这个熨斗把它熨平。我今天带的钱不够，我还想再买几只旧烛台、几个调料瓶和玻璃小花瓶，点起蜡烛摆上鲜花，这样我们的食品店就上了档次。”

“你把工钱都花了呀！这些东西应该是我来买的。我们这个店是要好好装饰一下，你就再跑一趟吧。把烛台和花瓶以及你看到必要的东西，都买回来吧。”耶格夫人把一叠厚厚的钞票交给莫妮卡，“剩下的钱你就拿着吧！”

张金兴手里提着铁熨斗，两只眼睛却目不转睛地望着莫妮卡，心里想，她应该给自己买件衣服或者鞋子，最起码也应该给自己买条新围巾，那条紫色的围巾太旧了。想不到她却把钱都买成了店里的东西。这么好的姑娘哪里去找？我要是能娶这样的姑娘做媳妇该有多好啊！他只顾乱想，不小心把铁熨斗掉在地上，他红着脸说道：“这个铁熨斗好重啊！以后熨烫台布和衣服的事我来做吧。”

食品店打烊以后，莫妮卡拿了一个很大的椭圆形的白铁盆和一个很大的木洗衣板，开始洗衣物。张金兴发现，她特别仔细地洗她那条紫色围巾，打上肥皂，反复轻轻地搓洗，唯恐洗不干净，又怕磨损围巾。然后，她又反复地搓洗那些旧台布。张金兴帮她提水，往盆里倒水时只顾看莫妮卡，竟然把半桶水倒在了外边，惹得莫妮卡哈哈大笑。耶格夫人搬来一个挤水用的机器装在白铁盆上，机器并不复杂，上下有两个橡胶辊，湿衣物从中间的缝隙穿过，夹紧两个橡胶辊，摇动手柄，通过齿轮传动，转动橡胶辊，很轻松地就可以把水挤出去。

张金兴干起活来就像不知道累一样，特别是他在擦地的时候，不是使用长柄拖把站着擦地，而是蹲下一条腿跪下一条腿，两只手用拖布把地擦得干干净净。莫妮卡很好奇，她悄悄地问耶格夫人：“他怎么这样擦地呢?！这样不是很累吗?”耶格夫人笑着说：“他原来是商船上的水手，一直保持着他在船上工作的方式。他的家乡在遥远的中国，因为生病才留在汉堡。那个犹太医生约翰先生治好了他的肺炎。那天就是他把你拖进店里的。几个好心的中国人借给他一笔钱，他就和我合伙开了这个食品店。”莫妮卡若有所思地说：“这个中国人心地善良，他救了我。他真勤劳又心灵手巧。”

走进张业记食品店，人们就会觉得眼前一亮：擦得锃亮的玻璃柜里整齐地摆放着各种食品，既有中式的也有西式的，可以说是中西合璧。中国特色的各种食品摆在显眼位置，谁看上去都想尝一尝。食品店里干净整齐，餐桌上铺着雪白的烫得平整的台布，餐桌中间的小花瓶里插着鲜花，玻璃烛台上插着点燃的蜡烛，白瓷的糖罐和奶壶也整齐摆放在餐桌上。

“这里的食品和环境真是没的说了。”就是那位最爱挑错的约翰医生太太也这么说。“请给我一份酸辣汤和炸春卷。”

七

生意虽然越来越好，但根本赚不到什么钱。耶格夫人拿出去很大一袋子钞票，才买回来十公斤面粉。“现在数钞票没有一张一张数的啦，都是一捆一捆数的，要么就太耽误时间啦。”耶格夫人小心翼翼地把面粉放在桌上，抱怨道。

“幸亏我们把借的钱都还清了，要是现在去还，非得用车拉才行呢！”张金兴庆幸地说。

店门“咣当”一声被推开了，一个身材粗壮、满脸横肉的家伙大踏步走了进来，扯开嗓子喊道：“来杯啤酒，快！”一边喊一边敲着桌子，莫妮卡把一杯啤酒递过去，惊叫了一声：“埃里希·哈尼施，你这个家伙怎么找到这里来了？”

那个家伙愣了一下，马上满脸堆笑地说：“你怎么跑到这里来了？让我好找啊！莫妮卡，我真想你呀！那天是我喝醉了酒，冒犯了你，可那天我也摔得不轻。你是越来越漂亮呀！还记得我们小时候在一块儿玩儿吗？”

“小时候的事儿怎能忘记啊！那时我家穷得叮当响，还经常找你家借钱呢。只是你家要的利息太高了，再加上利滚利，把我们一家害得不轻啊！”

“我家已经破产了，我现在流落到汉堡，到现在还没找到稳定的工作。嗯，嗯，你现在变得真是太漂亮了。我从小就喜欢你，看到你我真高兴坏了，做我的太太吧！”

埃里希·哈尼施说着往前走了一步，张开双臂就要拥抱莫妮卡，莫妮卡不由自主地后退了一步，把那杯啤酒递到他的手上，正色道：“快喝酒吧！”

埃里希·哈尼施接过酒杯喝了一大口，一屁股坐在椅子上，两只眼睛还是紧紧地盯着莫妮卡。正好张金兴走过来，莫妮卡故意亲热地拉着张金兴的手说：“这是来自中国的张先生，这位是我的同乡埃里希·哈尼施。”

埃里希·哈尼施用冷冰冰的眼光打量了一下张金兴，嘴张了两下，没有说话。

张金兴感到一阵难堪，急忙快步走开了。

“这是什么世道啊？我们这么辛辛苦苦地工作，怎么就只能填饱肚子呢？这是为什么呢？”耶格夫人自言自语地说。

“我告诉你这是为什么。”不知什么时候舒马赫先生走了进来，后面还跟着他的儿子和几个同学，“就是那场该死的战争，我们打败了，法国英国找我们要天价的战争赔款，它们要德国在两年之内交纳二百亿金马克的战争赔款，我们根本无法负担。你看看，现在德国成了什么样子？那么多人失业，物价飞涨，没有一家日子好过。”舒马赫先生大声抱怨道，“我的农场现在根本就雇不起工人，今天只好请儿子的同学们帮我干活。为了答谢他们，我请他们到这里来吃午饭。他们也很想尝尝中国饭的滋味儿。”

“很可惜，我们不会点中国菜，还是请您帮我们点吧！”一位瘦高个的同学说。

“他叫彼得森，是他们班的班长。”舒马赫先生说，“那就每人一份酸甜肉加米饭，两个春卷加一碗酸辣汤，不够再添。”

“好吃，好吃，太棒了！再给我两个春卷。”托马斯三口两口就吃完了两个春卷儿，还要再吃，其他几个同学可能是干活太累了，也嚷着要加饭加菜。

“你看这够吗？”舒马赫先生拿出五捆钞票放在柜台上。

“说起来谁也不信，以前这些钞票足够把我这个房子买走，现在只够吃一顿饭。要不是你借钱给我们，我们也不可能开这个店。今天就算我请客，请把钱收回去。”耶格夫人说。

舒马赫先生哪里肯收回。张金兴走过来，把钞票拿在手里：“我收下了！”转身就把这些钞票放到同学们面前的餐桌上，“送给这些同学去买些文具吧！”

“谢谢你。我们拿这钱买个足球去，我们很长时间没踢足球了，我们买不起足球。爸爸怕耽误学习，就是不肯买。”托马斯说。

“太好啦！我们就是要有自己的足球！”几个同学异口同声地说，“中国人，太谢谢你了！”

一直在旁边偷听的埃里希·哈尼施忽然站了起来，情绪激动地说：“都是因为法国人和英国人逼债造成的，二百亿金马克真是天文数字啊！我们又损失了那么多领土和人口，两年德国怎么能拿得出来呢？政府只好多征税，我们老百姓怎么受得了呢？”

他的话很有感染力。托马斯和其他几个学生也跟着喊起来：“是啊！真不让我们活了。我们德国倒了霉了，这不是往绝路上逼我们吗！”

这时，陈纪林和张添林走了进来，张添林把一张报纸拍在桌上，大声骂道：“巴黎和会就是分赃大会，居然要把我们胶州湾和青岛交给日本，这不是太欺负人了吗？我们可是战胜国呀！”他和舒马赫先生他们打过招呼后，指着报纸的新闻给他们看。

报上说，《巴黎和约》里有三条是关于中国的。即战前德国所占的山东胶州湾的领土，以及那里的铁路、矿产、海底电缆等，统统归日本所有。

“这是彻头彻尾的不平等条约！”舒马赫先生说，“据我所知，事实上中国参加了作战，支援了协约国大量粮食，还派出十七万名劳工，在战场上做那些最危险的事情，挖战壕，修路，打扫战场抬死人，都是这些中国劳工做的。战场上到处有地雷和没爆炸的炮弹，中国劳工死了至少两千多人。可以说，没有中国人那么快挖战壕，英国法国的军队根本就打不了仗。作为战胜国的中国，索回德国殖民地山东胶州湾的主权，这是顺理成章的事。但英法却忘恩负义，非要把胶州湾送给日本这个强盗，真正是欺人太甚了！”

埃里希·哈尼施挥舞着拳头说：“你们都知道 1914 年的胶州湾事件吧！日本趁我们在欧洲打仗的时机，突然出兵向我们驻青岛的军队发起进攻，他们离青岛很近，占地理优势，人数比我们多好几倍，他们是从我们手中把胶州湾抢走的啊!”

陈纪林的德语说得不标准，发音也带有很重的宁波音，但他还是一板一眼地说道：“我在巴黎的朋友告诉我，他们都气炸了。在巴黎的华工和中国留学生举行了声势浩大的抗议活动，强烈抗议英国法国等列强把胶州湾交给日本的强盗行径。三万多华人齐集在中国代表团的住所外面，高呼收回胶州湾，坚决不在和约上签字等口号，真是群情激愤！还有十五名青年组织了敢死队，准备以自己的鲜血和头颅去捍卫中国的尊严和权利。他们喊着，不准在和约上签字，谁签字，就打死谁!”

“我们汉堡的华人也要行动起来，声援巴黎的同胞。”张金兴大声说，“我们要组织游行，到日本领事馆去抗议!”张添林接着说：“我们还要到法国和英国领事馆去抗议!”

“我们坚决支持你们中国人收回胶州湾!”舒马赫先生站起来大声说。

“游行的时间定下来后，我们这些同学都去参加!”彼得森、托马斯和几位同学异口同声地叫起来。

埃里希·哈尼施谄媚地笑着对莫妮卡说：“去参加游行吗？你要去，我就去!”

“我们现在就到警察局去申请游行的许可。”陈纪林说着就往外走，张金兴和张添林紧跟着向警察局走去。

想不到非常顺利地拿到示威游行的许可，申请参加游行的人数为二百人。陈纪林、张金兴和张添林去各家动员。士多店的梁勇老板最积极，他说游行那天他停业半天，所有店里的人都必须参加，谁不去就炒他的鱿鱼。胡烈坚老板表示要带领全体员工参加，他负责制作门旗和每个人手中的小旗帜。洗衣店的李老板虽有些犹豫，但听到张金兴讲的巴黎那边的情况，也表示全体人员一定去参加。崔记和刁记两家餐馆怕耽误生意，不愿参加，被陈纪林骂了几句，最后只好说，到时候再看吧，能去就去。

刚走到老陈记酒楼的门口，就见陈颂献带着几个伙计从地下室迎了出来，一字排开，挡住酒楼的大门。“有何贵干？”陈颂献皮笑肉不笑地问。

陈纪林朝他拱了拱手说道：“战争结束了，巴黎那边正开和会，要把原来德国的山东租借地交给日本。巴黎那边的华人已经上街游行抗议，我们汉堡的华人也要游行……”没等他的话说完，陈颂献张开龇牙的大嘴，满嘴喷着臭气打断他说道：“这和我们有什么关系?!我们只要做生意赚钱就行了，其他的事我们管不着。”张添林忍着气尽量平静地说：“你看，我们首饰街的很多同胞都要参加，大家……”陈颂献不屑地看了他一眼，瞪起老鼠样的小眼睛狂妄地说：“你们这些人知道自己几斤几两吗？就凭你们这几块料喊两句口号就能让中国代表不签字？就能把山东要回来？别做梦了！汉堡离巴黎那么远，游行又有什么用！你们就是喊破了嗓子那边也听不见呀！你们这是瞎子点灯白费蜡，戏台底下掉泪替故人担忧。”他身后的陈厚宝小声说：“我们是该去，人多势众，登在报上也好看一些，造造声势啊。”陈颂献转身用手指着陈厚宝的鼻子凶狠地说：“别跟着瞎起哄!你懂得个屁，你要敢去，我打断你的腿！以后就别在我这里干了……”陈颂献说话的声音忽然弱了起来，连打几个呵欠，鼻涕和眼泪接连流了下来，捂着脸转身走回他的地下室酒楼，那几个伙计也尾随而去。

“陈颂献这个浑蛋真不是个东西，数典忘祖的王八蛋！地地道道的人渣坏蛋！虫豸！他说的像是中国人说的话吗？他不去还不让别人去。他们把门挡得严严实实不让我们往里边看，不知里边干些什么见不得人的勾当。”陈纪林气愤地说。

“他很可能是鸦片鬼。他出来时我就闻到了他身上有股怪味，看刚才他流鼻涕眼泪的样子，很可能是犯了烟瘾。他和我们家乡的烟鬼一个模样。”张金兴说。

这是有史以来第一次在汉堡的华人示威游行。陈纪林手里拿着铁皮喇叭筒，走在最前边，张金兴和张添林打着门旗，上边写着中文：胶州湾必须归还中国！下边是莫妮卡用花体的德文写的：Kiautschau gehört China!（胶州湾属于中国!）莫妮卡头上围着她那条熨烫平整的紫色围巾走在队伍的后边，边走边向路旁的人发放手写的宣传品。

中国人每个人心中都有一把小算盘，把大家组织起来做点事情是非常困难的。

经过陈纪林他们反复动员，五十几位中国人加入了游行队伍。舒马赫带领的德国人也有三十几位。他们制作了两个标语牌，一个标语牌上边是几张青岛的照片，有天主教堂的双塔、总督府、汇泉湾、崂山风景，还有八大关的街景等；另一标语牌上边是 1914 年胶州事件中，日德交战的照片，其中几张德国死难者和伤兵的照片放在显著位置。

他们边走边喊口号，沿途的德国人虽然听不懂中国人喊些什么，但他们很快就明白了事情的原委。听到德国人喊的口号和看到标语牌他们立刻就更清楚了。很多人驻足观看，鼓起掌来，有人也跟着喊口号，甚至加入到游行队伍中。奉命维持秩序的警察只是走在游行队伍后边，没采取任何行动。

日本领事馆门口已经有几位德国警察等在那里，不准游行队伍进入。人群停下来喊了一阵口号。张添林用德语发表讲演，当说到巴黎和会的不平等条款时，在场的所有人都义愤填膺。他又朗读了给日本和英法的抗议信，以及给巴黎华侨的声援信。汉堡几家报纸的记者也来到现场，有的记者一直在拍纸簿上做着速记，有的记者一直在做现场采访，有的记者一直在不停地拍照。

汉堡是德国新闻媒体的中心，即使是德国其他地方的报社也把印刷厂和记者站设在汉堡。几家报社和杂志社的记者围着张添林提了很多问题，张添林不慌不忙、有理有据地回答各种善意和挑衅性的问题。他讲了德国在胶州湾的殖民历史，1914 年的胶州湾事件，特别是在这次世界大战中，中国派出大批劳工到战争前线做最危险的工作，为英法取得战争的胜利作出了杰出的贡献。但是法国军人，特别是英国军人歧视华工，有时还故意欺压华工。战争结束时有两千华工牺牲了他们的生命。令人气愤的是，中国作为战胜国没有获得应有的地位，巴黎和会的决议反而要把胶州湾交给日本！

大部分记者不停地点头，认真地记录。一位记者大声说："真想不到巴黎和会出现这样荒唐的决议！我们应该主持正义，支持中国收回胶州湾的要求。谢谢你这位中国先生，你讲得太好了，我们一定要做特别报道。"

舒马赫先生也发表了简短的演说。德国人也跟着他喊了一些口号。莫妮卡站在台阶上把一些手写的传单发给周围的人，她喊口号的时候声音特别清脆。在蓝天的衬托下，张金兴觉得莫妮卡是那样的美丽，她喊口号的声音是那样动听。

埃里希·哈尼施走过来，一把推开了站在莫妮卡身边的张金兴，嬉皮笑脸地说："莫妮卡呀，你真漂亮，你的身段真迷人。我真爱你呀，嫁给我好吗？"

莫妮卡冷冰冰地回答道："你和街边的那些姑娘也是这样说的吧？谁能相信你这些鬼话？"说完转身走开了，只听到埃里希·哈尼施狠狠地说："早晚把你弄到手！"

"你们光喊口号有什么用？瞧我的！"忽然埃里希·哈尼施从口袋里掏出事先准备好的汽水瓶，朝领事馆里边扔过去，正巧碰到路边的树枝上，没扔进去。

"住手，你冷静点！"托马斯制止他说，"打坏了东西他们要抗议，我们有理反要道歉，得不偿失啊！"

日本领事馆大门紧闭，院子里连个人影也没有。一位警察接过抗议信，放进日本领事馆的信箱中。

"今天参加游行的人都辛苦了，请大家到我的水手馆去喝杯啤酒吧！"陈纪林大声说。

八

汉堡是一个美丽而迷人的城市，且不说美丽的阿尔斯特湖，雄伟的巴洛克式市议会大厦，标志性建筑圣米歇尔教堂，上千座造型各异的桥梁，易北河边各种风格的美丽的建筑，只说那汉堡周日鱼市，就有说不尽的美妙之处。平日里除了开门营业的鱼市交易大厅之外，看不到一点儿市场的痕迹，沿着易北河边大约两公里长的地方，打扫得干干净净，没有一点垃圾，也闻不到一点水产品的腥味，只有路边的一块蓝底白字的牌子上，用花体的德文字母写着：汉堡鱼市。

汉堡鱼市的营业时间也很特殊：每个周日的凌晨四点到早晨九点半。到了夏季天四点钟就大亮了，五点钟就阳光灿烂了。要是到了冬季，七点钟天刚蒙蒙亮，九点钟太阳刚刚出来。所以一年四季鱼市的风光很不同。但是汉堡的市民好像养成了习惯，不论天气晴朗还是下雨刮风，除了那些特别爱睡懒觉的人以外，人们会成群结队来到汉堡鱼市，除了购买他们所需要的东西以外，到这里游玩一下，吃点特色食品，也是非常惬意的。

莫妮卡起得很早，她敲门叫醒了张金兴。她又烧开了一壶开水，把商店打扫干净。张金兴漱洗毕，刚要吃早饭，莫妮卡拦住他说：“我们还是到鱼市去吃吧，说不定那里有很好吃的东西呢！”

莫妮卡提着一个柳条编的购物篮，张金兴提着一个白铁桶，顺着人流向易北河边走去。远远地就听到人声嘈杂，隐约听到混在一起的各种叫卖声，还有手风琴演奏的声音，有几个人随着琴声高声唱歌，走近一看，是几个老水手在那里唱歌，那古老而凄凉的调子让人心碎。他们戴着白色的水手帽，胸前佩戴着很多纪念章，看他们的年纪，已经不可能再到船上工作了。他们的跟前放了一个木盒子，里边有一些硬币。张金兴停下来看着那几位老水手，听着他们凄凉的歌声，不禁想到，我要是一直当水手，到老了也就这样子了。他掏出几张钞票，轻轻地放在那个木盒子里。

鱼市里面真是热闹极了，叫卖声此起彼伏。一个卖鱼的摊位前里三层外三层围着许多人，里边五个卖鱼的人站成一排，每人左手依托着一个圆木盘，右手抓起各种鱼放在木盘上，嘴里面不停地叫着："青鱼两条，三文鱼两条，鱼排四片，外加金枪鱼一条，哪位买走？"看看周围的人没反应，"再加一条青鱼，怎么还没人要，再加一片鱼排！还没人要？再加一块鱼子！"终于有人觉得便宜，买走了这份鱼。卖鱼的人收款说声谢谢，把木盘上的鱼交给买主，然后又开始往木盘上放鱼，嘴里依旧不停地念念有词，有时说起很多笑话，逗得周围的人哈哈大笑。

张金兴虽然听不懂笑话，但是也觉得这种叫卖的方式很有意思，几次跃跃欲试，想要买一份鱼，但总是出手太晚。莫妮卡安慰他说，这里卖鱼的摊子多得很，我们到前面去看看吧。

这个鱼市也太大了，卖水产品的摊位一个接一个，一眼望不到头。很多摊位上根本没有磅秤，就是靠叫卖来做生意，好像大家都不关心重量，数量差不多也就成交了。远处传来了一个男高音的歌声，原来是一个专门卖鳗鱼的摊位，一位头发梳得光光的穿着讲究的衬衣和吊带裤的中年男子，唱着优美的歌剧咏叹调，手里拿着包装好的熏制鳗鱼，向熙熙攘攘的人群叫卖。鳗鱼是价格最高的鱼，很多人还是听着他那优美的歌声，慷慨解囊买上几条。

"我们还是先吃点东西吧！饿着肚子看热闹总不是个办法。"莫妮卡说道，"前面的那些摊子就是专门卖各种各样食品的。"

卖食品的地方人群摩肩接踵，卖食品的人戴着白帽子穿着白色上衣，食品柜的玻璃擦得锃亮，里面的食品在电灯光的照耀下吸引着人们的目光。张金兴买了一条烤青鱼、两片黑面包，鱼虽然很新鲜，可除了咸味以外，没有其他的味道。莫妮卡买了一个夹着炸鱼的面包夹，津津有味地吃了起来。这里的鱼虽然很新鲜，但做法过于简单，除了炭火烤就是用油炸，还有一种很酸的腌制鱼卷，味道和酸黄瓜差不多。

他们一边吃一边走进水产交易大厅。这是一座红砖砌的高大房子，铁门很高大，进去一看，在底层有很多穿着胶皮围裙的工作人员推着装满鱼的车子，一车一车不停地进进出出。二层实际只有靠墙边的一圈儿挑台，中间是空的，从挑台上可以清楚地看到底层每一车鱼的情况。挑台上坐着许多穿着讲究的水产商人，旁边还站着许多服务人员。只见底层两个人推着满满的一车鱼来到大厅中间，一个人举起一条鱼高声喊道："头等北海青鱼，三十五公分到五十公分。昨天运到，冰鲜保存，总共三吨，请出价！"一个肥头大耳的商人喊道："三万！"另一位年纪较大的商人喊道："我出三万五千！"拍卖师喊道："还有出价的没有？好，三万五千！成交！"

张金兴笑着说："这和外面的鱼贩子没有什么区别，都是竞价拍卖，只不过数量有多有少而已。"

汉堡鱼市不是只有卖鱼的摊位，还有很大一片地方是专门卖蔬菜和水果的摊子。一个秃头的胖子站在高高的地方，手里拿着一个篮子，不停地往里装各种水果，拉着长声喊道："菠萝橘子香蕉葡萄都装进去了，谁要啊？多加两个香蕉，一串葡萄！一百马克！"有人买走后，就再拿一个篮子装水果，这和卖鱼的办法如出一辙。但是卖水果的方式多种多样，有整箱卖的，也有按个卖的，还有按重量卖的。不过这些水果要尽快吃掉，很多已经熟透了。

除了汉堡当地的商人以外，很多外地的商人，甚至邻国的商人也到这里经营，荷兰的花卉商人运来了荷兰产的五颜六色的鲜花，丹麦的商人运来了各式各样的奶酪，比利时商人带来了各种各样的巧克力，意大利商人摊位上堆着各式各样的意大利面条和葡萄酒。偶尔还能看到来自北欧的各种皮货。易北河边还停泊着来自瑞典和挪威的渔船，渔民们在船上就把最新鲜的水产品出售给河岸上的人们。

吃饱了肚子，张金兴和莫妮卡又走到卖鱼的区域。他们想买一些新鲜的水产品。走着走着，忽然看到一个穿着胶皮围裙的秃头男人乱喊起来，一边跑一边用脚乱踩，真是手忙脚乱。张金兴低头一看，原来地上有几只螃蟹到处乱爬，那个男人急得没有办法。张金兴走过去，左右开弓，一手一只抓在手里，随手丢进白铁桶中，然后跑了几步，把其余的几只螃蟹也抓住。他把铁桶递给莫妮卡看，她只是恐惧地看了一眼，转身就走。

“朋友，”那个秃头男人拍了一下张金兴的肩膀说，“这个东西很危险，你是怎么把它抓住的？”张金兴从铁桶里抓起一个螃蟹，告诉他抓螃蟹的正确方法：螃蟹虽然拼命挣扎，但是你抓住它的背部和腹部，它就伤不到你。螃蟹是横着爬的，你要顺着它的爬行方向才能抓到它。“朋友，请你帮个忙行吗？我这个仓库里还有不少这种东西，你能帮我抓吗？我付给你们劳务费用。”秃头诚恳地说。

“可以。不过你得把那盏桅灯给我用一下。莫妮卡，今天我们一起做一次冒险行动，你怕吗？”

“我不怕，我也要试试抓螃蟹，说不定很有意思的。”莫妮卡笑着说。

秃头男人从他的摊位上边摘下一盏桅灯，张金兴接过来一看，只见桅灯下边有一圈凸起的汉字：天津三条石王记铁匠铺。原来这桅灯还是我们中国的产品呢。

秃头领着他们走进一间很大的仓库，里边虽然干净整齐，但鱼腥味很浓。“你把门窗都关起来，里边越黑越好。我们把桅灯点亮，放在仓库中间，然后你会看到螃蟹向着桅灯爬过来，你就等着抓吧！注意按我的方法抓，别被螃蟹夹住手指。”

果不其然，几只螃蟹朝着桅灯爬过来，莫妮卡伸手去抓，却被螃蟹夹住小指，惊叫起来。张金兴掰开螃蟹的大爪，把那只螃蟹摔进铁桶中，又示范几次抓螃蟹的方法。“我小时候跟着爸爸在水田里抓螃蟹，我们舍不得吃，都拿到市场上卖掉，换回火柴和食盐。”

莫妮卡没被吓住，她很快掌握了要领，不一会儿就抓了十几只。看到铁桶里二十几只螃蟹。秃头男人太高兴了，掏出几张钞票说：“这些钱给你们。”张金兴满不在乎地说：“我们不要钱，把这些螃蟹拿走就行了。”

“这样吧，我再送给你们一些水产品，就算我谢你们了。”说着拿起莫妮卡的篮子，连鱼带虾装了一篮子。

“啊！英格，是你吗？”莫妮卡冲着一位戴着黑色头巾的女人大声说，她的声音里带着惊喜。“莫妮卡，你好吗，我不是做梦吧?!”她俩紧紧抱在一起，英格居然哭了起来。

“我现在在首饰街18号做工。你过得好吗？”

“哎，别提了！你也知道，我这个工作没法说起了。”

“张，这是我同村的老乡，我们一起长大，可都是穷人。我们好多天没见了。”

英格回头看到了张金兴，一下子想起以前在码头上吃春卷的事来，很难为情地说：“我认识他，上次我们抢他的春卷吃，还打伤了他。我对不起他。”

“过去的事情就让它过去吧。以后需要我们帮忙，尽管来找我们就是了。”张金兴说着，把篮子里的鱼虾分一部分给了英格。

“莫妮卡，你看见了埃里希·哈尼施没有？就是我们村里那个小无赖。”

“我见到他了，还是和以前一样，粗鲁狡猾的样子。他到我们那里去过几次，总说些不着边际的话，总和我套近乎。”

“你千万不要理他。这家伙学坏了，没钱的时候居然厚着脸皮找我们要钱，见到我们的姐妹总是说些下流话。有了钱，不是去喝酒，就是和我们那些姐妹鬼混。”

“真没想到他会变成酒色之徒，我以后得离他远些。他说他要去投考党卫军的学校，不混出人样来不来见我们。”

“不要相信他说的话！他每天和那些街边的姑娘说甜言蜜语，没有一句真话。”

“对不起，英格，我们还得赶快回去工作。很高兴今天见到你，多保重啊！”

没走出多远，迎面碰到了提着篮子的陈纪林，篮子里装满了鳗鱼。“我昨天收到了法国巴黎那边朋友的来信，我们中国代表团没有在巴黎和约上签字，我们还是胜利了。巴黎的朋友感谢我们汉堡华侨的支持。”陈纪林挥着手说。

“其实这正是我们应该做的事。如果我们总是屈服，总是低三下四的，外国人就会看不起我们，就会欺负我们，我们在这里谋生就会更困难。这回开了个好头儿，今后有事大家一定要齐心，要团结起来一致对外，该抗争的事情一定要抗争。给祖国，也是给我们自己争口气。”张金兴平静地说。

“金兴兄弟，你说得太好了！要是大家都这么想，什么事情都好办多了。这条鳗鱼你们拿去吃吧。”

“陈大哥，拿些螃蟹回去尝尝鲜吧，这还是莫妮卡抓的呢。”

陈纪林使劲拍了一下张金兴的肩膀说：“告诉你一个好消息，我们中国没有在巴黎和约上签字，但是我们和德国单独签订了中德协约，保证中德两国居民在彼国居留和经商的权利。我们的领事馆可以名正言顺地保护我们的合法权益！”

张金兴拉着莫妮卡的手说：“瞧，我们以后就可以放手大干一场啦！”

陈纪林却轻轻地叹了一口气说：“我就担心陈颂献那些坏蛋，趁机扩大他们的贩卖大烟生意，败坏我们正当的华商名声，给整个华人社会招来一些不必要的麻烦。”

当莫妮卡和张金兴有说有笑走进门时，耶格夫人真的吃了一惊：“这么多鱼虾我们吃不掉啊！铁桶里的是什么东西？”

“这是螃蟹，在中国是名贵的水产，样子很怪，但非常好吃，一会儿请你也品尝一下。”

“我想起来了，我在一本杂志上看到过，这种东西原产自亚洲，不知怎么就混上船来到这里，而且生命力和繁殖力都很强。我们一般用锤子把它们打碎。没想到在你们那里却是美食。”耶格夫人说道。

“吃螃蟹要用专用的调料才行，我要先到士多店买一些东西来配制调料。”

张金兴用自来水把螃蟹冲洗了几遍，又用细绳子绑好螃蟹的爪子，放进蒸锅里蒸了半小时，把一盘热气腾腾的螃蟹端到桌上。“怎么变成红色了，真好看。怎样吃呢？”莫妮卡问。

张金兴揭开螃蟹的盖子，用小叉子挑起蟹黄，放在小盘子里，“请蘸上调料尝尝鲜吧。”

人们第一次吃螃蟹是要有些勇气才行的。看到吐着白沫，挥舞着两只钳子一般的大爪子，浑身坚硬的甲壳，用尖利的十只爪子飞快横行的怪物，哪能想到蒸熟以后鲜红的颜色，吃起来却又鲜美无比呢。

张金兴又把蟹脚和蟹肉剥好放在盘子上，耶格夫人和莫妮卡连说好吃，而且越吃越快，把张金兴忙得满头大汗。“这吃螃蟹是很有讲究的。我们的调料就差得太多了，只用生姜和醋。工具也有讲究，中国有钱的人家有一套工具，叫作‘蟹八件’，吃不同的地方要用专用工具才行。”

“刚才我在鱼市想到，我们店里还能增加一些海鲜食品，用中国的方式烹制，很有可能有好生意呢！”张金兴建议说。

“是个好主意！我们离鱼市这么近，海鲜又便宜又新鲜，只要口味好，一定能行。”耶格夫人说。

“我去找那个秃头老板，我们帮他捉螃蟹，我们就买他的鱼虾，他肯定同意。”莫妮卡兴高采烈地说。

耶格夫人一边擦嘴一边对莫妮卡说：“你那个老乡埃里希·哈尼施刚走。他跟我唠叨了老半天，他说他爱上了你，非你不娶。又威胁我说，谁敢阻拦他，他就会以命相搏，还说了很多狠话。他和我许愿说，如果我促成他的好事，他就会给我一大笔钱。我说那是你们之间的事情，和我无关。我也不指望得到你的钱。”

莫妮卡一边收拾餐具，一边大声地说：“他那是一厢情愿！这个无赖每天花天酒地，谁愿意嫁给这个酒色之徒，谁愿意听这个家伙在你耳边讲些不着边际的空洞理论，整天不是金钱就是暴力，要么就是粗俗低级的笑话。他再来，我就设法躲出去。”

九

张业记食品店虽然规模不大，但经营得很有特色。耶格夫人把原来首饰店的电话又恢复接通，在电话本上做了一角广告，还买了一辆旧自行车，增加了送外卖的生意。

张金兴把他以前学过的中国食品都亮了出来，特别是各种广式点心，都摆上了食品柜：晶莹的虾饺，金黄的蛋挞，雪白的肠粉，圆圆的叉烧包，只要看上一眼就会引起人们强烈的食欲。最具特色的是张金兴的绝活——银丝细面，一碗热气腾腾细细的面条配上香喷喷的鸡汤，再加上一块美味的鸡排，中外食客无不叫好。

有人进门就嚷着要馄饨汤和春卷，有人专门来品尝中国红烧鱼，银丝细面更是张业记最受欢迎的招牌食品。

这可忙坏了张金兴。莫妮卡会烤西式面点，可中式点心必须从头学起。张金兴耐心地教她如何做皮，如何做馅料。莫妮卡很聪明，学得却很认真。

一天下午狂风大作，下起了大雨，街上一个行人也没有，耶格夫人说，难得这样清静，我们也喝一回下午茶吧。

“中国离这里太远了。我很想知道中国是什么样子的，你能给我讲讲吗？听说你们只喝茶不喝咖啡，是这样吗？”莫妮卡很有兴趣地问。

“其实普通的中国老百姓只喝白水。我在家乡时就直接喝井水或河水。茶对于普通老百姓是一种奢侈品。中国的茶品种太多了，有红茶、绿茶、花茶、乌龙茶和挤压茶几大类。中国不同地区的人饮茶习惯也不一样。我们家乡茶的味道也和这里的不一样。下次我找香港酒楼的张添林大哥要些英德红茶来，请你品尝一下。那是我们家乡茶的味道。我们泡茶时，把茶叶放在杯中，直接冲上开水，茶杯中就有茶叶。就是使用茶壶泡茶，斟到茶杯中往往也带有茶叶。有的中国人，特别是湖南人，还会把杯中的茶叶嚼碎吃掉。我们喝茶从来不放糖。德国这里茶叶一定要滤掉，杯中是看不见茶叶的。你们也很习惯在杯中放一些糖甚至还加一些牛奶，因此你们的茶具比中国的茶具多了糖罐和奶壶这两件。这里的人们很喜欢喝咖啡，可是绝大多数中国人不知道咖啡是什么东西，中国的官员和有钱人也不喝咖啡。只有那些洋买办才会喝咖啡。我第一次喝咖啡也觉得苦得很，加上糖和牛奶还是觉得味道很怪。”

莫妮卡和耶格夫人兴致勃勃地听着。莫妮卡忽然指着张金兴的头问道：“现在你们中国男人还留长辫子吗？女人还缠足吗？我在一本杂志上看到过这样的描写。”

“男人留辫子是满清朝的事儿。1911 年我们推翻了清朝，绝大部分中国男人就不再留长辫子了。我小的时候也留过，实在是很不方便。干起活来要盘在头上，洗一次头、编一次辫子都很费时间。一次，我在稻田里走夜路，总觉得后面有声响，我害怕了，就跑起来，跑得越快后面的声音越大。我真的吓坏了，以为有什么妖魔鬼怪跟在我的身后。后来跑不动了，停下来才发现是脑袋后面的长辫子拍打稻子的声音。”

莫妮卡忍不住笑了起来。张金兴发现，她对中国的事情很有兴趣。

“现在个别中国男人还留着辫子，那些都是清朝的遗老遗少，在中国都很难看到了。女人缠足倒是很普遍。有很多地方，女人以脚小为美。大脚的女人嫁不出去。不过女人缠足是非常痛苦的。女孩子从十一二岁开始，每天要用很长的白布把脚趾弯过来包紧，痛苦得不得了，直到最后把四个脚趾弯到脚心位置固定住为止。现在政府并不提倡女人缠足。绝大多数劳动人民家庭的女子，因为干活不方便，也都不再缠足了。”莫妮卡睁大了眼睛，脸上现出痛苦的表情。耶格夫人皱着眉听着，不停摇头。

“不过，如果有人把文章写得太长，而且内容不好，我们就会说，你这文章就像女人的裹脚布，又臭又长。”莫妮卡舒了一口气，笑了起来：“这个比喻很有意思。不过在我们这里，绝大部分人不能理解。我们不知道裹脚布是什么东西。我们批评冗长无聊的文章就说淡而无味。”

耶格夫人喝了一口茶，忽然问道：“你们中国人吸鸦片烟是不是很普遍？我以前看过一个漫画，中国人拖着辫子躺在床上吸鸦片烟。以前就有报道说，中国是世界上鸦片的进口大国，鸦片消费量世界第一。中国社会各阶层，甚至军队里吸食鸦片都非常普遍。你们难道就不知道它的害处吗？”

“鸦片这个东西是最害人的了。我们中国本来不出产这个东西。上个世纪英国人开始到中国进行贸易，他们运到中国的洋布，不如中国的土布耐穿，呢绒和天鹅绒更是无人问津。由于商品不对路，大多数亏本。后来他们运了鸦片来，开始免费让中国人吸食，让人们上瘾，然后慢慢提高价格，用这种方法残害了很多中国人，掠夺了中国大量的白银。后来他们又搞了东印度公司，专门从事鸦片贸易，中国深受其害。谁知道有多少人家破人亡？我们和外国还打了两次鸦片战争，两次都打败了。此后鸦片更加猖獗。从那些王公大臣到普通老百姓，吸食鸦片的人确实很多。我们家乡这样的人也不少。我们乡里的一个富户，一人抽上了大烟，最后家产荡尽，妻离子散，他自己也自杀了。”莫妮卡摇着头，露出惊讶的表情。

“德国对鸦片控制是非常严厉的，只允许用于医药，贩卖鸦片是严重的犯罪。我上中学时老师就讲过鸦片的危害，警告我们绝对不能有好奇心理：只要吸食一次就会上瘾，对鸦片产生一种生理上的依赖，不吸就非常痛苦。想方设法到毒贩那里去买，哪里还问价钱！越吸量越多，越吸越频繁，最后就是死路一条。以前听说我们这条街上，就有人偷偷地加工和售卖鸦片。你可要当心啦，千万别和这些人弄到一起。”耶格夫人叮嘱说。

“我非常讨厌鸦片这种东西，更痛恨那些贩卖鸦片赚钱的人。这些人应该下地狱。”张金兴非常严肃地说。

趁着谈兴正浓，张金兴拿出一个精美的纸袋递给莫妮卡，里边装着一条崭新的红色羊绒围巾。莫妮卡惊喜地说：“这么漂亮的围巾真是太珍贵了！谢谢你的礼物。”说完小心翼翼地放进衣柜里。耶格夫人说：“莫妮卡，你那条紫色的围巾是该换换了。我也早就想给你买一条新的，到你的生日再送给你。”

过了两天，张金兴看到桌子上三双毛线手套放在那个装围巾的纸袋上，他诧异地问：“纸袋里的围巾呢?”莫妮卡笑着说：“我按纸袋上的地址找到了那家商店，把围巾换成了三双厚毛线手套。我舍不得那条紫色围巾，那是我爸送给我妈的定情之物，是他们留给我的唯一遗物。我戴着它会感到他们的爱，好像他们在抚摸我的头。他们的在天之灵在护佑着我。我很感谢你送我的围巾，我真的很喜欢，可就是太昂贵了，不如换成手套，我们三人送外卖时戴在手上多么实用。”

十

这天打烊以后，张金兴正准备明天的馄饨皮，只见莫妮卡拿来了天平、量筒和一个小本子，笑嘻嘻地问道："这馄饨皮要多少克面粉、多少毫升水，水温要多少度，加几克盐？"说着打开小本子，准备记录。张金兴一下子愣住了，过了一会儿才说："这袋面是一公斤，加一点盐，再加一个鸡蛋，用温水和好就行了。我就是凭感觉，凭经验，没有准确的数量。"莫妮卡有些奇怪地问："那你怎么保证每天的馄饨皮都一样呢？我们做面包时，必须用天平称出各种原料的重量，按固定的温度和过程烤制，产品几十年都是一个味道呢。"

没想到中国的方式和西方的加工方法有这么大的区别。张金兴说："我们完全是凭手艺，我们学徒时就是跟师傅学各种技艺和经验，然后传给后人，可能你觉得有些神秘。我想，我们的方法是在作画，一张一张地画，只要学会了技巧就画起来，可能每张有些不同，但有艺术性。你们的方式很像用海德堡印刷机印画，非常科学而准确，每一张都一模一样。"

"你的比喻很有意思，"莫妮卡微笑着说，"我想学学你们的技艺，你能教教我吗？"

"当然可以。只要你用心学，熟能生巧，用不着天平砝码、量筒量杯温度计的，照样可以做出各种精美食品的。"

张金兴第一次和莫妮卡离得这么近。莫妮卡两手很有力气，和起面来又快又均匀。张金兴可以感觉到她身上发出的热量，嗅到她身上淡淡的香皂气味。张金兴有一种朦朦胧胧的兴奋。他敏感地察觉到，莫妮卡今天说话的声调也与往日不同，眉宇间流露出一种喜悦，笑声也比往日清脆。

可能有些紧张和兴奋，张金兴的额头沁出了汗珠。莫妮卡从围裙的口袋里掏出雪白的手帕，替张金兴擦去汗水。她的手很温柔，手指很长，张金兴感到她的手在微微颤抖，她的脸上有一种神秘的微笑。当他们四目相对时，张金兴看到莫妮卡深邃的蓝眼睛里有一种令他心醉的神情，他呆住了。

“你知道吗？我很喜欢你呢！”莫妮卡大胆而又深情地说。

张金兴为她那突如其来大胆而直接的表白惊呆了，他不知应该如何回答。

“啊，谢谢你。我，我……”张金兴愣了一会儿才回答，他好像做梦一般，好像有一种莫名的感觉，既兴奋又恐慌。他发了一阵呆，不知接下来应该如何应对。说心里话，他也十分喜爱莫妮卡，他多次偷偷地憧憬着，如果能有这样的媳妇该多好。可是转念一想，我只不过是来自中国的穷水手，人家毕竟是德国当地的姑娘啊！我们之间的差别是不是太大了呀！

他两手发抖不知所措，慌乱中忽然递给莫妮卡一碗馄饨汤，嗫嚅地说：“你尝尝味道怎么样。”莫妮卡没有接，转身走到壁炉旁，蹲下身，拨弄壁炉里燃烧的木头。在跳动的火焰照耀下，她显得很美，金黄的头发垂在肩上，白皙的脸上泛着红晕，高高的鼻梁，充满忧郁的大眼睛不时眨眼看着火苗，长长的黄色睫毛忽闪忽闪的。

张金兴在一旁看得呆了，在莫妮卡大胆而直接地表明爱情的这种场合，他不知道该怎么做。搜索枯肠，却找不出一句话来说，只是端着馄饨汤站在那里发呆。

望着壁炉里熊熊燃烧的火焰，莫妮卡好像看到了母亲临终前忧郁的眼神，她最放心不下的就是自己心爱的女儿，没能看到自己的女儿能找到一个心爱的人结婚，这是她临终最大的遗憾。莫妮卡相信，张金兴是能够给她带来幸福、靠得住的人。如果自己嫁给这位勤劳朴实的中国汉子，妈妈的在天之灵一定会得到最大的安慰。要是勤劳正直的爸爸还活着，他也一定会喜欢这个中国小伙子。

壁炉里一块燃烧的木头爆裂了，爆出了一些火花。莫妮卡好像看见了面目狰狞、粗野狂暴的埃里希·哈尼施。她从心底里讨厌这个家伙，也讨厌他那一身黑色的党卫军制服。他确实在疯狂地追求自己。但每次见到他，莫妮卡都会觉得非常恶心和讨厌。这么一位狂妄自大、骄奢淫逸的花花公子能给自己带来幸福吗？她的父母是最了解他和他们一家了，他们绝对不会同意她嫁给这个口是心非、朝三暮四的家伙。

莫妮卡拨弄着壁炉里燃烧的木柴，陷入沉思。好一会儿，莫妮卡才慢慢地站起来，用围裙擦了擦手，转过头来盯着张金兴的双眼看了一会儿。张金兴看到她的眼神中有一种非常神秘的、深不可测、充满了爱和惆怅的情感。张金兴为这种眼神彻底征服了，他不好意思地低下头去，满脸涨得通红。莫妮卡没再说话，转过身去快步走上楼梯。

这一夜，张金兴翻来覆去怎么也睡不着。他想起了妈妈，爸爸早逝，妈妈就是靠给人家做佣人，给人家缝缝补补过日子。爸爸每次从澳门带来的一点钱妈妈舍不得用，总是说留着给你娶媳妇。她会同意我娶洋媳妇吗？将来我把妈妈接到汉堡，她能适应吗？语言不通，能和莫妮卡相处吗？我要是带莫妮卡回家乡，她能适应家乡湿热的气候吗？能适应陌生的中国文化环境吗？能和乡亲们相处吗？

可是在家乡，我能娶到什么样的老婆呢？中国的传统就是：父母之命，媒妁之言。娶进门之前，谁也不认识谁，人长什么样都不知道，更不要说脾气秉性，只能是糊里糊涂地过一辈子。

家乡的亲戚朋友和乡党会怎么想呢？我们香山县出了几个名人，我们乡的名人郑观应先生，他写的那本大书《盛世危言》广为流传，不知翻印多少次了，他没娶洋老婆。还有那位国民政府的大官唐绍仪，他也没娶洋老婆。连鼎鼎大名的孙逸仙先生，也没娶洋老婆啊。我算什么呢?！我要是娶了洋老婆，老乡们会怎么说呢？

莫妮卡是虔诚的天主教徒，每星期日早上都和耶格夫人去圣·约瑟夫教堂做礼拜。我虽然小时候也受过洗礼，但这里的教堂我一次没去过。我没有像样的衣服，神父讲道我也听不懂。莫妮卡她们会不会瞧不起我呢？

莫妮卡美丽的身影，特别是那双美丽的蓝眼睛，直率朴实的性格，干起活来那种一丝不苟敬业的精神，深深印在他的脑海中。特别是当她目不转睛注视他时，那种深邃充满爱意的眼神，让他心驰神往。她那直率而大胆说出对他的爱意，强烈地震动了他的心灵。

他忽然又想到船上那些外国水手有意无意的议论，有几个家伙总是讽刺亚洲人性能力差。想起这些自己也不懂的论调，他忽然感到压力，平添了几分烦恼。

第二天，张金兴推说不舒服，要去约翰医生诊所。莫妮卡要陪他去，张金兴借口要她照应店面，死活不让她一起去。

“你哪里不舒服？”约翰医生捋着他鬓角上那长长的胡须问，“你看上去很健康。”

“我有一个很难启齿的问题要请教。”张金兴很难为情地说，“如果我们黄种男人和白种女人结婚会有问题吗？我以前在船上当水手时，听人说过，黄种人不适合娶白种人做妻子。白人水手也常拿我们开玩笑，说我们黄种人和白种人生理上差别太大，我们不能满足白种女人的性需求。您是医生，我想听听您的高见。”

“这是一个较为复杂的问题，但没有普遍性的答案。我是犹太人，跑了世界上很多地方，见识过很多不同人种的婚姻。以前也接触过这类研究。其实往往都是因人而异，和种族关系并不大。我在南美洲住过一阵，那里各个人种之间通婚很普遍。那里有很多日本移民，我见过许多日本人和其他种族通婚的家庭，没发现由于性的问题导致离异的普遍现象。中国人和日本人应该都是黄种人，所以你也不必担心。对了，香港酒楼的张老板不是娶了波兰妻子吗？这么多年你看他们有问题吗？你的身材比他高多了，也比他健壮些吧！这样吧，我还是给你检查一下身体，再问你一些问题，最后给你一个建议，好吗？”

约翰医生为张金兴做了仔细的检查，又询问了许多问题，如有无家族病，第一次遗精的年龄，有无手淫的习惯，现在多少天有一次遗精等问题。最后，他微笑着说：“你放心吧，我认为你身体方面很正常。性的问题和心理因素有密切关系，船上水手之间的玩笑话不可当真。只要你真心爱一个人，在做爱时全身心投入，千万不要有恐惧心理，把自己沉浸在幸福之中，保证一点问题都没有。这样吧，我给你开一些维生素的药方，对你身体很有好处！”

张金兴心中的一块石头落了地。他浑身轻松，高高兴兴地拿着药哼着广东音乐《烛影摇红》的调子走进门来。莫妮卡关切地问：“病得重不重？医生说什么啦？”又看了看那些药品，问：“怎么都是维生素啊？”

张金兴直视着她那美丽的蓝眼睛说：“我昨天晚上是病了，是心理方面的障碍，不敢直接回答你的爱意。虽然从心里说我很爱你，但是我不敢表达，怕有生理方面的问题，很对你不起。刚才约翰医生开导了我，还给我检查了身体。我现在克服了心理障碍，什么病都好了，吃些维生素只是为了强身健体。”

“你身体很强壮，根本就没有什么病。昨天晚上如果有不愉快的事，就让我们都忘了吧。当时我就和你说清楚，我很喜欢你。”莫妮卡还是那么大胆地说。

“现在我可以大胆地说，我也非常喜欢你。只是我有些自卑，我是个中国来的穷水手，我总觉得配不上你，怕你心里受委屈。”

“你说哪里的话？！其实我家里很穷，我父母双亡，投亲无果，流落到这里。如果没有你们帮助，我现在还不知怎么样了！”

“还有就是那个埃里希·哈尼施。他一直在追求你。”

“难道你看不出来吗？我非常讨厌那个家伙，他不是什么正经人。”

“说实话，昨晚听到你的表白，我当时真是不知所措。昨天夜里想了半夜，在向你表达我的爱意之前，我想必须去找约翰医生咨询。以前我听到有人议论过，我是怕黄种人和白种人之间通婚有一些问题，我是怕影响以后你的生活。约翰医生给我很多忠告，说我不该有心理障碍。医生又说了香港酒楼张添林先生的先例，他和一位波兰女子在一起，他们生活很幸福，他们还有一个女孩。”

“你真是一个负责任的男人，还跑到医生那里去咨询。那现在你还觉得我们之间有什么问题吗？”莫妮卡注视着张金兴的双眼问道。

“我敢对上帝起誓，我真心地喜欢你！我一定会让你有最幸福的生活。”张金兴红着脸，大胆地说出了心里话。莫妮卡伸出双臂搂住了他的脖子，她感到张金兴身体在微微颤抖，他的双臂紧紧抱住莫妮卡的腰肢。

他的眼泪夺眶而出，滴到了莫妮卡的脸上。莫妮卡望着张金兴深情地说：“要是我爸妈能看到我们两个相爱，那该有多好呀！他们一定会喜欢你这个勤劳朴实的中国汉子。”

第一次和心爱的人拥抱在一起，会使人终生难忘这个幸福的时刻。

十一

听到张金兴和莫妮卡要结婚的消息，耶格夫人真是高兴极了，每天打烊以后，三个人就商量着如何办婚事。他们把楼上的那间小卧室打扫干净，重新贴上壁纸，把木地板重新油漆一下，在旧家具商店挑选了一些旧家具，新房总算布置得差不多了。

“你们结婚总要有一套好衣服吧！我陪你们到火车站附近的那几家服装店去挑几件衣服吧。新郎得有一套西装，新娘也得有一套婚纱吧。”耶格夫人劝说了他们好几次，他们只是嫌贵，要去二手店里买。

张金兴要结婚的消息很快就传遍了整个华人世界。陈纪林和张添林组织华界人士准备办一场像样的婚礼。

这天，陈纪林领着一对中年夫妇走了进来，向大家介绍说：“这位先生是新到任的汉堡领事馆的何领事，这位是领事太太。听说你要办喜事，特地来贺喜的！”张金兴先是一愣，然后就打躬作揖，何领事微笑着拦住他说：“可不要这样，满清早就打倒了，这套封建礼仪早就过时了。我们都是平等的，我们就握握手吧。”张金兴把莫妮卡介绍给何领事，何太太拉着她的手说：“您真漂亮！祝你们一生幸福快乐！”何领事又用德语说了一通祝福的话，莫妮卡红着脸说：“谢谢您的祝福，只是我没完全听懂。”何领事说：“我在德国南部巴伐利亚住了很长时间，又在慕尼黑上的大学，所以我的话有很重的南方口音，你们听起来有点儿困难。我以后得改一改，尽量学着说标准高地德语，免得闹出笑话。”耶格夫人笑着说道：“我们要是到了慕尼黑去，听不懂当地的话，也不知道要闹出多少笑话来。大家快请坐吧！你们要喝些什么？”

“你是头一位和德国女人结婚的中国人吗？以前有没有先例啊？”何领事关心地问。“按照德国当地的法律，你们应该去阿尔托那区政府做婚姻登记，成为德国承认的合法夫妻。我这里也给你们做一份中国的婚姻登记，这样如果你们将来回到中国生活的话也是合法夫妻啦！省得到中国以后还要把德国的婚姻证明翻译公证，那是很贵也很麻烦的事情。”

“您想得可真周到啊。领事先生，这是不是您第一次办这种德国人和中国人结婚登记呀？”耶格夫人关切地问。

“确实是第一次，我想今后可能还会有。但愿天下人有情者终成眷属。不管他是哪国人，只要是真心相爱的人就应该可以登记结婚，这样婚姻就受到法律的保护，上帝也会保佑他们的！”何领事用手扶了扶金丝眼镜，认真地说。

几个穿着运动衣的学生大步走了进来，领头的班长彼得森进门就高声说：“给我们每个人一杯啤酒！我们今天赢球了，三比零啦！要好好庆祝庆祝！”

“我们正在庆祝呢，庆祝一对情人要结婚了！”耶格夫人大声说道。“那我们就一起庆祝吧！谁要结婚了？”托马斯一边擦汗一边问。“你仔细看看，难道就猜不出来吗？你看，连中国的领事先生都来这里贺喜了。”耶格夫人笑着说。

学生们很有礼貌地跟何领事打招呼，“这位张先生可真是个好人，他的手艺很好，做出来的食品非常可口，我们都很喜欢。领事先生，要不是他送给我们的足球，我们没法练球，更不用说今天还能踢个三比零了。我想，既然领事先生来贺喜，新郎应该是张先生了，新娘子一定是莫妮卡了。”托马斯笑着说。

大家都笑了。“我要他们去买婚礼用的西装和婚纱，他们总是嫌太贵不愿意去买，你们几位年轻人劝劝他们好吗？”耶格夫人说。“买一套西装是应该的，结婚以后可以再穿。婚纱就没办法再穿了，所以我想去租一套算了。”莫妮卡说。

“我能用一下电话吗？我要给家里打电话报个喜讯。”托马斯拨通了家里的电话。

“莫妮卡，我妈妈要和你说话！”托马斯把听筒递给莫妮卡。“什么？

我的身高和三围？请等一等，我马上量一下。”莫妮卡放下听筒，抓起皮尺，跑到楼上卧室测量去了。

真是太巧了，莫妮卡的身材和舒马赫夫人的身材差不多。舒马赫夫人愿意把自己以前的婚纱借给莫妮卡用。“婚纱挂在柜子里已经好多年了。不过婚纱的式样变化并不大，你要不嫌弃就拿去用吧。”舒马赫夫人在电话里说。“那就太谢谢你了！”莫妮卡感激地说。

“你小子又办了一件好事，将来你也能娶个好媳妇儿。”彼得森拍着托马斯的肩头打趣地说。

“说了半天，婚礼哪天举行？地点选在哪里？到时候我们好去参加呀！”

“差点忘了说，地点就在前边的圣·约瑟夫教堂。莫妮卡一家原来就是天主教徒，我小的时候在澳门也受过洗礼，我们去教堂里见过神父，我们商定把时间定在下星期四上午十点，这样也不会耽误我们开餐馆人晚上的生意。”张金兴说。

“你说的是婚礼仪式，我关心的可是婚宴呢。”托马斯笑着说。

“婚宴就在我那里举办。”一位穿西装戴礼帽的高个子男士走了进来，一边摘掉礼帽一边大声说。

陈纪林连忙站起来，向大家介绍说：“我给大家介绍一下，这位是新中国酒楼的胡烈坚老板。这人很讲义气，他那里地方大，还有一个很大的舞池，平时是水手们的俱乐部。在那里举办婚宴是最合适的。”

“在我那里办婚宴是没有问题的。酒水饮料我免费赠送。但是我有个条件，婚宴开始之前，新郎和新娘必须得跳一个舞，这也是德国当地的规矩，这总可以吧！”胡老板笑着说。

“我会跳一点华尔兹舞，金兴可不会跳啊。”莫妮卡说道。

“没关系，明天你们到我的酒楼去，我教你们跳，给你们配上一个很好的音乐，庆祝你们的新婚之喜。”胡老板拍着手说。

“那太好了，我估计可能要有六十多人参加婚宴。现在大家生意都很差，婚宴只好节俭一些了，就要四菜一汤。我准备两个菜，张老弟你准备两个菜，甜点和汤也由你来提供，这方面你做得最好。”陈纪林做了这样的安排。

十二

中国人常说，十里地乡俗不同。德国人说的“Andere Länder，Andere Sitten”也是这个意思。特别是在婚庆方面，两个国家的人民有着完全不同的传统。

张金兴终于被耶格夫人说服，买了一套黑色的西装和一双黑色的皮鞋，又到理发店理了一个当时最流行的中分式发型。耶格夫人还把一只怀表送给他作为结婚礼物。

张金兴和莫妮卡手挽手到阿尔托那的民政局去办结婚登记。一位戴着大壳帽的官员带着轻蔑的神情上下打量了张金兴，仔细地看了莫妮卡的证件，翻来覆去地看了老半天张金兴的护照，又打电话到外国人警察局核查他的签证，仔细检查了他们的健康证明，怎么也找不出违法的地方，只好皮笑肉不笑地问了他们是否自愿结婚，实在问不出破绽，最后还是给他们做了结婚登记。这位官员拿出了一本希特勒写的《我的奋斗》交给莫妮卡，非常严肃地说：“这是政府送给每一对新郎新娘的礼物，拿回去好好读给他听。”说完歪着头瞥了张金兴一眼。

回到家里还没坐稳，忽然门外响起了噼噼啪啪的打碎瓷器的声音，张金兴吓了一跳，耶格夫人却笑着说：“道喜的人们来了，赶快出去迎接啊！”

张金兴出来一看，只见托马斯和彼得森每人手里拿了几个盘子，正在往地上摔呢。他们一边摔盘子一边笑，嘴里还不停地唱着歌儿。舒马赫先生和夫人站在不远处笑着。

“这是我们德国结婚贺喜的传统，打碎这些旧的瓷器，是美好生活的开端!”耶格夫人忙向惊诧不已的张金兴解释说。

盛装的张金兴连忙向大家道谢。何领事挤进人群，举起他的徕卡相机对张金兴说：“现在就给你照张相吧！难得你穿得这么正规。”

“您可一定把张业记招牌照上，把后边的灯箱也照上。”张金兴说着理了理头发，整了一下怀表链子，单手叉腰，摆了一副他最得意的姿势。何领事及时按下了徕卡照相机的快门。

有谁能想到，这张照片以后竟成了20世纪初中国人在汉堡生活的档案照片。

“看，新娘子出来啦!”只见莫妮卡穿着白色的婚纱，戴着白色的手套，手捧鲜花，面带幸福的微笑，款款走出门来。众人一起喝彩，张金兴眨了几下眼睛，睁大眼睛看了好一会儿才回过神来。“真是仙女下凡了!”他暗想道。莫妮卡走到他身边，大方地挽着他的胳膊，缓缓地向圣·约瑟夫教堂走去。

“真是万里有缘来相会，有情人终成眷属啊!”何领事一边感慨地说，一边快走几步，赶到新郎新娘前边，抢拍了几张照片。

人群簇拥着他们慢慢前进，路边挤满了看热闹的人群，孩子们边跑边喊，首饰街从来没有这么热闹过。张添林夫妇穿着华丽的衣服走到新郎新娘身边，原来今天他们是伴郎和伴娘。

“一会儿举行婚礼仪式时，一定要沉住气，神父问什么你都要回答‘是’。其他的你都听我的暗示。主要是沉着，不要慌。”张添林嘱咐张金兴道。

老神父和教堂里的神职人员早就做好了一切准备工作。当人们走进教堂的时候，管风琴手开始演奏瓦格纳的《婚礼进行曲》，庄严浑厚的管风琴声回响在高大的教堂大厅中，震荡着每个人的心灵。婚礼按着天主教传统的礼仪进行，神父打开圣经，逐句大声地朗读有关章节，所有参加婚礼的人坐着安静地聆听，间或起立随着神父一起祈祷。

整个婚礼仪式进行了一个多小时，张金兴既紧张又兴奋。好在张添林在旁边提醒，一切进行得非常顺利。最后老神父打开结婚签名簿，张金兴接过蘸水钢笔，犹豫起来，张添林在旁边说，签中文名字就可以。莫妮卡在签名簿上用花体德文认真地写上：莫妮卡·张。莫妮卡一直沉浸在新婚的幸福之中，她一直微笑着。在张金兴给她戴上戒指时，蓝眼睛中闪着激动的泪花，深情地看着她的丈夫。

老神父从口袋里掏出一本袖珍本圣经，递给张金兴说："这是我托香港圣公会的朋友寄来的汉语版圣经，送给你作为新婚礼物吧！"张金兴和莫妮卡连声道谢。

仪式快结束时，舒马赫先生匆匆走出教堂，拿来几小袋大米分给托马斯和几个年轻人。那几位年轻人早准备好了几个节目，让新郎新娘做一下呢。

这时，一位身材矮小的中国人哼着小曲就要往教堂里闯，他趿拉着两只旧鞋，头发蓬乱，头戴皱皱巴巴的礼帽，身穿肮脏的中式肥大的衣裤。舒马赫先生拦住他说："里边正办婚礼，进教堂请穿得正规一些。"那个人只得站住，瞪着一对鼠眼往里边看了看，抽了抽鼻子，大龇牙的嘴里咕噜道："有什么了不起的。不进去更好，我先去吃喜酒去！"

"您别介意，这位就是老陈记酒吧的陈颂献老板。"看到舒马赫先生直摇头，有人向他解释说。

当新郎新娘走出教堂大门的时候，几位年轻人迎了上去，抓起一把一把的米撒向他们。大家边撒米边高喊一些祝福的话，有德语，有粤语、宁波话和闽南语，还有其他方言，混合在一起，好不热闹！虽然都是道喜的话，可是没有一个人能听懂所有的语言。

贺喜的德国青年拉开了一块白布，上边画着一颗心的图案，有人把剪刀递给莫妮卡，莫妮卡熟练地剪开半边，又把剪刀递给张金兴。张金兴在大家的哄笑声中笨拙地剪下了另一边。

另一个节目也准备好了，人们把一根直径约三十厘米的圆木架好了，托马斯把一个大锯子递过来。张金兴看了看锯齿的方向，把省力的一边交给莫妮卡。幸亏他在船上干过锯木这种活，没费太大力气就把圆木锯断了。旁边的人一起喊好。

"请大家站好，请何领事给我们照张相，然后到大自由道 11 号新中国酒楼参加婚宴！"陈纪林喊道。

穿着一身黑色党卫军制服的埃里希·哈尼施从柏林受训回来，买了一束鲜花，准备送给莫妮卡向她求婚，走到教堂门口，正好看到穿着婚纱的新娘莫妮卡和他的新郎在那里锯木头。埃里希·哈尼施眨了半天眼睛才回过神来，把那些鲜花狠狠地掼在地上，用长筒皮靴狠狠地踩了几下，咬着牙说道："真没想到啊，莫妮卡居然嫁给了一个中国人，让我的梦想落空了！等着瞧吧，这出戏还没唱完！"

埃里希·哈尼施一脚踢开了民政局婚姻登记处的大门，气急败坏地咆哮道："蠢货，你为什么给德国姑娘和中国人做婚姻登记，你难道不知道我们雅利安人的血统是最高贵的吗？那个德国姑娘是我的同乡，我一直在爱着她，万万没想到她会嫁给那个中国厨子！"那个民政局的官员吓了一跳，上下打量了埃里希·哈尼施一番，高声说道："你这个浑蛋，你早干什么去了？你要是早来两个小时，会有这样的结果吗？没有努力去追求心上的姑娘，让她嫁了个中国人，笨蛋！这是你的奇耻大辱，也是我们所有雅利安人的耻辱。你马上给我滚出去，不然我就向党卫军总部控告你！"埃里希·哈尼施自知理亏，还是跺着脚高喊："你瞧着，我一定要夺回莫妮卡，报仇雪恨，洗刷这个耻辱！"又骂了几句，狠狠地摔门而去。

为了办好这次喜事，新中国大酒楼的胡老板可费了心思。先是把里里外外打扫干净，地板打上蜡，门口贴上大红喜字，里边还按中国方式精心地布置一番，悬灯结彩。靠墙摆了一张喜桌，香炉喜蜡供品摆放整齐，墙上贴了一个很大的囍字，还贴了一副何领事书写的对联：

上联：万里姻缘一线牵

下联：恩爱夫妻双心结

横批：百年好合

大厅里到处是一番喜气洋洋的气氛。"让洋人也看看我们中国人是怎样办喜事的！"胡烈坚老板自豪地说。他把一张广东音乐《喜洋洋》的唱片放到留声机上，欢快的中国旋律回响在大厅里，更增加了喜庆的气氛。

新郎新娘走进大厅的时候，人们鼓掌欢呼。"请这对中国德国新人跳个舞怎么样?”胡老板高声喊道。“好啊!”众人异口同声答道。

留声机里响起了著名的《友谊地久天长》的华尔兹舞曲的音乐。虽然前天在胡老板的指导下练了半天，张金兴还是有些紧张，好在莫妮卡配合得很好，不一会儿他就渐入佳境了。

一对盛装的新郎新娘跳舞是非常好看的，特别是黑头发的中国新郎和金发碧眼的德国新娘一起跳舞，从旁边看简直就是一种享受。许多人都看呆了。莫妮卡左手拉着白色婚纱的裙角，握着新郎的右手，张金兴左手挽着莫妮卡的腰肢，两人脸上都绽放出幸福的微笑。

这一刻张金兴完全陶醉在新婚的幸福之中，他为能娶到美丽善良的莫妮卡感到十分幸福和自豪。他注视着莫妮卡美丽深邃的蓝眼睛，长长的睫毛，高高的鼻梁，美丽的脸庞，双肩白皙的皮肤……他真陶醉了，身体好像飘起来一样，真好像腾云驾雾一般。

一曲舞毕，众人鼓掌。胡烈坚老板请来宾们用餐。陈纪林拉着新郎新娘、何领事夫妇和张添林夫妇走到一张桌子旁边，从衣袋里小心翼翼地拿出一瓶酒来，胡老板拿来几只精致的小酒杯。陈纪林说：“这是我珍藏的一瓶贵州茅台酒，是巴拿马一位老朋友送给我的。茅台酒在巴拿马世界博览会上得了金奖。我的朋友给中国代表团当翻译，代表团临别送给他几瓶，他舍不得自己喝，送了一瓶给我。今天是金兴兄弟的大喜日子，何领事伉俪今天光临，添林兄弟夫妇、烈坚兄弟我们今天难得聚在一起，请大家一起干一杯吧!”

打开酒瓶，浓郁的酒香四溢。“茅台酒真正名不虚传啊，太难得了!纪林，太感谢你了!来，为了金兴夫妇新婚之喜，为了大家的幸福安康，干杯!”何领事高兴地说。

莫妮卡也学着男人们的样子一饮而尽。这是她第一次喝中国的烈性白酒，呛得她直流眼泪，大声咳嗽。张金兴连忙地给她一杯矿泉水，她喝了几口，方才止住。

闻到酒香，陈颂献抽着鼻子挤了进来，“这是什么酒这样香?给我也来一杯!”张金兴给他倒满一杯，他一边贪婪地闻着酒，一边阴阳怪气地说：“张金兴你真行啊，骑上洋马了!佩服佩服!”一仰脖把一杯酒灌进喉咙。“好酒，好酒！”一边说一边自己又倒满一杯，“好事成双嘛！”说着又一饮而尽，转身再去倒第三杯，酒瓶早被别人拿走了，找了一圈也无踪影。“真小气，连酒都不管够！”说罢，张开大嘴狼吞虎咽地大嚼起来。他吃东西的方式很特别，嘴张得很大，一张口半盘菜就吞入口中，没嚼两下就吞进肚里，而且吃得极快极多。别看他身材矮小，吃起饭菜来却两三个人也不是他的对手，吃别人的东西总是像不要命的一样。

“这位先生几天没吃饭了？这吃相真太难看了！你看，那些德国客人都看着他摇头呢。”何领事有些难为情地说。

这是汉堡中国人第一次举行这么大规模的聚会。平日里大家忙着做各自的生意，见面匆匆打个招呼，最多也就几个人小聚一下，哪里有机会这么多人聚在一起。何领事抓住机会，认识了很多华侨，尽量多地了解到首饰街及居住在周边的中国人和他们的生活状况。

胡老板命人不断播放中国音乐，在欢快的乐曲中，新郎新娘走到每张餐桌旁边，向每位来宾敬酒致谢。贺喜声，碰杯声，口哨声，嬉笑声，猜拳行令之声不绝于耳，不时压过了乐曲的旋律。

“请大家安静一下，新郎新娘向大家告辞！”胡老板拍着手喊道。

“谢谢大家光临。我们现在出发到新娘老家吕贝克去做新婚旅行。将来我一定会带着太太到中国去旅行，去拜见我的母亲。”张金兴满面春风地说。

“光带着太太去是不行的，还要带上你们的儿女一起去才好呢。”

“托福，托福！那是一定的！再见吧，各位朋友！大家尽兴吧！”张金兴说完，挽着莫妮卡的手走出大门，他们租的汽车正等在那里。众人跟着走出门外，大家欢呼着送别这对幸福的新人。何领事和德国的来宾也挥手和大家告别，同时离去。

宾客中大部分人是从事餐饮业的，到了下午三点，很多人起身告辞。有些人主动帮着收拾餐具，打扫卫生。这些人都是在餐馆工作的，手脚麻利，干起活来干净利落。那位满脸通红、醉眼迷离的陈颂献在他的伙计陈厚宝和老二的左右搀扶下，蹒跚地走着，嘴里大声喊着：“想玩牌的到我那里去，麻将牌九，轮盘百家乐样样都有哇！”喊着喊着，忽然“哇”一声，吐了一地，还溅到了周围人的身上。

“一条臭鱼满锅都腥了！”胡老板生气地说，“这么好的喜宴都让他给搅了。他吐的那么多脏东西还要替他打扫。他说金兴骑洋马，幸亏那些德国人听不懂，要不然不定会生出什么事端来。”

十三

首饰街虽然毗邻非常有名的红灯区大自由道，却没有什么名声。很多汉堡人知道那里原来是一条加工和出售首饰而闻名的街道，但后来市政厅和火车站附近出现了几家大的首饰店，还有几家法国和意大利的首饰店也相继在汉堡开张，首饰街这一带的生意就衰落了，很多首饰店关了门。很多当地人听说那里住着一大群中国人，却总有一种神秘感，很少有人有兴趣了解一下到底是什么景象。汉堡有一份非常有名的杂志《圣保利新闻》，里面都是一些关于绳索街、大自由道一带的色情故事，但从没有提到过邻近的首饰街。

一天下午，张添林抱着他的小女儿走了进来，手里还拿着一份报纸。莫妮卡跑过去，把小女孩一把抱在怀里，仔细端详了半天，然后热烈地亲吻她的小脸蛋。小女孩并不认生，咯咯地笑着。耶格夫人给了她一个苹果，小女孩用德语大声说，“谢谢您！我叫玛丽埃塔！我爱你们！”引得大家笑起来。

原来，混血儿是很漂亮的，应该是继承了两个不同人种的优点吧。这个小女孩简直就像洋娃娃一样可爱。她说的是德语，但能听懂爸爸的广东话和妈妈的波兰话。

“她的中国名字叫张雪芳，我们都叫她小雪花。我们开酒楼实在太忙，带她不方便，是姨妈把玛丽埃塔带大的。姨妈没有孩子，待她如己出。她一家住在海德堡附近的农村，那里的人很淳朴，待她很好的。她在汉堡没几天就吵着要回去呢。”

“请看，耶格夫人，报上登了什么了，你们的张业记的照片上了报纸了！”张添林摊开报纸，指给大家看。耶格夫人先读了一段编者的话：

我们以前听说过伦敦、旧金山和澳大利亚的悉尼有唐人街，你一定不知道，汉堡也有一条唐人街，就在圣保利大自由道旁边的首饰街。用不着到香港或到上海去，在那里你都体验到真正的中国风情，吃到最地道的中国菜。买到各种各样异国风情的货物。那里住着两千多中国人，他们经营着许多餐馆、酒吧、舞厅、理发厅、洗衣店和亚洲商店，到那里去体验一下真正的中国情调吧！

“瞧，这文章的作者是 Michael He，那肯定是何领事了。真不愧慕尼黑大学的高才生，写的文章文笔流畅，辞藻华丽，句句珠玑。再配上他拍的照片，图文并茂，真是太吸引读者了。你看，这是‘香港酒楼’照片，这是‘新中国酒楼’的照片，这是你们‘张业记食品’的照片。还有金兴的照片呢，看上去真像个踌躇满志的绅士。这篇文章比什么广告都要好啊！瞧着吧，来这里的人肯定会多起来，我们现在惨淡的生意肯定有救了。”张添林激动地说。他的女儿玛丽埃塔看到大家高兴的样子，也在旁边拍手叫着。

莫妮卡抱着洋娃娃般的玛丽埃塔，深情地望着张金兴说：“我们也要有一个漂亮的孩子。”张金兴认真地点了点头。

“还是请纪林来一起商量一下，动员大家做一次扫除，清理一下自家门口的卫生。这样会给游客留下良好的印象，争取到更多的回头客。”张金兴说。

“可惜纪林到巴黎去了，我俩去和各家说说吧。”

果然，到首饰街来游玩的人多了起来。很多人看了报纸上的文章慕名前来。托马斯和彼得森领着一些客人直接奔了张业记而来。人们发现，这个餐馆的布置和德国餐馆没有什么区别，既舒适又干净，但菜品却是地地道道的中国菜。

“中国人真是很勤劳，把这一条萧条的街道完全变了样。现在这条街上餐厅商店酒吧一家挨一家，真是很繁华。让人难以置信，这么短的时间就把原来非常冷清的街道变成生气勃勃的样子。”一位学者模样的人感慨地说。

“别光看到这里搞餐饮和服务业的中国人，你知道有多少中国人在德国留学吗？特别是在柏林、哥廷根和慕尼黑人数最多，他们学习医学、机械制造、物理学、化学等实用学科，甚至连古印度文学专业都有中国学生。我告诉你，还有许多中国留学生在学习军事科学，甚至有些现役军官在慕尼黑军事学院进修呢。”

“中国离我们很遥远，但中国对我们非常重要。”那位学者模样的人说道，“上个世纪中国人在我们这里买了很多武器和装备，例如克虏伯大炮以及铁甲舰。现在中国还是在我们这里采购了大量的武器和装备，你到码头上去看一看，现在就有好几条船正在装运出口到中国的武器和装备。钢盔、军装、步枪、机枪，什么都有。”

“报上这类新闻也不少。德国的枪炮可以说是世界第一。我就不明白了，那种 Mauser 短枪有什么用处？装满了子弹就有三公斤重，拿在手里太重，枪管长，体积又大，射击后坐力太大，准确性也差。可以说这是一种失败的设计。这种枪我们没有装备到军队，没人愿意使用这种枪。可没想到这种枪中国人很喜欢，我们的兵工厂专门为中国人大量地生产这种枪。”

“你不知道原因了吧！中国人很聪明，他们使用这种枪不是垂直端枪瞄准射击，而是偏向 45 度角进行射击，据说准确度也很高。还出了一大批神枪手。最主要的是这种枪弹夹装二十发子弹，火力很强，特别适合中国战场。中国人叫它驳壳枪、大肚匣子枪、盒子枪，或者干脆就叫二十响。”

“我还听说，中国除了购买大量的武器装备之外，还聘请了大量的德国退役将军和其他军事人员，到中国充当军事顾问。我的叔叔就在中国国防部任专职军事顾问，听说薪酬非常丰厚。中国的军人也很好相处，他们的建议往往被采纳。”彼得森得意地说。

“我们从中国也进口了很多东西。特别是一些矿产品，我们这里没有，欧洲也很少。就说金属钨吧，一个灯泡里没有钨丝能行吗？特别是一些钨合金，熔点高硬度强，是重要的工业原料，特别是军火工业更是离不开钨钢和钨合金。全世界一半以上钨的蕴藏在中国，其他的如钼、锑、锌、锡等，就是桐油、豬鬃，我们每年都大量从中国进口。”

“这些我都不知道。我就是喜欢中国的花生米，特别是山东的花生米，真是又脆又香。喝啤酒吃花生米，简直就是一种享受。”托马斯笑着说。

“来尝尝我们加工的花生米。”莫妮卡把四个盘子放在桌子上，“这一盘是油炸花生米，这盘是五香的，这盘是蜂蜜的，这盘是琥珀的，风味各异呢。喝一口啤酒再吃一种花生，体验体验味道如何。”莫妮卡热情地推荐着。

“真是太棒了！花生米在您的手里变得神奇了，每种味道都好吃极了！”不大一会儿，四盘花生就被吃光了。

“我看了看你们的菜谱，和其他的中国餐馆差不多。”那个学者模样的人说，“我在纽约的唐人街吃过一个名菜，叫作‘李鸿章杂烩’，英文叫作Chop Suey，你们这里有这个菜吗？”

“很抱歉，我们没有听说过这道菜，也不知道它的做法。你能告诉我们一下是什么样子吗？”张金兴十分谦虚地说。

“这个菜在纽约可十分有名。当年李鸿章访美时，接受了美国记者的采访，他批评了美国的排华法案，为当地的华侨说了很多好话，为当地的华侨争了光，纠正了很多对中国人的偏见。为了感谢李鸿章，所有的中餐馆都要招待李鸿章吃饭。李鸿章时间紧，只去了一家餐馆，其他餐馆都送去最好的菜来款待他。李鸿章当时已经七十多岁了，饭量有限，有的菜只是吃了一口，很多菜只能放很少一点在他眼前的盘子里。有的如烤乳猪、龙虾之类的大菜只看了一眼就端下去了。他眼前的盘子里堆满了各式各样的菜肴。美国人从来没见过一顿晚餐会有那么多的菜，李鸿章盘子里那么多菜式拼在一起，看上去五光十色，他们真的看花了眼。后来他们在中国餐馆点菜时就说，我们就要吃李鸿章吃的那种很多种菜肴放在一起的大菜。于是那些中餐馆顺势推出了李鸿章杂烩菜，我虽然吃过，也只能说是十分丰盛的菜，里边有多种肉类和蔬菜，调料种类也很多。各种味道都有，只能说非常好吃，其他我也形容不出来了。”

“李鸿章是谁呀？”托马斯满脸诧异地问道，“他的杂烩菜和我们的Eintopf差不多吗？”

“那时候我们的报纸称李鸿章是中国的准皇帝，Vize-König，实际上他是中国最有权的大臣。他还来过德国，到过汉堡呢！他还到离这里不远的弗里德里路访问过俾斯麦宰相呢。当时俾斯麦宰相已经失势，在弗里德里路的庄园里赋闲。他向俾斯麦请教治国之道。他上边还有专权的慈禧太后和年幼的皇帝，朝廷中还有很多派系势力，加上内忧外患，这位年迈的大臣难以应付。尽管他的处境很困难，他还是想把中国的事情办好。俾斯麦说，中国的情况我不了解，我只能提些建议，你一定要有一支绝对忠于你的现代化军队，人数不必太多，5 万人足够了，但是要装备精良、训练有素。再就是要和慈禧太后、皇帝及王室贵族、权臣们搞好关系，让他们能听信你的各项主张。俾斯麦还招待李鸿章吃了德国式的午餐。据说李鸿章吃得津津有味。但是一般情况下，李鸿章总有专门的厨师随行，自带食材，每日用餐十分讲究。我们的杂烩菜 Eintopf 就是一锅烩，和李鸿章杂烩菜根本无法相比。”学者模样的人说。

“说得我们的口水都快流出来了，要是现在每人来一盘李鸿章杂烩菜尝尝多好，该有多么享受！”

“我写信问问在纽约的朋友，问问这李鸿章杂烩到底是什么菜。”耶格夫人拿着小本子，一边记录一边说。

“我到弗里德里路去问一下，那里有俾斯麦基金会的办公室，也许他们有这方面的资料。”莫妮卡认真地说。

张金兴接着说：“只要有这个菜的说明，我一定能烹制出来，到时候请你品尝，看看是不是那个味道。”

十四

中国餐馆的作息时间是很典型的，由于不经营早饭，大家一般十点才起床，做完卫生之后，十点半左右吃早饭，然后准备午餐。下午三点到五点是休息时间，五点以后一直到夜里十二点是最忙的时候，睡觉怎么也要等到夜里一点左右。

汉堡冬天的早晨是又湿又冷的。张金兴天刚亮就打开店门，他打了个哈欠，正要打扫橱窗，忽听得远处有人大声喊叫，声音很是凄惨；还夹杂着打人和叫骂的声音。他定睛一看，远处一个穿皮夹克的高个子男人正殴打着一个中国人，那中国人被打倒在地，双手抱着头，满地打滚。打人者继续拳打脚踢，口中骂骂咧咧。虽然有几个中国人远远地站在那里看热闹，却没人上前劝阻。莫妮卡毫不犹豫地跑过去拦住那个打人者："你住手，不准打人！你是哪国人？德国是法治国家，打人犯法！"

那个打人者转过身来，看到比他矮一头的德国女人怒目相视，居然愣在那里。他刚要发作，张金兴跑上去一把扯住他说："我认得你，你以前抢过我的春卷，还打过我，我今天可把你抓住了！我们一起到警察局去吧！"打人者挣脱开来，对张金兴说："我正要去警察局了，咱俩的事也可以在那里了断。可是这家赌场把我坑苦了，他们在赌具上作假，我肯定要去报警！就是这小子坑得我倾家荡产！"他指着那个躺在地上满脸是血、正在抽搐的中国人大声嚷嚷。

正在门缝里偷看的陈颂献拉开门从地下室跑了上来，上气不接下气地说："大家都消消气。千万别去警察局，千万别报警！"说着从口袋里掏出一沓钞票，双手递给那个打人的高个子，"小意思，这点钱就算赔偿你的损失了。”那高个子看也不看，回头一个直拳打过去，正好打在陈颂献的脸上。“就是你在旁边操控，换牌都是你捣的鬼，今天的事你也跑不了。”打人的高个子怒气冲冲地说。

这一拳打得很重，打得陈颂献倒退了好几步，一屁股坐在地上，鲜血从两个鼻孔里淌出来，流到两撇小胡子上，不停地往下滴，里出外进的门牙被打得像琴键一样活动起来，手中的钞票也散落了一地。陈颂献全然不顾口鼻流血，两只手就像扑蚂蚱一样，左右开弓，趴在地上捡起钞票来。正好一阵狂风吹过来，把好几张钞票吹出老远，急得他连滚带爬，手脚并用，一边捡一边数，唯恐丢掉一张。他两只老鼠般的眼睛只盯着地上的钞票，对于旁边那个被打倒躺在地上不停抽搐的人，他连看都没看一眼。很多中国人在围观，有的人被陈颂献滑稽而笨拙的捡钱动作逗得哈哈大笑，有的人窃窃私语，更多的人则是面无表情。

张金兴扶起地上躺着的那个中国人，原来是老陈记酒楼的伙计陈厚宝，他被打得很重。不知是谁报的警，警察骑着三轮摩托车赶来了。过了一会儿，白色的救护车也开来了，原来是莫妮卡打电话叫来的，两个护士把昏迷的陈厚宝用担架抬上救护车。

那个打人的高个子跑到警察面前，指着陈颂献哇啦哇啦地说个不停。警察叫他住嘴，非常严肃地问他，你打人了没有？马上给我坐到车里去！再乱叫就给你戴上手铐！那家伙果然老老实实地坐到车里。警察转过身来，对陈颂献说道，你去洗一下，拿着你的证件和营业执照，到警察局去做笔录。说完，开着摩托车绝尘而去。

中午时分，开来两辆三轮摩托车，四名警察跳下车来。陈颂献耷拉着脑袋，缩着脖子，手捂着水肿的口鼻从摩托车的挎斗里走下来，和警察一起走进老陈记酒楼，门口马上聚了很多中国人在围观。原来陈颂献去警察局之前就嘱咐了他的老婆和女儿赶紧收拾，该藏的东西一定藏严实，千万别露出马脚。虽然警察在执行公务时一丝不苟，查了半天也没找出陈颂献非法经营的证据。在赌具上做手脚，在赌博中换牌出老千，事后如何能查得出来？

“我们还要看看厨房。”一位警官还要查下去。“厨房没什么好看的，算了吧。”陈颂献掏出香烟恭恭敬敬递过去，满脸堆笑地说。那位警官推开他，一步跨进厨房。

“你这是厨房还是厕所，这气味也太难闻了！”警官连忙掏出手帕掩住鼻子。“这厨房的卫生太差了，食物的卫生没法保证，马上请卫生局的官员来进行处理！”一位警察答应一声，立刻打电话去了。

“警官先生，我们一向注意卫生，后厨就这个样子嘛，怎么注意也就这样了。我们还是最好的，其他中国餐馆还不如我们呢。要处理你就全都处理，别光盯着我一家。”

“我们执法肯定公正全面。你举报一下哪一家餐馆厨房卫生不好，我们马上请卫生局去检查。你要是乱说，我们会加倍处罚你！我问你，那发臭的是什么东西？”

“这是臭冬瓜，我们家乡的一种小吃。”

“那个更臭的东西是什么？难道也是食物吗？你把这些东西给客人吃吗？”

“这是臭蚕豆，好吃得很咧，我吃给你看呀！中国餐馆的后厨就是这样。远的不说，对面那几家餐馆厨房卫生肯定比我们还差。”陈颂献自以为举报有功。

那警官用手帕擤了擤鼻涕，忽然闻到了空气中有一丝奇怪的气味。他毕竟有经验，请其余三位警察走进厨房，向他们说了几句陈颂献听不懂的话。三位警察点头会意，在厨房里仔细搜索起来。陈颂献忽然慌张起来，额头上黄豆大的汗珠滴落下来，两手禁不住颤抖起来。

“这是什么？”警官指着从柜子顶上拿到的一个牛皮纸包，怒气冲冲地问陈颂献。

“我不知道这个东西。我不知道这是谁放在这里的。”陈颂献浑身发抖，声音彻底变了。

他老婆不知出了什么事，听到喊声连忙跑进来。陈颂献看到她气就不从一处来，暗暗骂道，白嘱咐你们了，居然把最应藏的鸦片没有藏好！他气急败坏地抡起右手给了她一巴掌，刚好打在他老婆的左耳上。这一记单风灌耳打得太重了，鲜血从她的耳朵里直喷出来，她晃了一下倒在了地上。

警察连忙抓住了陈颂献的双手。他用浙江话乱骂着，圆睁着两个老鼠般的小眼睛，不停地大口喘气。警察把他拉到街上，塞到摩托车的挎斗里。这时卫生局的人也到了，警察只是简单地说，这家餐馆的厨房实在太脏了，请你们去检查一下。陈颂献从挎斗里站起来，指着对面的几家中国餐馆大声说，这些餐馆的厨房比我的厨房还要脏乱，要检查你们就统统检查，别光查我一家。你们政府做事要公平啊！

外面有许多中国人在看热闹，听了陈颂献的话以后都大骂起来。对面的崔记餐馆的崔奎老板跺着脚大骂道："陈颂献你这个王八蛋，为什么要拉我们下水？你怎么净做这种断子绝孙的事情！那个洋人怎么没打死你呢?!"王府餐馆的刁鑫老板也在那里大骂不迭。可惜警察听不懂他们骂的是什么。

警察们搜查了半天，没有找到吸食鸦片的工具。烟枪烟灯早让他机灵的女儿藏到外边的灌木丛中去了。警察只好拿着那一包搜出的鸦片和卫生局的官员交换了意见。卫生局的官员当场宣布，老陈记酒楼厨房太脏，马上停业，彻底做卫生，检查合格后方可开业，当场开了罚款单。陈颂献一看巨额罚单，心痛得险些掉下眼泪，随手把罚单交给她女儿。警察毫不客气地把他按在挎斗的座位上，向警察局疾驰而去。

城门失火殃及池鱼。王府餐馆和崔记餐馆都因厨房卫生不达标被勒令停业，还吃了一个很大金额的罚单。

当天下午三点多，张金兴和莫妮卡正在准备晚餐。张金兴说："你今天还真勇敢，冲上去救那个中国人，打人的那个家伙比你高一头呢!"莫妮卡说："不论他多高大，也不能在街上打人。我们不能惧怕这些暴徒，对他们这种暴行，我们应该勇敢地站出来制止。不能像那些围观的中国人那样无动于衷。你今天也很勇敢，抓住了那个家伙。如果我们再晚出手，那个中国人肯定会被打坏了。"

这时一个头缠绷带、脸部水肿，一只胳膊用绷带挎在脖子上的人走了进来，一进门就跪在了张金兴的面前。张金兴连忙扶起他，仔细一看，是受伤的陈厚宝。"谢谢你们救了我这条命！如果你们不及时出手相救，我早就被那家伙打死了。"张金兴扶他坐在椅子上，"快别这么说，大家都是离乡背井，不能够见死不救。说实话，我还真有点后怕，那个家伙身材高大，要是他和我打起来，我还真不是对手，说不定我也被他打坏了。”

“您可别这么说，十几个中国人看着我挨打，连句话都不说。我的老板躲在里边不出来。其实就是他出老千害人，那鬼佬以为是我使的坏，不问青红皂白把我拖出去就打。老板就知道钞票，看着让洋人把我往死里打也不出头。咱们两人以前并不认识，我没想到在这个紧急关头你们能出手救我。还是你和你太太最仗义！”

莫妮卡递给他一杯热茶，说了一些安慰的话，可惜陈厚宝都听不懂。“今天就是我太太叫来了救护车，她怕你流血过多，会有危险。”陈厚宝连忙站起来，朝着莫妮卡深深地鞠了一躬。

“张叔，你们这里缺人手吗？我到你这里干算了。我真不愿意在那个地方干了。”陈厚宝的眼里噙着泪水，诚恳地说。

“那位陈颂献老板不是你的叔叔吗？他应该会关照你的。如果你离开他，会影响他的生意，他一定会很难过。”

“其实我们并不是亲戚，只是我们两家都姓陈，住在同一个村子里。他们家家大业大，他爹就是十里八乡有名的恶棍，鱼肉乡里，欺男霸女，无恶不作。他从小就耳濡目染，从他爹那里学了很多欺诈的手段，继承了他爹的衣钵，不务正业，到处坑蒙拐骗。他爹怕他在乡下学坏，就送他到上海去上学，没想到在那里交了一些坏朋友，整天吃喝嫖赌，青出于蓝而胜于蓝，比他爹更坏一等，还糟蹋了他爹很多钱财。他爹鞭长莫及管不到他，干着急没办法。他爹想让他离开那些上海的狐朋狗友，又看到洋行里会说洋话的中国买办很神气，就送他到德国留学。他在德国波鸿大学没念了几天，本性难改，坏毛病又重犯了。听说汉堡有红灯区，赌场妓院都是公开营业的，于是他就跑到汉堡。狂嫖滥赌折腾了半年，花掉了全部钱财，只好给家里写信说转学到汉堡大学，找家里要了一大笔学费。又写信跟家里说生了大病，又要了一笔钱，偷偷摸摸开了这个餐馆。为了省去雇人的费用，把我和村里的几个人骗到这里，白给他干活不给工钱。几个人挤在一间小屋里搭地铺，吃的都是客人剩下的饭菜。我身上的衣服还是从国内带来的。后来他老婆孩子来到汉堡，才发现他的种种劣迹，寄信回去说他根本没去上学，不但吃喝嫖赌还抽大烟，一下子就把他爹给气病了，躺在床上再也起不来了。他爹见人就说，是我把他教坏了，我在别人身上缺了德，他在我身上缺了德！真是报应啊！他骗我说得了大病，我把霸占的田地变卖了把钱寄给他，哪里知道他在外国又嫖又赌抽大烟。唉，张叔，陈颂献太坏了，连他的爹都骗，我跟他这种人干实在没出息。”

“说实在话，我很同情你。可是我这个店太小，我们连住的地方都没法给你安排。我们现在赚不到什么钱，没有办法再请工人。”张金兴无可奈何地说。

耶格夫人虽然没有完全听懂，但她也明白了，无可奈何地摇了摇头。

十五

本来生意就很清淡，王府餐馆和崔记餐馆因后厨卫生不合格被重罚之后，必须重新装修，加装排风设备，改造废水处理管道，这可要花费很大一笔资金。这两家餐馆再也无法经营，只好转让给他人。两家餐馆的老板和伙计一共十几个人生计成了问题。崔记餐馆老板名叫崔奎，河北省安国县人，五短身材，打铁匠出身，斗大的字识不了一箩筐，他最恨有学问的人。可是他很有心计，整天琢磨别人，寻别人的短处，总是想整倒别人而后快。没想到这次自己落了难。王府餐馆的老板名叫刁鑫，地地道道的上海小男人，平时话不多，看上去很老实，可是他一肚子坏水儿，鬼点子特别多，典型的蔫坏损，整天想算计别人，处处都要占便宜。

这一对难兄难弟凑到一起，为谋生计只好暂时同流合污。崔奎主张来硬的，到各家去强收保护费。刁鑫眨巴着小眼睛说，那可不行，德国的警察太厉害，弄不好会被抓起来的。而且这首饰街上已经有一伙打家劫舍的黑帮，我们也不是他们的对手。听我的吧，我自有妙计。听了刁鑫如此这般说了一通，崔奎伸出大拇指说道，不愧是高参，主意就是高！

刁鑫命人从集市上买了几个大型的鱼缸来，注入一些水，放上几条金鱼，往里丢几根水草。头一家他们看中了新中国大酒楼，崔奎的两个伙计程春和邓起把鱼缸搬进去，放在对门的桌子上，两个人轮流往里注水，一会儿水就注满了。胡老板跑过来问怎么回事，崔奎皮笑肉不笑地说："吉庆有余嘛，鱼余同音。胡烈坚呀，摆上这个鱼缸，给你的店里添点风景。以后我们每一个星期来换水，喂鱼，做卫生。"刁鑫在一旁软中带硬地说："我们要适当收点服务费，我们的店关张了，怎么也得让我们吃顿饭吧！

每月也就收你们一万马克。”程春、吴德、邓起也狐假虎威地在旁边起哄乱喊。

“对不起！我这里是舞厅，没有办法摆放鱼缸，请你们还是拿走吧。”胡老板客气地说。

“告诉你胡烈坚，要也得要，不要也得要！”崔奎瞪起三角眼，恶狠狠地说。

“我也告诉你们，我们每月都交保护费，你们要是不把鱼缸拿走，有人会跟你们理论！”

“别吓唬人，我们就把鱼缸放在这里了，看谁来找我们？！快拿钱来！”

“今天还没开张，现在没钱。”

“那好。我们明天来找你要钱，不给钱后果很严重！仔细想想，你有几个脑袋呀？”崔奎杀气腾腾地说，“明天我们来拿钱！”程春、吴德、邓起三个狗腿子也跟着狂喊乱叫。

没有办法，胡老板只好去找那些每月收保护费的黑帮。刚走到首饰街口，正好看见三个中国人在围殴一个中国人，那个被打的中国人虽然拼力反抗，但还是被打得口鼻流血。胡老板跑过去，大声说道：“有话好好说，不要动手打架嘛！”

那三个打人的正是收保护费的黑帮。下手最狠的是歪戴鸭舌帽的斜眼孙占有，另外两个是高个子赵成和王八头李青元。赵成头戴黑色瓜皮小帽，身穿紧身的中式服装，手里还拿了一根木棍比比画画的。李青元歪戴着一顶深绿色的礼帽，一身青色中式服装，脚下穿着一双破皮鞋。也许体力已经耗尽，四个人都停下手来。胡老板认得，被打的是经营报刊亭的四川人任杨辉，他抹了抹嘴角的血，和胡老板大声地说：“我这个报刊亭刚有点起色，他们几个人就要霸占，一毛钱也不给就要把我轰走。他们来经营，我当然不干，他们就三番五次给我找麻烦。我告诉他们，这个店就是我的，我人在店在，想要霸占，你们休想，连门都没有！”

“你都三个月没交保护费了，我们拿你这个报刊亭还不是应该的吗？”赵成挥舞着木棍，阴险地说。

“咱们找地方讲理。胡老板您是公正的人，再请几位老板，让大家评评理。我要是会说德语，早就到警察局告他们去了！”

“好吧！我们就和你讲理。三天以后，到胡老板的新中国大酒楼，咱们好好讲讲理。讲不过我们，就老老实实地把报刊亭交出来！请几位老板都没关系，我看谁敢说一个不字！”赵成挥舞着木棍说。斜眼孙占有也在旁边狐假虎威地跟着乱喊。

“小任你先回去，好好洗把脸，三天后到我那里去吧。现在我有事找他们。”胡老板转身问赵成，“你们别光收保护费不干事，今天有人往我的店里放鱼缸，找我收费，你们那份月供可就让他们要去了，他们明天就要来收钱。我就有这点钱，给了他们就没你们的份了。”

“谁这么大胆，敢抢我们的地盘？”孙占有捋起衣袖，大声咆哮。

“就是崔奎和刁鑫那一伙人，他们有十几个人，比你们人多。”

“不就是一帮开餐馆的人吗？程春、吴德、邓起他们最多也就会起哄架秧子，那几块料打得过我们哥几个吗？你见过他们打架吗？他们根本就不是我们的对手！我们明天就到你的新中国酒楼等着，看他们敢找你要钱?!”赵成拍着胸脯说。

“看看我们的家伙，他们有吗？”斜眼孙占有掏出一把锋利的发着蓝光的芬兰匕首，晃了几晃，还做了一个凶狠的刺杀的动作。

“嗯，你们也别吹牛，是骡子是马要拉出来遛遛的。到时候见了他们你们可别跑啊！我就有这点钱做保护费，谁有本事谁拿走。”胡老板在施激将法。

刁鑫是个办事谨慎的人。第二天他先派程春和吴德到新中国大酒楼打探了一下。吴德和程春回来说，赵成、钱光、孙占有、李青元几人凶神恶煞般站在门外。孙占有一只脚蹬在台阶上，歪戴着鸭舌帽，斜着眼四下张望。其余三个人也都戴着礼帽，穿着中式练武的衣服，摆出一副要打架的样子。刚好有一位报社记者路过这里，随手拍下一张照片，转天就在报上登出来了。谁都没想到，这张照片竟然成了日后中国人在汉堡生活的档案照片。

听了吴德、程春的诉说，刁鑫眨巴着小眼睛想了一下，劝住崔奎说，今天不要去了。我们都没练过武，手里又没有武器，动起手来会很麻烦。

过两天我们再去要钱。

赵成他们等到黄昏，也没见有人来要钱，得意扬扬地对胡老板说：“怎么样，没人敢和我们抢地盘吧?!以后你的月供照付，我们保你平安无事。我们现在到水手馆去，他们两个月的钱还没交呢。”说完带着他的几个同伙向水手馆走去。

伙计们不知道要交什么保护费。钱光一脚踹开大门，斜眼孙占有进门就喊：“快拿钱来！过两个月了，要饿死我们啊?!”领班的伙计老高莫名其妙：“你乱喊个啥！你这个眼斜心不正的东西，我们不欠你们钱！你们赶紧出去，我们还要做生意呢。”李青元直着脖子叫道：“你们每月要交保护费，你难道想赖账吗?”老高急了：“你这个王八头瞎说个啥！你老婆张淑兰卖淫的钱还不够你用吗?”

赵成大声喝道：“我们保护你们平安，你们还敢赖账，给我砸!”

李青元早已恼羞成怒，一把就把桌上的瓷器全部推到了地上。孙占有掀翻了桌子。老高跑进厨房，抄起一把雪亮的菜刀，大喝一声：“弟兄们，黑帮砸我们店来了，快抄家伙，跟我上!”

老高是山东胶东人，原来也是水手，其他伙计也都是水手出身，都是经过风浪见过世面的人。他们都很讲义气，听到老高招呼，有的拿菜刀，有的拿铁锹，蜂拥般地冲了出来。

别看赵钱孙李几个黑帮分子平时对中国人敲诈勒索，好像是八面威风，可是看到老高他们拿着家伙高喊着冲过来，立刻就惊慌失措了。孙占有抽出芬兰匕首刚一比画，就被老高一脚踢中手腕，锋利的芬兰匕首飞起来直插进天花板上。孙占有捂着受伤的手腕痛得怪叫。赵成等还想逞凶，急忙掏出凶器，没料到小李抡起铁锹就打，老高抡起雪亮的菜刀就砍，四个人自知不是对手，急忙夺门而出，没命地向外跑。老高喊道：“今天要好好教训他们！不能让他们再为非作歹了!”几个人放开大步紧追不舍。看到平时耀武扬威的黑帮被老高他们追得落荒而逃，旁边的几家中国店的人无不拍手叫好，他们十分解气地大喊，打死他们，打死这些坏蛋!

老高跑得很快，没跑多远就追上了李青元，他没有抓他，只是向前轻轻地推了他一把，狂跑着的李青元就失去重心，一头栽倒在地上。老高一步没停，提着菜刀继续向前猛跑追那三个人。

两个水手馆的伙计把李青元按在地上就是一顿暴打。那位四川人任杨辉跑过来，狠狠地踢了他几脚，又把他的礼帽一脚踢到街道对面，大声喊道："我让你欺负人，我让你抢我的店！你这个王八头！你老婆张淑兰到处靠人赚钱给你，还不够你花吗？你还到处敲诈，你还是人吗？"旁边的人都乱喊着，打死他！打死这个活王八！

李青元跪在地上，磕头如捣蒜，连声说，再不敢了，饶了我吧！

赵成、孙占有和钱光一路狂跑，丢盔卸甲，礼帽早就不知道落到哪里去了，皮鞋也跑丢了。他们沿着谷物街朝着绳索街方向没命地跑去，老高哪里肯让他们跑掉，提着菜刀在后面紧追不舍。绳索街的两个巡警看到这情景，立刻跑了过来，拦住老高。老高用中国话乱喊，警察听不懂，掏出手枪对准老高，命令他丢掉菜刀。在警察的眼里，老高是持刀的凶手，不由分说，给老高戴上手铐。回头再找那三个被追的人，哪里还有踪影。警察只好捡起菜刀推着老高向警察局走去。

这一夜，老高和陈颂献都被关在警察局的拘留室。

三天后，任杨辉如约来到了新中国大酒楼，看上去非常平静，气定神闲的样子，好像什么事也没发生过一样。他一向非常节省，今天却破例要一大杯啤酒，刚喝了几口，就见赵成、钱光、孙占有大摇大摆地走进来。孙占有向任杨辉喊道："把你的营业执照交出来，从今天起，你那个报刊亭就是我们的了！"

任杨辉喝了一口啤酒，站起身来冷笑着说："你们想要我的报刊亭吗？你们连德文字母都认不全，还想经营报刊亭吗？我可以答应你们这些混账王八蛋，可是它不答应！"孙占有走到近前大模大样地说："谁敢不答应？"任杨辉不慌不忙地从衣袋里掏出左轮手枪，朝着孙占有的肚子砰砰就是两枪！孙占有应声倒地，捂着肚子嗷嗷怪叫。赵成和钱光见势不妙，丢下中枪的同伙，转身就往外跑。任杨辉朝他俩打了两枪，可惜没经过训练，枪法不行，没有打中。

任杨辉把手枪拍在桌上，狂笑起来，端起啤酒一饮而尽。"胡老板你别怕，让你受惊了，耽误了你今天的生意。今天我打死一个坏蛋，看谁以后还敢来收保护费！可惜没把那两个坏蛋也打死。你赶快打电话报警，我坐在这里等警察。我好汉做事好汉当，绝对不会连累你。”

“你还是快跑吧！警察怎么也得五分钟以后才能赶到。”胡老板声音颤抖地说。

“我能往哪儿跑？我为民除害，打死一个我够本了！我怕什么？就是对不住你，把你的客人都吓跑了。你的店堂也让这王八蛋的血给弄脏了。这是我的营业执照和大门的钥匙，今天就送给你了。”说完，任杨辉大模大样地坐在门口的椅子上。胡老板又递给他一杯啤酒，然后打电话报警，并且叫了救护车。

警察听说发生了枪杀案，觉得事情非常严重，派了两辆警车从两个方向堵住了大门口。四名全副武装的警察端着枪冲过来。任杨辉放下手中的啤酒杯，把手枪扔到街道中央，微笑着举起双手慢慢地走出来，一副若无其事的样子。警察给他戴上手铐，又浑身上下搜了一遍，除了口袋里有几个零钱以外，没有发现其他的凶器。

被押上警车之前，任杨辉大声喊道：“老少爷儿们，今天我给你们除了一害，也出了一口我心中的闷气。杀了人，我给他偿命。你们今后挺起腰板来，再别怕那些鸡鸣狗盗之徒！不要给他们一点儿机会！谁要再敢来收保护费，就让他看看这个姓孙的下场！胡老板，对不起，给你添乱了。”

“说得好啊！小四川，你真是条好汉！”张金兴高声喊着。

“任杨辉，你为我们华人社会除了一害，大快人心呢！我们大家一定替你说话！我去请律师为你辩护！”张添林大声说。

又过了两天，警察押着戴手铐的任杨辉来到新中国大酒店，他们还请来一位汉堡当地的汉语专家，要复原整个开枪事件的过程。一辆白色的救护车开了过来，两个男护士架着身受重伤的孙占有慢慢地走了进来。只见他脸色惨白，浑身微微颤抖，佝偻着身子，脑袋歪向一边，垂着眼皮，好像连睁眼的力气都没有了。原来两颗子弹打中了他的腹部，这两颗子弹还是生锈的，大肠受到了感染，每天都要把肠子掏出来洗一遍。没想到这个最凶狠的打手竟然落到这步田地。

任杨辉那张黑红的脸好像瘦了一圈，但是他那四川人特有的大眼睛炯炯有神，说出话来铿锵有力。他详细叙述了整个事件的来龙去脉，以及那天开枪的整个过程。任杨辉指着孙占有大声说："他还有几个同伙，他肯定知道那几个人的下落。千万别让那几个坏蛋跑掉。"孙占有连说话的力气都没有了，只能微微点头或摇头，不一会儿就昏了过去。

一天之后，陈纪林回到汉堡，他和张添林、胡老板一起到警察局，详细叙述了那天黑帮骚扰、老高等人被迫自卫保护餐馆的情况，胡老板应警察局的要求写了证词，详细地描述了那天任杨辉开枪前前后后的情形。最后交了 5000 马克保证金才把老高保释了出来听候传讯。

几天来连续发生的这些事情，就像在滚油锅里浇了一瓢水，在华人圈中炸开了锅。大家纷纷议论，胡乱猜测，说什么的都有。唐人街流行起几句不知是谁编的顺口溜：

老乡见老乡，见面就开枪，
乡党遇乡党，动手把你抢。
亲戚见亲戚，把你血来吸，
朋友会朋友，狠命咬几口。

张添林听到了这些顺口溜无可奈何地摇了摇头。他和那些念顺口溜的人说，其实我们这些汉堡华人圈子里大多是好人，为非作歹的人毕竟是少数。今后大家还是要互相帮助。我们不应该怕那些坏人，德国这里不允许有黑社会存在，今后再有人敲诈勒索我们就去报警。

十六

“金兴你瞧，今天报上整版都是我们唐人街的消息。”莫妮卡亲切地拉着金兴的手，把报上的消息读给他听，“这是个乌七八糟的地方，黑社会横行，私藏鸦片，枪支交易，地下赌场，打斗伤人。街上垃圾遍地，污水横流。餐馆的厨房更是污秽不堪，卫生条件十分恶劣，有几家已经被强制停业。”张金兴摸着脑袋说：“这也太夸大其词了吧！有这么严重吗？”耶格夫人接着说：“后面还有一篇访谈，说得更厉害了。我们这里简直成了土匪窝了！”

“我就不明白了，如果大家都好好做生意，即使不能发大财，起码也能混个温饱，何必要做这些违法的事呢？”莫妮卡扶着张金兴的肩头问。

“原因真是多种多样。我们这些中国人来到异国他乡，本来就有各种各样的困难，大部分人都能够吃苦耐劳克勤克俭，把自己的生活安排好。可是我们的天地太小，这么一条街就住了两千多人，竞争过于激烈，当然就会有很多失败者，就有人铤而走险，做一些不法的事。汉堡又是个自由港，黄赌毒什么都有，色情业和赌博又都是公开合法的。有些人经不住诱惑，特别是很多人生性好赌，赢了钱想赢得更多，输了钱要翻本，结果就越陷越深，输得身无分文就去偷去抢，为黑社会充当打手。当然也有些人本身就是坏蛋，他们好吃懒做，又总梦想发财，认为敲诈勒索是最好的发财方法，这样的人凑到一起很容易形成黑社会。别看中国人见面都很客气，实际上很多人都是各人顾各人，胆小怕事，出了事就想用钱摆平，破财免灾。所以黑社会敲诈勒索收保护费能够屡屡得手。可是他们没想到，那个倔强的四川人就是不向他们低头。他买了一把黑枪，打伤了那个最凶残的黑帮成员。他们也没想到，水手馆的那些水手是敢于出手反抗的。现在这个黑帮已经作鸟兽散了。”

“那私藏鸦片是怎么回事呢？”耶格夫人问道。

“还记得那个被打伤的陈厚宝吗？就是他们店里的事情。那个老板陈颂献就是个地地道道的坏蛋。他吸鸦片烟是公开的秘密。他那个餐馆实际上就是个地下赌场。警察就是从他的厨房里找到了一包鸦片，他一口咬定那不是他的，不知道是谁偷放在那里的。警察没有找到吸鸦片的工具，又没有其他证据，关了他几天就把他放回来了。”

“这么说，报上的文章还是有一些根据的。”耶格夫人说。

“是啊。出了这些事儿真是令人痛心啊！”何领事走了进来，一边脱去大衣一边感慨地说，“前些天报上刚登了唐人街的正面报道，没想到负面报道来得这么快。我刚到警察局去了一趟，那个四川人任杨辉因为无证持枪，枪和子弹的来路不明，又开枪伤人，构成故意杀人罪，已经移交检察院起诉，肯定要被判刑。那个被打伤的人伤势严重。水手馆的老高持刀行凶，留下刑事拘留的记录。那个陈颂献和那个打陈厚宝的外国人也被拘留了。赵成、钱光、孙占有那一票人不知逃到哪里去了。唉，现在总算尘埃落定了。”

何领事擦了擦汗，又用德语向莫妮卡和耶格夫人讲了一遍。看到崔奎和刁鑫在门外探头探脑地向里张望，何领事朝他们招了招手：“你们把张老板、胡老板、李老板、梁勇老板他们都请来，我有事和大家商量。”

工夫不大，唐人街比较大的老板都来齐了，满满坐了一屋子。何领事清了清嗓子，大声说道：“我们唐人街最近出了一些不好的事情。我刚从警察局来，局长先生和我谈了半天，他说德国不允许存在黑社会行为。但是中国人之间的事他们很难弄得懂，很难找出涉黑的确切证据。警方希望我们能够自律，遵守当地的法律。他建议我们成立一个商会，自己管理自己。如果出了什么事，他们可以和商会直接交涉。我们现在有两千多人，几十家店面，应该有一个商会，为大家做些事，能让大家有个讲理的地方，还能代表大家一致对外。大家看怎么样？”

几乎所有的人都表示同意成立商会，只是让谁当会长是个大难题。有人说，凡是涉黑的人都不能加入商会，强送鱼缸就是敲诈勒索涉黑行为。崔奎在角落里站起来，向大家深深鞠了一躬，“我们错了，鱼缸就算我送给你们了。其实大家知道，我和老刁都是规规矩矩的生意人，是被人陷害丢了饭碗，才做出这等丢人现眼的事来。今后我们一定彻底改正，老老实实做人。”刁鑫也站起来，向大家鞠躬致歉。

张添林慢慢站起来，操着浓重的广东口音说：“人非圣贤，孰能无过。知错必改嘛。不过也要考虑到他们的具体生活困难。看来小四川半年一年是回不来了，不如把那个报刊亭先让老刁经营。他还有点文化，认得报纸刊物的名称。小四川回来再还给人家嘛。老崔身体不错，干些粗活还行，就和他的伙计程春、邓起和吴德等人搞一个清洁队，冬天扫雪除冰，平时为各家打扫门前的卫生。听说那个李青元会修下水管，我们这些餐馆下水道经常出问题，就让他负责掏地沟。这样大家都有饭吃，就会避免很多事端，大家看如何？”

又是一阵纷纷议论，最后还是杂然相许。崔奎和刁鑫千恩万谢，不知说什么好了。

十七

陈颂献在他的女儿搀扶下，从警察局慢慢地走了回来。他的头发蓬乱，耷拉着脑袋，还戴着一个很大的口罩，身上的衣服肮脏不堪，走起路来摇摇晃晃，好像随时都会跌倒一样。回到家里，一头栽到床上，嘴里不停地乱哼哼。他老婆小心翼翼地摘去了他的口罩，只见他的嘴肿得像猪嘴一样，鼻子也歪向一边，真把她吓了一大跳。

“给我拿烟来。”陈颂献口齿不清地说。可是他老婆却给他端了一碗饭来。

“给我倒杯酒来。”陈颂献又说道。这次，他老婆又给他拿了一块肉来。

“你发昏了吗？烟和饭一样吗？我要酒怎么把肉拿来呀！”陈颂献生气地大声说。

他女儿赶紧跑过来说：“那天你下手也太狠了，居然把我妈给打聋了。医生说她的鼓膜已破，无法修复啦！现在她听的都是谐音，平时和我们说话她可以看口型，现在你的嘴肿得像猪八戒一样，根本看不出什么口型，她怎么能知道你说些什么？！你有什么事和我说吧。”

“最要紧的是，赶快给我弄些大烟来。我憋得实在受不了啦！我难受得要死了！赶快拿些钱，我说的是英镑，到河边那家英国公司，去找乔治先生，能买多少就买多少。他来赌过钱，认得你。快去快回！”

“你不能让我白跑啊！买那个东西是很危险的，要是叫警察抓住那就惨了。”

“警察不会怀疑你这个小姑娘的，赶快去呀！我难受得要死了！一会儿我给你买新衣服，给你买香水唇膏化妆品，给你零用钱，总该可以了吧！”

“你说话可要算数，不许赖账啊！”他女儿边说边穿好衣服，快步走了出去。

陈颂献在警察局里总是提心吊胆，还要装出样子，要把犯烟瘾装成伤痛的样子。可是到家里一放松，立刻就现了原形，犯烟瘾的所有难受的劲儿就一股脑涌了上来。难受得他抱着头在床上打滚儿，鼻涕眼泪横流，浑身抖个不停，嘴里边爹呀、妈呀叫个不停。

真是望眼欲穿啊！好不容易看到女儿从外边跑进来，陈颂献怪声叫道：“快给我，快拿给我！”一把从他女儿手中抢过一个牛皮纸包，像狗一样贪婪地嗅着，“快去，把烟灯烟枪给我拿来！”他女儿却慢悠悠地说：“你可不能光许愿，给我买的东西一样不能少，说话可要算数，不许再要赖！不许拿从婊子那里偷来的香水唇膏应付我。”

“好女儿，快去吧！这次我不要赖，我带你去商店让你自己挑选。快点把烟枪拿来啊，我坚持不住了。我难受得要死啦！快点啊！”陈颂献带着哭腔说道。

几个烟泡吸完，陈颂献慢慢就恢复了常态，“我好像得了一场大病，总算好了。这几天我想好了，我们要修改营业执照，我们不开餐馆了，只开酒吧和赌场。把厨房整个拆去，省得人家说我们卫生不好，动不动就要罚款。把厨房分隔成几间吸烟室。把储物间改建成密室，专门储存和加工鸦片烟。再开一个后门，给大家留一条方便逃走的通道。今后我们就等着发财吧！那些中国人谁也想不出这些点子来。”

“这次警察局你没有白住，在里面你可有时间了，居然能琢磨出这些歪门邪道来。”他女儿撇撇嘴说。

陈颂献饱食一顿，又洗了澡换了衣服，这才刚有了一点人的模样，喝着茶抽着烟，哼起了小曲儿。“陈厚宝，你过来，给我说说成立商会的事。”

“开了两次会了，章程总算制定好了，就是会长选不出来，连何领事都急了。”

陈颂献猛吸了一口纸烟，两只鼠眼转了一下说："没选出来好啊，我想当那个商会会长。你和老二去会场，给每个人发十个筹码，让他们选我！"

"这肯定不行，"老二提着茶壶走进来说，"那些开会的老板没一个到这里赌钱的。说实在话，十个筹码也太少了，人家根本就看不上眼。"

"那你就告诉他们，谁选我一票给二百马克！"说着把一沓钞票交给老二，"你可别贪污啊！陈厚宝你监督他。"

"花这么多钱，选个会长，值得吗？"

"你们懂个屁呀！我回国打着德国汉堡商会会长的旗号，哪个敢不恭敬我。除了光宗耀祖之外，这也是敛财的好办法。说不定还会写入县志呢！花这点本钱算什么呢?！你俩办成了，我这里还会有赏。"说着摇头晃脑，喝着绿茶，唱起绍兴越剧的调子来。

他这一手并不灵光，很多人一听是陈颂献竞选，别说是给二百马克，就是给一千马克也甭想！陈颂献早已臭名远扬，口碑极差。除了抽大烟之外，和他做过生意的人没有一个不被他坑骗过。以次充好、缺斤短两那是家常便饭，瞒天过海，无中生有，上屋抽梯，甚至美人计仙人跳他都运用得得心应手。

特别是他算账的手段更是让他的生意伙伴防不胜防，他会找来很多毫不相干的记账凭证，涂改上边的日期或金额。或者一票多用，重复计算成本，也是他惯用的伎俩。甚至干脆无中生有，编造假账。他给生意伙伴的账从来只有支出账没有收入账，如果对方问起，他就说收入很少，微乎其微，支出还有很多没有算进去呢！你如果要收入，我可要把高昂的支出都算到你头上，你可别后悔！如果被对方发现破绽，他就会皱起贼眉眯起鼠眼，装傻充愣，最多说一句，是这样的呀，我说呢！反正他从来都不认错。尽量要赖，能赖掉多少就赖多少。如果搪塞不过去，他会瞪起鼠眼说，为了做成生意，我还请人家吃饭喝酒，给人家送礼，这些都没有发票的，你可要承担一半费用。如果对方怎么也不上当，他就会找来妓女陪酒，用好酒加女色把你灌醉，趁着你酒醉不清醒时和你清账，让你在他做的坑人账上签字。或者干脆把你灌醉，让妓女陪睡，他来个捉奸，玩个仙人跳，抓住你的把柄，威胁要告诉你的家人，迫使你破财免灾。

崔奎和刁鑫都被他骗过。崔奎站起来大声喊道："谁要是投票给那个烂仔人渣陈颂献，我跟他没完！"可是还真有几位拿了陈颂献的钱，投了他一票，刁鑫就是其中一位。即使如此，陈颂献的总票数还不到三分之一。

可是其他几个候选人票数也都不过半数。张添林说："我的意思是让陈纪林当会长，他办事公道，又肯助人。"

"他的人品是没说的。不过他事情太多，经常不在这里，会耽误事的。另外就是他的德语也不太好，和官方打交道会有困难。"

张金兴站起来，向四周抱拳说道："我来得晚，人微言轻。说得不好，大家包涵！我说心里话，大家都是餐饮界的同行，竞争总是难免的，以前可能发生过一些令人不愉快的事情。我们最好忘掉那些事情，为以后着想。做买卖竞争，这也是很正常的。平心而论，张添林大哥还是最合适的会长人选。虽然没过半数，他得票的数量最高，接近一半。另外他的德语非常好，和官方打交道肯定没问题。我相信，在大家的帮助和监督之下，他会把这个商会搞好。"

虽然有几个人小声议论，但大部分人点头表示同意。"只要陈颂献那个王八蛋不当会长，谁当我都没意见！"崔奎在角落里喊了一声。

就这样，张添林当选汉堡华商商会首位会长。

陈颂献听到了这个消息，差点背过气去，当会长的美梦彻底破灭，这笔钱算白花了。送出去的钱也没有个账目，陈厚宝和老二不定从中吃了多少呢！转念一想，别忙，以后还有机会，看我的手段，我一定要把商会会长这个头衔弄到手。

他在屋里踱来踱去，看到正在梳妆的女儿，心里想，真是长大成人了，有女人味了。他走过去，摸着她那满头秀发，眯起老鼠般小眼睛说："明天我送你到私立英文学校去，好好学学英文，以后一定能派上大用场。"

"不就是找那个英国人去买大烟吗？一句英语不会，也照样会给你买回来。"

陈颂献不停地在她身上摸来摸去，他女儿推开他的手。“从小我就抱你，现在摸不得了？”说着一把把她搂在怀里，“女儿是爸爸上辈子的情人！你也长大成人了，咱们自己家的人不能便宜了外鬼。”说着把他女儿抱到床上去。

他女儿没有挣扎反抗，从此告别童贞。

没有不透风的篱笆，陈颂献这件见不得人的丑事很快被他店里的人察觉。他老婆也看出来事情不对，又不敢声张，只能忍气吞声。自从那次鸦片被警察搜出来的事件之后，陈颂献再也没给她过好脸色看，动不动就非打即骂。她的心情一天比一天坏，身体也大不如前，总是面带病容。

好事不出门，坏事传千里，这件丑闻很快就传遍了华人世界，成了人们茶余饭后谈论的热点话题。陈颂献自己也察觉到人们看他那种异样的眼神，总能听到人们一语双关的咒骂他的奇谈怪论。陈颂献心中有鬼，只能充耳不闻，装傻充愣，哑巴吃黄连苦在心里。

十八

汉堡地区是一个城市联盟，称为汉莎城市联盟，起源于12世纪。汉堡周边的一些城镇都归属这个联盟。弗里德里路虽然有俾斯麦的封地，但也是城市联盟其中的一部分。张金兴和莫妮卡利用圣母升天节的假日，乘一个小时的火车来到这个僻静的小镇，他们要参观俾斯麦博物馆，要弄清李鸿章杂烩到底是什么样子的。另外，莫妮卡还有个小小的秘密。

弗里德里路火车站很小，无人值守。火车只停一分钟，下车的只有他们两个人。铁路的一侧的山上是俾斯麦的墓地，另一侧是大门紧闭的俾斯麦的庄园和俾斯麦博物馆。两层楼的俾斯麦基金会楼房就建在站台边上。

俾斯麦博物馆是一幢德国老式的白色木结构平房，里边陈列着俾斯麦小学中学的成绩单，俾斯麦生前各个时期的照片以及他生前用过的器具，展厅中间还陈列着一门当年的大炮。墙上显著的位置挂着威廉皇帝在法国凡尔赛镜廊庆典的那幅著名的油画，俾斯麦宰相站在显著的位置上，穿着白色的礼服和那双在西班牙特制的到大腿根的特大皮靴。那双皮靴也放在玻璃展柜中展出。最令莫妮卡惊叹的是玻璃展柜中来自中国的象牙雕刻，那是中国慈禧太后送给俾斯麦宰相的。整颗象牙雕刻足有一米高，上面雕刻的山水精致至极，人物栩栩如生。

张金兴指着玻璃展台里的照片说，那个站在俾斯麦身旁的老人就是李鸿章，他穿的是清朝的官服。那是他的题词，字写得好极了。他用毛笔画的签字很特殊，是他名字三个字组成的圆形，很像一枚图章。

“瞧，这是他们当天宴会的菜单，”莫妮卡说，“不过都是典型的德国菜。别灰心，我们到基金会去打听一下。”

基金会的一位老太太听明白了他们的来意，她说，我们收集所有俾斯麦宰相的各种资料，当然相关的人物的报道我们也收集。她拿来几大本材料，挑出有关李鸿章的剪报和文章，果然找到了李鸿章在美国活动的全部文章，有一篇很长的文章，全文刊登了李鸿章答记者问。其中有两篇提到了李鸿章杂烩菜的事。原来在纽约唐人街的众多的中餐馆中，有好几种李鸿章杂烩菜，每种都不一样，价格也差得很多，最贵的那种要提前三天预订，价格要一百美元；最简单廉价的那种居然就是一美元一份的炒面条。

“我明白了，杂烩菜当然可以多种多样，我们回去试着做一下，最主要是适合德国人的口味。当然也可以打出李鸿章杂烩菜的名称。”张金兴信心满满地说。

莫妮卡双手抱着张金兴的腰，那双迷人的蓝眼睛注视着他，忽然，她激动地说：

“我昨天到约翰医生那里去了，他确切地告诉我，我怀孕了！”

张金兴不相信自己的耳朵，他睁大了眼睛盯着莫妮卡看了好一会儿，突然一把把她抱在怀里，眼里噙着热泪大声说：“太好啦，太好啦！上帝赐给我们孩子啦！我们要当父母啦！今后你再也不许干重活了，还要加强营养哟。”他抱怨地说：“你怎么现在才告诉我？”

“我就是要选择在这个地方告诉你。弗里德里路这里出了宰相俾斯麦，中国的宰相李鸿章在这里和他相会，建立了伟大的友谊。这里就是我们的福地，我们的孩子也是中国和德国的结晶啊！”

“你说得太好了！我们今天的旅行意义非凡了。”

从弗里德里路乘火车回家，刚刚在阿尔托那火车站下车，就听见车站外边非常响亮的鼓号声，一群年轻学生高举纳粹的旗帜，迈着非常整齐的步伐走了过来，每个人的脸上都很严肃。后面是一个很大的鼓号队，他们吹奏的是纳粹军乐，鼓号队的指挥竟然是埃里希·哈尼施！在他的指挥下，乐队迈着整齐步伐，长号圆号小号大号吹奏出激动人心的旋律，进行曲的节奏明快有力，小军鼓敲出振奋人心的节奏，大鼓的声音震得人心激烈跳动。

莫妮卡问路旁的人出了什么事，有人告诉她，是纳粹组织的学生游行，他们还要救德国呢。

鼓号声突然间戛然而止，埃里希·哈尼施带头呼喊纳粹的口号，紧接着传来一阵洪亮的近乎疯狂的纳粹口号声。

莫妮卡听着喊口号的声音，看着贴在广告柱上的纳粹海报，心里产生一种不祥之感。

一进大门，张金兴就把莫妮卡怀孕的消息告诉了耶格夫人。耶格夫人高兴得不得了："你们的孩子肯定比张添林的孩子还要漂亮！从今天起，有些力气活儿我来做，你尽量多休息一下，营养一定要充足。"

陈纪林从巴黎回来了，他把张添林、张金兴、胡老板、李老板和其他几位比较正直的老板请到新中国大酒楼。他非常严肃地说："告诉大家一个令人痛心的消息：5 天前的 9 月 18 日，日本关东军在东北奉天搞了事变，当晚就占领了北大营。中国军队人数比关东军多得多，可是没有组织抵抗，一枪没放全跑了。几天时间日本就已经占了半个东北，正在向吉林和黑龙江方向进犯。"

"东北军的人数不是比日本关东军的人数还多吗？装备也不差呀！就是打不过也得拼一拼啊！不能这么轻易地把东北让给日本吧！"张添林说。

"德国政府是什么态度呢？其他国家都怎么说呢？"胡老板不安地问。

"德国的报纸只做了报道，评论说日本太霸道，中国太软弱。"

"买了那么多武器都干什么去了？中国军队怎么会一枪没放都跑了呢！"

"难道就这样丢掉比德国还要大的国土吗？让日本这样轻易得逞吗？"

"军队跑了，老百姓跑得了吗？老百姓肯定遭了大难了！"

"那我们怎么办呢？还去组织游行，抗议日本占领东北吗？"

"现在德国政府的态度还不明朗，我们最好不要轻举妄动。"陈纪林说，"现在去申请游行许可证肯定不能获得批准。"

"现在我们就是要密切注意事情的发展。如果需要采取行动，由我们商会出面到警察局报批，组织统一行动。"张添林说。

十九

汉堡离中国的东北太远了，“九一八事变”没有在唐人街引起多大的反响，中国人还是照旧经营着他们的生意，只是在茶余饭后发发牢骚，议论议论。

张金兴经过很多次尝试，摸索出一种杂烩菜，又经过多次改进，把那位吃过李鸿章杂烩菜的学者请来，试吃了几次，正式推出了汉堡版的李鸿章杂烩菜。那位学者没有白吃，在报上发表文章，介绍了这个著名的菜肴。一下子引起了不小的轰动，每天食客盈门。

为了让更多的食客能够顺利地找到李鸿章杂烩菜的专卖店，按照那位学者的指点，张金兴在张业记招牌的下边写上李鸿章杂烩菜的德文名称：CHOP SHUY。

好生意忙坏了张金兴他们三个人。耶格夫人要请一位不安排住宿的中国人短工，张金兴坚决不同意。他不在乎给工人发工资，他是怕把好不容易摸索出来的李鸿章杂烩菜的用料和制作方法泄露出去。

其他的那些家中国餐馆都着了慌，眼看着老客人跑到张金兴那里去吃杂烩菜 CHOP SHUY，那些老板心里真有说不出的滋味。他们隔着窗子偷偷摸摸地看杂烩菜到底是怎么回事，他们看不出来杂烩菜的做法，只是看到那些德国人吃得非常高兴，伸出拇指大声称赞。

别看中国人创新的能力不行，要是讲模仿那可是没比的。既然是杂烩菜，就有很大随意性，几家中国餐馆先后都推出李鸿章杂烩菜，有的拼数量，盘子很大，里边菜多肉少，或只有一种最便宜的肉，看上去很不错，实际上成本很低。有的在拼价格，甚至价格只有张业记的一半，里边当然没什么好原料，靠大量的香油味精骗人。甚至以炒面条为主料，配上一点浇头，也在那里以李鸿章杂烩的名字鱼目混珠。这种恶性竞争的结果是中国人自己把自己打垮。德国人看不明白谁真谁假，一头雾水。

舒马赫先生也在《汉堡晚报》上读到了张业记创立李鸿章杂烩菜的报道。他打电话预订了十个座位。他们家三个人加上一位先生和六位同学准时来到。舒马赫先生进门后就高兴地说："我们先喝啤酒。今天欢送我的老朋友拉贝先生去中国工作，也是庆祝托马斯被海德堡大学医学院录取，下周他就要离开汉堡去上学了。"

"恭喜你们家出了未来的医生！"莫妮卡热情地说。

"要说起来还得感谢那位中国人卓景荣博士，他的一番话打动了托马斯。"

舒马赫先生站起来向大家介绍："拉贝先生是我的老同学，他现在就在西门子公司工作，下个月就到中国首都南京做总经理去了，我们今天是特地为他饯行。"

拉贝先生站起来握着舒马赫的手说："谢谢你，老同学，真是不忍分别。"他个子很高，身材消瘦，戴着黑框近视镜，有些秃头顶，说起话来文质彬彬的。

他转过身对着张金兴用汉语说道："你好，你好吗？我很高，高兴，认识，你。"

张金兴有些吃惊地说："你好，你的汉语讲得真好！"

拉贝先生笑了一下继续用汉语说："我有，有糖尿病，吃不得有糖的菜。"

"我会给您做无糖菜，您那份杂烩菜中不放糖的。"

拉贝先生接着说："我非常高兴有机会再次到中国去工作。我在中国天津工作过一段时间，住在天津的马场道。天津是水陆码头，九河下梢，是一个很美丽的城市，那里的老百姓也非常友好，这段经历给我留下了非常美好的印象。这次我要到中国的首都南京去工作。我读了很多有关中国的书，中国是有四千多年文明史的古国，有非常好的文化传统。中国人民是勤劳勇敢的人民。首都南京是一个非常美丽的城市。"

张金兴说："祝你在中国一切顺利。应该到中国各地走一走，看看中国的名川大山。离南京不远有著名的风景区黄山。还有广西桂林的山水，著名的三山五岳等等。中国的风景区很多，名胜古迹也特别多。就是在南京也有很多可以去游览的地方，像中山陵、玄武湖、明孝陵、莫愁湖、燕子矶、夫子庙、秦淮河等地方都值得一游。"

拉贝先生说："谢谢你的建议。我也很想到中国各地去参观游览。"

"舒马赫夫人，我们非常感谢你借给莫妮卡婚纱，真把她打扮成天使了！"张金兴把啤酒放在桌上，感激地说。

"你就不感谢我们摔盘子吗？"托马斯端起啤酒大笑着说。

"不光感谢你摔盘子，还感谢你往我们的头上撒米呢。"

"大家一起都喝吧！今天啤酒赠送，就算我们贺喜了。来，碰杯！"

"你怎么没喝呀？"舒马赫夫人微笑着问莫妮卡。莫妮卡脸红了。

耶格夫人凑到舒马赫夫人耳边说："也是一件喜事呢，她怀孕了！"

"这可太令人高兴了！"她拉着莫妮卡的手说："这方面我有经验，有问题给我打电话，需要什么只管说话。"

自从莫妮卡结婚之后，埃里希·哈尼施经常到张业记来寻衅，借酒撒疯，不是高谈阔论纳粹的那一套理论，就是讲些粗俗的笑话。只见他色眯眯地注视着莫妮卡，一口气喝干了一大杯啤酒，擦了擦嘴说："作为党卫军的少尉，我要为复兴我们伟大的德国去奋斗，这样的人生才有意义！最可敬可爱的人是我们，不是中国做饭的！"

"为祖国的复兴有很多不同的道路，学好知识，有专业技能可以作出很大贡献，不一定要加入纳粹党，他们的主张不一定都正确。救国有很多道路，魏玛宪法不是很好吗？"舒马赫先生直视着埃里希·哈尼施说。

"尊敬的先生们，德国现在的困境，就是由于那个该死的《凡尔赛条约》，万恶的犹太人，布尔什维克主义，还有那个魏玛宪法造成的。德国现在有那么多党派，哪个党真为老百姓说话？我们受英国法国的气这么多年，只有纳粹党敢和他们叫板，敢说德国人想说又不敢说的话。现在德国不需要更多的工程师和科学家，需要的是我们这样的热血青年，需要我们去为国家的复兴而奋斗。我们不喜欢空谈，我们需要行动，需要冲锋！我们要打败一切敌人，复兴我们伟大的德意志帝国！我相信，如果你儿子没被医学院录取，他肯定和我们走到一起。”埃里希·哈尼施涨红了脸，端着啤酒杯大声咆哮。

“别这样激动啊，年轻人。”拉贝先生轻声细语地说，“我就是纳粹党人，我还是工程师和公司管理人员。趁着年轻多学一些专业知识还是非常必要的。”

“今天不是政治辩论会吧！来，大家尝尝我们独家推出的历史名菜。”莫妮卡把热气腾腾、香气扑鼻的杂烩菜端了上来。

埃里希·哈尼施指着莫妮卡大声说：“你凭什么不让我说下去？你们女人懂什么政治？你们应该回到厨房去。你们只能去养孩子。”

莫妮卡大声反驳道：“为什么让我们女人回到厨房去？我们可以做更多的事情。”

埃里希·哈尼施满嘴喷着酒气说：“这是纳粹元首说的，你难道不知道吗？”

莫妮卡没再理他，把一盘菜放在拉贝先生面前，“这盘是专门为拉贝先生做的，不含糖，但也别有风味。”

“这香味很独特。”舒马赫太太抽着鼻子说。

“这是芝麻油的香味，这油是专门从鹿特丹买来的。”莫妮卡介绍说。

“这个菜看上去五光十色的，很能引起我们的食欲。”

“我看到有好几种肉和蔬菜，营养一定很丰富的。”

“能给我再来一份吗？我没吃够。”托马斯吃完一盘，敲着空盘子说。

“没问题，谁还要加一份？”

几个年轻学生都吃了两份。

“到了南京，我真不知道能不能吃到这么好的菜。”拉贝先生一边用手帕擦嘴一边说。

“南京是我国的首都，有很多有名的餐馆，中国有八大菜系，在南京都可以吃到。南京还有很多特产，南京板鸭咸水鸭都很有名的。南京北靠长江，各种鱼类和水产品也都非常丰富，好吃的东西多得很呢。在那里这个杂烩菜根本就不入流。”张金兴说。

埃里希·哈尼施多喝了几杯酒，有些晕晕乎乎的，满怀心事地走在街上。漂亮的莫妮卡已经和中国人结了婚，自己虽然也向莫妮卡明确地表示了爱情，但是没有得到她的青睐，弄得自己神魂颠倒。难道我这个党卫军军官还不如一个中国的厨师吗？我早晚要得到她！哎，过两天自己也要去党卫军总部报到了，谁知道将来命运如何呢？

走到陈记酒吧门口，只见花枝招展穿着暴露的陈小姐向他招手："小伙子，干吗唉声叹气的？进来玩会儿吧！发财的机会在等着你呢！这里酒水还免费呢。"埃里希·哈尼施稀里糊涂地被陈小姐拉进了陈记酒吧。陈颂献连忙迎上来满脸堆笑，用带着浙江口音的德语说："欢迎欢迎，先来一杯威士忌加冰块怎么样？我这里有轮盘、21 点，玩什么都可以。"陈小姐扭着腰肢说："玩 21 点怎么样？先换点筹码吧。"说着坐上台子洗起牌来。她洗牌的手法非常娴熟，让人看起来眼花缭乱。

几个回合下来，哈尼施筹码全输光了，再拿不出来钱换筹码了。陈颂献在一旁笑着说："你的好运马上就到，下一回合你就能够翻本赚大钱。没钱没关系，可以把你的手表先押在这里。"哈尼施急于翻本，摘下手表递给陈颂献，换来一摞筹码。

虽然哈尼施小赢了几次，还是没能翻本。接着没玩一会儿，筹码又都输光了。哈尼施急得满头大汗。陈颂献眨巴着一对老鼠眼睛说："没关系的，小伙子！这点钱很容易翻本，我可以先借给你一些钱。"哈尼施伸出手来，刚要接陈颂献手里的钞票，一个大肚子的德国人走过来拦住他说："年轻人，你上当了！他们为什么总赢，你就一个劲地输？你也不想想里面有没有猫腻？"陈颂献和她女儿异口同声叫起来："我们这是 fair play，从来都是按规则操作的。你看我们都是规规矩矩地出牌，哪里有什么猫腻？这小伙子今天赢了几次也输了几次，如果赢了他就收手，还能赢几个钱。玩到最后输了钱，只能怪他运气不好。"

那个大肚子德国人拉着哈尼施的手说："小伙子快走吧！他们出老千的技术很高明。我明知道他们在欺骗你，我一直在旁边盯着看，可就是没能识破他们。你要听我的忠告，别再玩下去，别再受他们的欺骗了。"

埃里希·哈尼施无可奈何地走出了陈记酒吧。把身上的钱全输光了，自己心爱的手表也输掉了，明天到哪里吃饭都成了问题。他垂头丧气地坐在石头台阶上，擦掉了头上的冷汗，被冷风一吹，他头脑这才清醒了一些。想起了那个大肚子德国人的话，他狠狠地骂道，原来这些坏蛋是靠欺骗赚我们德国人钱的！我们辛辛苦苦赚来的钱就这样被他们骗去了？这些不劳而获的寄生虫，这些狡诈的骗子，将来有一天我会和他们算总账的！想起自己喜爱的同乡姑娘莫妮卡也嫁给了中国人，真恨得牙根发痒。

二十

中国农历的春节就要到了，汉堡华人商会的第一项活动就是组织华侨们欢度春节。张添林会长组织大家开了个会，把何领事也请了来，大家七嘴八舌，出了不少点子。

“我先去警察局登记，从大年三十到初五我们这里要燃放爆竹烟花，省得他们找麻烦。”张添林一边说一边做笔记，“这期间街道每天还要打扫干净。”

陈纪林自告奋勇地说：“我们唐人街第一次大家组织起来过年，一定要搞得热热闹闹的！我去组织舞狮队，我们水手馆的人不够，欢迎其他人参加。不过，我们先要排练几次，锣鼓也先要准备好。大家放心，这些都包在我身上。”

“何领事，今天请您来，是请您为我们写春联。您的汉字写得漂亮，我们写的实在拿不出手，也不知春联写哪些词句，这就拜托您了！”

何领事站起来慢慢地说：“这点小事不算什么。看到大家普天同乐，我也特别高兴。我还要在报上写文章，介绍我们中国的春节，介绍我们中国的风俗习惯和文化传统。相信很多德国人一定很有兴趣，他们会来看我们舞狮放鞭炮。也许会给大家带来一些额外的生意。上次报上的负面报道影响很坏，这次我要多介绍一下中国的文化，让德国社会全面了解中国。现在我们正和日本打仗，借着欢度春节的时机，我们要弘扬我们的传统文化，扩大我们中国的影响，多争取国际友人对我们的了解和支持。”

虽然都是过年，中国各地区的传统并不一样。阴历大年三十正好是星期天，一大早张金兴挽着莫妮卡去逛鱼市。但是这一次他们主要是去卖鲜花的地方。这是广东人过年的习惯，“唔行花街唔算过年”，就是说不逛花市不算过年。广东人一般要买水仙、百合、桃花、玫瑰、菊花、杜鹃、盘景、柑、橘。可是汉堡买不到中国的南方花卉。但这里的鲜花市场不比广东差，荷兰号称花卉王国，很多种鲜花运到汉堡销售，既有摆摊销售的，也有和卖鱼一样叫卖的，而且每个星期天都有大规模的花市。

莫妮卡挑了几种颜色的郁金香，张金兴买了几种玫瑰花，他们还买了许多叫不上名字的花卉，放在一起五颜六色的，非常好看。

他们还买了一条很大的金枪鱼，这也是广东人常说的吉庆有余的意思。

回到家里大家都忙了起来，莫妮卡和耶格夫人忙着用鲜花把屋里屋外布置起来，时间不长，环境大变，就像一个姹紫嫣红、五光十色的花圃。

张金兴按照广东人的习惯，炸油角，做汤圆，包粽子，忙个不停。他要让他的爱妻和耶格夫人体验一下中国人过年的习俗。

人逢喜事精神爽，张金兴那个高兴劲都写在脸上了。他把一副何领事送给他的大红对联贴在门两侧，写的是：

天增岁月人增寿
春满乾坤福满门

一个大福字倒贴在大门的中间。

对联的意义太深奥了，张金兴讲了半天，莫妮卡也没明白，只知道是祈福的意思。

张金兴提着一篮子礼物来到张添林家，把油角和汤圆送给张家。张添林正登着梯子挂大红灯笼呢。“还是你想得周到，又炸油角又做汤圆的。我这里还没布置好呢。我太太去买花了。我们广东人过年没有鲜花是不行的。”说着走下梯子，拿出一副春联贴在门上，写的是：

生意兴隆通四海
财源茂盛达三江

“正宗的颜体字，何领事写得多漂亮！”

张金兴拿着礼物来到水手馆时，老高和几个伙计正在打扫卫生，他忙和大家打招呼：“请大家尝尝我们广东的小吃，就算送给大家的过年礼物了。”陈纪林忙迎出来，满面春风地说：“我正要给你送年糕和宁波汤团呢，正好你自己带回去吧。我还得排练舞狮呢！我们宁波人过年就是爱吃炒年糕，爱吃宁波汤团，黑芝麻白糖猪油做的馅料，又甜又香，你太太和耶格夫人一定会喜欢的。”说着，就把一包水磨年糕和宁波汤团放到张金兴的篮子里。

虽然中国各地过年吃的东西有差别，贴春联倒是从南到北都一致的习俗。老高贴的春联是：

向阳门第春常在
积善之家庆有余

看到首饰街很多店铺都贴了春联，陈颂献也要凑凑热闹，他裁好红纸想了半天也找不出像样的词句。找别人写也来不及了，抽了几支烟搜索枯肠后，攥着毛笔胡乱写下：

发财发财总要发财
有钱有钱真是有钱
横批：大发财源

那大小不一、长短不齐、歪歪扭扭的字体怎么看都不顺眼。

要说最忙碌的，那是士多店的梁勇老板。一个月以前，他就开始从鹿特丹和其他地方备货，花生、瓜子、香榧、核桃、桂圆、红枣、甜食蜜饯以及各种过年的时令中国南北小吃，都摆上了货架。大大小小各式的红灯笼，特别是烟花爆竹进货比往年多了几倍。他还异想天开，进了十个天津刘海牌的空竹和两个大型的盒子灯。

顾客盈门，络绎不绝。每个人都买了很大的一包年货，梁勇老板还给每个顾客送了一些小礼品。只要店里稍有空闲，梁勇老板就在门口抖起了空竹，真不愧是享誉海内的天津名牌儿，刘海牌空竹的声音十分响亮悦耳，那激动人心的嗡嗡声传得特别远。特别是梁勇老板一边抖一边做了很多花样动作，更是吸引人，只见那空竹忽左忽右、忽高忽低，时而身前，时而身后；舒缓时如行云流水，连绵不断，急重时似流星闪电，瞬息万变，酷若舞枪使棒。他还能把空竹甩到高空，在原地做一些滑稽动作，或者向围观的孩子们做个鬼脸，然后又准确地接住空竹，继续抖起来。不一会儿就围了一圈人观看。中国人不停地叫好，孩子们都跃跃欲试。

很多德国人也是第一次看到空竹这个东西，他们也好奇地驻足观看。年轻的约翰森医生也被深深吸引，他拿起一个空竹看了半天，也学着梁勇老板的样子抖了起来，空竹并不听他的使唤，一个劲往地上掉。梁勇老板手把手教了他几次，他掌握了要领，把空竹抖得嗡嗡响。“这个我买了。”说着掏出一叠钱递给梁勇老板，“不要找钱了。”拿着空竹高高兴兴地走了。看热闹的中国人你买一个我买一个，十个空竹一下子卖光了，没买到的人埋怨梁勇老板进货太少，还有点不高兴呢。人们在首饰街上抖起了空竹，激动人心的空竹声此起彼伏。整个首饰街沉浸在过年的喜庆气氛之中。

下午两点整，随着一阵热烈的鼓乐声，舞狮队走进了首饰街，整个首饰街立刻沸腾了起来。男女老少都站在街道的两边，兴致勃勃地看了起来。大人们把小孩子扛在肩上，好让他们看得清楚一些。陈纪林亲自击鼓控制着节奏，老高和小李随着鼓点儿击打着大锣和大钹，震天价响，热闹非常。商会请了许多德国各方面的朋友观看舞狮，何领事和阿尔托那的区长应邀站在街口，醒狮一直走到他们面前，请他们点睛。何领事拿起朱砂笔，在醒狮的左眼上画好后，把毛笔递给区长，请他画右边眼睛。那位区长第一次使用毛笔有些不习惯，不过还是照着何领事的样子认真仔细地画好。在大家的鼓掌喝彩声中，陈纪林敲响了舞狮的节奏，胡烈坚和洗衣店的李老板一前一后按照南狮的传统方式舞了起来。经过几天的排练，他们二人的表演渐入佳境。只见狮子时而威武勇猛、雄壮威风，时而嬉戏欢乐、幽默诙谐，将喜、怒、醉、乐、猛、惊、疑、动、静、醒等神态表演得惟妙惟肖、出神入化、淋漓尽致。所有看客都不停鼓掌欢呼，叫好声此起彼伏。报社的记者则不停地跑来跑去，寻找最佳角度拍摄照片。

看完了精彩的舞狮，人们开始燃放鞭炮。到了晚上，虽然天气寒冷，气温降到零度以下，庆祝春节的活动依然是热火朝天。每个店铺的门口都点亮了红灯笼。特别是到了午夜时分，更是鞭炮齐鸣，空气中弥漫着火药的气味，清脆的鞭炮声淹没了人们高兴的喊叫声。很多德国人也慕名前来，他们被中国的这种过年气氛深深感染，随着大家叫着跳着。有个德国小伙子看到二踢脚很好玩，很想试试这个来自东方的玩意儿，就向中国人要了一个，也没问个究竟，就急急忙忙地点燃了引线，第一响后没有及时放手，第二响在手边炸开，弄得满手都黑了，引得边上的人哈哈大笑。

燃放花炮最精彩的要数放盒子灯了。由于价格很贵，梁勇老板只进了两个。水手馆事先预订了一个。盒子灯是一种大型迭套灯，灯中有灯，一盒多达十几种。为了便于众人观看，陈纪林用一根长铁管将盒子灯高高挂起，然后将导火线点燃。一套一套灯便有节奏地跳出盒子。盒子灯有形有声，变幻莫测，引人入胜。人们里三层外三层地围着观看。盒子花是用金属丝密粘火药制作而成，巧夺天工。孩子们最高兴了。第一套灯掉下来，“瞧，大红灯笼！”一眨眼，又掉下一个套灯，火焰喷出，“瞧，孙悟空！”还没看够，又掉下一个套灯，烟花又组成一个火焰葡萄架，一连出现十几个烟火造型。众人齐声叫好，孩子们更是欢呼雀跃。观看盒子灯的德国人也交口称赞，中国不愧是发明火药最早的国家，中国的烟花也真是奇妙无比了！

放过鞭炮后，各家按照自己的风俗，有的拜祖先，有的请财神。各家的年夜饭也不完全一样，都是按照自己家乡的习惯，摆出最丰盛的年夜饭。

过年最高兴的要数孩子们了，他们穿着新衣，吃着各种各样的食品，燃放烟花鞭炮，到各家去拜年，每个人还得到很多压岁钱。

振麟酒吧为了吸引客人，经过崔奎介绍，特地请来了一个变戏法的班子。领头的班主名叫杨昭，他是天津人，原来在天津老龙头火车站地道外的郭庄子变戏法，后来邀了几个同伙儿走南闯北靠变戏法为生，几经辗转来到汉堡。这个人爱说一套套的假话大话，挺能唬人的。用他自己的天津土话说，这叫大梨赚财迷！那几个同伙儿自称是什么大学毕业生，被杨昭封为“技术委员会”，实际上就是给他做托儿，配合他表演个小节目混碗饭吃。看到能得几个酒钱，刁鑫和程春也自称是老大学生，混进了“技术委员会”，跟在后面起哄架秧子。

不过他们的节目实在不怎么样，虽然杨昭嘴里面口沫横飞地说个不停，什么我的节目三大一小啊，三高一低呀，“技术委员会”不停地起哄搭腔，可是说了半天，杨昭也就会变个巧连三巾、仙人指路、布袋取蛋这些小玩意儿而已。那几个“技术委员会”更是什么都不会，不过就是做个托儿，捏个活，跑跑龙套，哼哼哈哈而已。

这样的表演也能逗得孩子们哈哈一笑，又是除夕夜，赏钱自然少不了。崔奎自己拿走了一半，杨昭虽然心中不快，但也不敢发作。“技术委员会”那几个混饭吃的，也都赔着笑脸，分到一些小钱。跟杨昭一起来的那几个“技术委员会”看到崔奎有势力，极尽巴结之能事，还悄悄地问崔奎能否留下来跟着他干。没想到崔奎轻蔑地说，我是打铁匠出身，和你们这些“知识分子”弄不到一块儿，你们还是跟着变戏法的当托儿去吧。

不过崔奎倒是觉得变戏法的“技术委员会”这个名称蛮好听的，于是告诉邓起和程春，咱们这帮扫马路的以后就叫“技术委员会”，名不正则言不顺嘛。

三十晚上陈记酒吧赌场的生意也特别好，人们酒足饭饱之后，又看了变戏法的表演，最后聚到陈记酒吧打打麻将、推推牌九消遣一下。有人想试试运气，大赌上几把。

天快亮时，大家才打着呵欠离去。忽然有人看到陈记酒吧门上贴着一副用毛笔写在报纸上的对联：

吃喝嫖赌抽

坑蒙拐骗偷

还有个横批：十恶不赦

贴在原来的大红对联之上，新旧对联连起来就念做：

吃喝嫖赌抽　要发财

坑蒙拐骗偷　真有钱

横批变成：大　十恶不赦

陈颂献为了治疗受伤的门牙和嘴唇，剃掉了上唇的两撇花白胡子，门牙上绑着整形钢丝，门牙看上去平整一些。他头戴黑色瓜皮小帽，穿着袍子马褂，很像出土的清代僵尸。他送客出门时看到了那副贴得歪歪扭扭的对联，气得七窍生烟，浑身发抖。伸手去撕，可是气温太低，贴对联的糨糊被冻得结结实实，根本撕不下来。他扯着破锣嗓子喊起来："老二，你去把张添林给我叫来，让他那个鬼商会给我评评理。"老二犹豫着说："人家正在过年呢，这个时候去找他不太好吧！还是叫警察吧。"

"警察来了也看不懂是怎么回事，几天之内他们也弄不明白。你还是去把张添林给我叫来。他过年，我就不过年了吗？有人给我添堵，他这个商会会长不管行吗？我的会费不能白交啊！赶快给我去叫！"陈颂献跺着脚狂喊道。

张添林来到陈记酒吧门口的时候，看到崔奎带着他的"技术委员会"的程春、吴德、邓起等人正在扫大街。他们把燃放后的炮纸和垃圾堆在陈记酒吧的门口，足有 3 尺多高。张添林看了一眼对联说："这是谁写的？就这几个字还写错了两个，赌字写成堵，十恶不赦写成十恶不射了。"崔奎那帮人哈哈大笑。崔奎说："张会长，我们给您拜年了！本来我们今天可以在家过年，您说怕卫生局找麻烦，我们'技术委员会'这才来扫大街。所有的店面都给了我们辛苦钱，就是这家酒吧分文不给，我们找他要，他给我们每个人十个筹码，这不是勾引我们去他那里赌钱吗？玩不了几把就把筹码收回去了。他们放鞭炮，我们来打扫，又是大过年的，怎么要给我们几个酒钱吧！”

陈颂献走出来瞪着一对老鼠般的眼睛，扯开破锣般的嗓子喊道：“什么狗屁‘技术委员会’，不就是一伙扫马路的嘛，连句外国话都不会说，也就会给姓崔的抬轿子提鞋子。张添林，你们商会可别装看不见啊！这不是明摆着给我添堵吗？你看这对联上写的什么？门口堆了这么一大堆垃圾，让我怎么做生意？你可得管啊！”

“姓陈的，你就这样和会长说话吗？连句拜年的话都不会说吗？”崔奎用铁锹拍着人行道大声说。他身后的那伙“技术委员会”也在那里骂骂咧咧。

“先把那个对联撕下来。这歪歪扭扭的字实在难看。”张添林并不理睬陈颂献，眼睛看着对联说。

崔奎那帮人一直在旁边起哄，程春说：“贴得真结实啊！糨糊都冻住了，多贴一会儿吧，等一会儿太阳出来冰化了再揭吧！”邓起在旁边喊道：“写得好不好啊？”几个人一起喊：“好啊！”邓起又喊道：“贴得妙不妙啊？”“妙，太妙了！”

“老二，你去打桶热水来，把门面彻底弄干净。”张添林说，“大过年的，大家都要图个吉利。他们扫马路也不容易，是我们商会派的，总要给他们几个辛苦钱吧！如果他们不打扫，卫生局来了肯定罚款，真不知道罚多少呢。陈老板你出几个钱，我让他们把垃圾拉走，你看怎么样？”

陈颂献极不情愿地掏出几张钞票，崔奎接过钱来，分发给旁边看热闹的一群小朋友们。“小爷们，给你们压岁钱！你们以后离这家酒吧远点，特别要离那个贼眉鼠眼的老板远点，当心他会害你们。”他转过身对张添林大声说：“张会长，我们看你的面子把垃圾清走。”

“好啦，好啦！大家都回去过年吧！”张添林还真能息事宁人。

崔奎一边清理垃圾，一边唱起流行于中国北方的清水河小调：

“提起了宋老三，两口子卖大烟……”

崔奎一开口，“技术委员会”就跟在后边唱起来。程春总是吹嘘自己是一个音乐家，他说这个调子不错，我把歌词改变一下吧！你们听着：

“提起了陈颂献，一家子卖大烟，缺了大德养不出个儿。生了个女婵娟，女儿长到二八一十六呀，陈颂献就把他，亲生的女儿奸……”

下边都是些不堪入耳的淫秽语言。崔奎和他的“技术委员会”倒是唱得蛮开心的。

老二费了半天劲，用热水和刷子把新旧对联一起清除掉，总算把门楣清洗干净。

没想到第二天早上，陈记酒吧又被人贴出一副白纸对联：

坑亲骗友良心丧尽

卖妇奸女人伦泯灭

横批：恶贯满盈陈颂献

这次对联用纸很小，但一个字都没写错，毛笔字写得很工整，一看就是读过书的人写的。对联用胶水牢牢地贴在门上，不用刀子刮是弄不下来的。

二十一

正如勃兰登堡门是柏林政治上的最敏感的地方，汉堡大街是汉堡市组织各种政治游行的最主要的地方。1933 年 1 月，为了庆祝希特勒当选德国总理，在汉堡大街举行了声势浩大的游行。成群结队高举着纳粹旗帜的游行队伍川流不息，游行队伍中绝大部分是青年学生。他们穿着统一的服装，迈着军人的步伐，高呼纳粹的口号，唱着军歌一路走来。埃里希·哈尼施指挥的鼓号乐队特别引人注目。

首饰街一带虽然没有大规模的游行，但是墙上也贴了很多纳粹的海报和宣传画，气氛有些异样。

两个警察找到张添林，进门就问，这里有多少非法移民？有多少浙江来的没有正式居留许可的人？你们商会统计过吗？张添林推说，我们商会只管做生意的事，没有注意到谁是非法移民。我是广东人，听不懂浙江话，很难辨别谁是非法移民。

警察严厉地说，有很多中国人没有在警察局登记，他们是非法居留者。你们商会要配合我们做人口登记，把每个人的情况登记造册，不要漏掉一个人。没有登记的人就是非法居留者，被我们抓住是要驱逐出境的。登记表下星期交到警察局。

这可是一件不小的工作，两千多人啊！谁知道有多少非法入境的人？没有居留许可的人肯定会有麻烦的。没办法，只好把表格发到各商家，让他们自己填写。

陈颂献接到表格以后，忽然仰天大笑，扯开嗓子大叫道：“商机！天赐的商机呀！比卖大烟还赚钱啊！”他把老二和他女儿叫来，“你们快到各家去问，找那些已经回国又把居住证留在汉堡朋友手里的人，想方设法把他们的居住证买过来。”不到半天工夫，果然买回十几张居住证。他又到处放风，声称只要花钱，他就能办居住证。果然有些人偷偷来找他办居住证。好在当时的居住证上没有照片，他就偷梁换柱，涂抹篡改；实在不行的放在水里泡一泡再揉一揉，就说是洗衣服时忘在口袋里了。反正钱不能少收，那些历经千辛万苦的偷渡客，为了一张居住证，哪怕只是临时居住证，也只好不惜血本，任他宰割。

虽然很多人都估计，首饰街和周边几条街至少住着两千多中国人，但根据收上来的表格统计，总人数只有一千五百多人。张添林看了半天，也只能摇头叹气，把表格翻译整理好，送到警察局交差了事。

陈纪林拉着张金兴走进来，手里拿着一叠厚厚的报纸，他指着一条新闻说，这好像是在说中国，我们看不懂，你来给我们看看。

“果然是说中国，东北三省被日本占领后，已经成立了满洲国，定都在新京，就是原来的长春。你看照片上那个穿着海陆空大元帅制服戴着墨镜的人，就是满洲国的皇帝。他以前是清朝的宣统皇帝，不知怎么摇身一变成了日本的儿皇帝。”张添林鄙夷不屑地说。

“不过，到现在为止德国没有承认满洲国。中国和德国的关系还是蛮好的，德国的军事顾问团还留在中国，汉堡码头上运往中国的武器装备还在不停地装船。”

“这么说来，这件事对我们影响并不大，我们还是好好地做生意吧。”

“不能这样说。中国毕竟是我们的祖国，被日本占了这么一大块地方我们心里能不难过吗？俗话说，国家兴亡匹夫有责呀！”

“东北的大好河山就这么丢了，还让小日本搞了个满洲国，真是太窝囊了。洋人会更看不起我们华侨了，我们快成亡国奴了！”

“什么时候倒霉的都是老百姓，关外的那些老百姓肯定离乡背井，到处逃难。我们去请教一下何领事，如果必要的话，我们就要发起募捐。”张添林满怀同情地说。

“以前我们也搞过几次募捐，可是钱到了国内，就下落不明了，我们也不知道有多少钱给到难民手里。我们的钱可是辛辛苦苦赚来的。中国的贪官污吏太多了！我们得想个办法，把钱直接交到难民手里。”

几个人正在议论募捐之事，陈厚宝推开门闯了进来。“张叔，你太太摔着了，快去看看吧！”一边说一边擦着额头上的汗水。张金兴跟着陈厚宝跑出去，张添林和陈纪林也急忙跟着往外跑。

莫妮卡躺在地上，脸色苍白，额头上豆大的汗珠往下滴，大口喘着气。自行车摔出老远，搪瓷饭盒也摔坏了，食物撒了一地。张金兴吓坏了，张着大嘴说不出话。“我去送外卖，没想到滑倒了。”莫妮卡说完，又呻吟起来。张添林有经验，对陈厚宝说：“叫救护车可来不及，快去把前边街上的约翰医生请来，就说孕妇摔伤了，快去！”张金兴收拾自行车，看到那条紫色的围巾卷在车轮里，他立刻明白了莫妮卡摔倒的原因，不过他故意看了看湿滑的路面说：“德国的自行车虽然车架子很轻，就是轮胎不好，没多久花纹就磨平了，太容易滑倒了。”

约翰森和陈厚宝抬着一副担架跑过来，约翰医生提着药箱跟在后面气喘吁吁地跑来。张金兴把莫妮卡抱上担架，约翰医生摸了摸莫妮卡的脉搏，用德语简短地问了莫妮卡几个问题，莫妮卡闭着眼点了几下头。“到我的诊所先紧急处理一下。还是要马上送医院，快去打电话联系，让救护车开到我的诊所！”约翰医生果断地说。

莫妮卡摔得很重，胎儿是保不住了。张金兴低着头坐在医院的椅子上，眼泪不禁夺眶而出，嘴里不断地喃喃说道：“这是怎么了？怎么会有这种事？”众人在旁边不停地安慰他。当莫妮卡被推出手术室后，他忍不住跑上去抱着莫妮卡哭了起来，莫妮卡抚摸着他的头，眼泪泉涌般地流了下来。

张金兴到梁勇老板的士多店买了红枣、桂圆、阿胶、枸杞等补血的食材，回到家里按照广东的传统方法煲了一锅鸡汤。“这是大补的汤，多喝一些补身体吧！我们广东人最讲究补身体了。”他把一碗热气腾腾的汤递给莫妮卡。

耶格夫人却不以为然：“这些汤汤水水的东西，能有多少营养？还是吃牛排好，七成熟最好，口味又好，热量又高。”说着就把一盘烤牛排加油炸土豆条送到莫妮卡面前。

莫妮卡原本身体很健壮，从小住在乡下，从小就干体力活，没得过什么病。在中式的补血汤和西式的牛排的双重进补之下，身体恢复得很快。但约翰医生还是遗憾地告诉她，今后再怀孕的可能性不大了。

二十二

1934年8月，兴登堡总统去世后，希特勒当了德国元首。汉堡大街又一次举行了盛大的游行，晚上还在阿尔斯特湖畔燃放了烟火。

德国的经济恢复很快。由于普通的德国老百姓心里长期憋着一口气，干起活来不惜力气，又快又认真。很多大型的建筑项目相继开工。高速公路网也在各地动工兴建。那时很多德国人并不怎么计较收入多少，只要有工作，有收入有面包，就心满意足了。因此，失业的人非常少。大众汽车公司也在沃尔夫斯堡建成投产。大众汽车虽然没有奔驰宝马那么好，但是价格便宜得多，又坚实耐用，一般老百姓都买得起，不但在德国市场上销售得很好，还出口到荷兰等国家。德国不愧是制造业大国，德国的产品质量好，制造精良，很多产品很快占领了国际市场。

经济的火车头带动了整个社会的各个方面。原来冷清的商业街一下子热闹起来，每家商店都顾客盈门，各式各样的商品都摆上了柜台。德国特别重视基础教育和职业教育，找工作要拿出文凭和资格证书，医生律师等职业也要有相应的执业证书。原来倒闭的各种职业培训学校纷纷重新开张，很多人下班以后就去职业学校学习。除了正规的大学之外，各地还成立了很多人民大学，没有入学考试和其他限制，向全民开放。专业设置灵活，学习时间不固定，学生可以自由选课，甚至没有年龄限制。所有的专业都是非常实用的专业，从家庭装修、庭院园艺、上下水维修、体育健身，甚至于汽车设计飞机设计，几乎包罗万象。

经济发展起来，使用原来的马克肯定不行了。旧马克一百万才能买一升牛奶，新发行的货币一马克可以买到一升牛奶或者一升啤酒；原来五百万马克才能买到一条一千克的黑面包，现在两马克可以买到一条。新发行的硬币居然是用白银制作的，亮晶晶沉甸甸的。原来整捆的钞票，要么扔到壁炉里当燃料烧掉，要么给孩子们当玩具，谷物街上的几个孩子就把成捆成捆的钞票垒成一堵墙玩游戏。

唐人街的餐饮业也受益于整个德国的经济繁荣。张添林的香港酒楼几乎天天爆满，周末的时候甚至有人在排队等座位。陈纪林的水手馆也是生意兴隆，特别是从船上下来的中国水手很多都是慕名而来。这些水手一般要在汉堡港停留较长的一段时间。由于陈纪林招待热情，饭菜质量很高，水手们有一种宾至如归的感觉，所以他们每天几乎都来这里吃饭。有些中国水手发生一些问题，陈纪林都会全力相助，所以水手馆的名声远播，水手们把这里当成了自己的家。

张金兴的张业记生意也是如日中天，他们的特色是中西餐兼备，店堂布置完全是德国风格，莫妮卡跑堂招待客人，因此更适于汉堡当地的德国人来就餐。张业记又新装了一个特大的灯箱，天黑后特别显眼。正面用汉字写着：山水茗茶，各式饼食，银丝细面，点心蜜饯；侧面写着：菜晏常便。特别是他们的招牌菜李鸿章杂烩菜（Chop Shuy）更是赫赫有名。德国人都知道张业记的杂烩菜最正宗，需要提前三天预订才能吃到。

很多中国店铺也模仿张业记装了广告灯箱，有的索性装了时髦的霓虹灯。新中国酒楼新装了3层楼高的巨大霓虹灯 NEUCHINA。檀香山饭店也不甘落后，装了更大的霓虹灯 HONOLULU。每到入夜时分，霓虹灯发出五颜六色的光芒，耀眼夺目，直到第二天黎明才关掉。除了德国当地的人以外，很多外国客人也被热闹的招牌吸引到唐人街。

但是从中国传来的消息总令人不安。1934年，那个伪满洲国改名为大满洲帝国，开始使用康德元年的年号。接着又传来了日本攻打热河的消息，日本加快了侵略中国的步伐，向华北步步紧逼，搞了什么华北五省自治。德国报纸转载来自中国的消息说，中国华北地区已经放不下一张平静的书桌，中国的学生们在1935年12月9日发起抗日救亡运动。

听到这样的消息，就是生意再好也让这里的华侨非常担心。报纸上的消息非常零散，德国政府态度比较暧昧，这也让大家心里忐忑不安。

还是去请教一下何领事，听听他说的中国的官方消息也许会好一些。

午餐服务结束以后，张添林约陈纪林、张金兴、胡老板、梁勇老板这些在唐人街有影响的人物，一起去拜访何领事。

领事馆设在易北河边一幢三层的楼上，离唐人街不远，何领事非常热情地接待了大家。他拿出了一些国内的报纸，可惜都是半个月以前的报纸。“大家拿回去看吧！国内的报纸要半个月才能寄到，都是些过时的新闻了。我现在的消息来源主要是听德国的广播，看德国和英国的报纸。总的来说，国内的形势非常严峻。前两天南京还搞了防空演习。华北眼看就保不住了。真正令人痛心！”

“德国政府对这些事件的态度怎么样呢？会不会倒向日本呢？会不会承认满洲国呢？”张金兴急切地问。

“我可以向大家透露一些消息，”何领事喝一口茶，非常严肃地说，“现在中日关系已经相当紧张，但是在外交层面上我们要主动出击，这方面我们不能输掉。我国政府正在筹建国际反日战线。德国和我们有很深的友谊，由于1914年的胶州湾事件，德国和日本之间有很深的芥蒂，估计德国不会一下子倒向日本。德国对中国来说太重要了，你们都知道，我们中国的很多武器装备都是来自德国。中国对德国来说也很重要。昨天我刚听说，中德外交关系要从公使级升格为大使级，大使程天放先生很快就要到柏林了。程大使有丰富的国际政治修养、敏锐的外交触觉和娴熟的外语能力。我以前就认识他，相信他一定能够把德国的外交事情做好。我现在就开始做准备，到柏林去述职。”

“听到日本帝国主义不断侵略中国的消息，我们心里都很气愤。就像身在外地的孩子听说自己在家里被偷被抢了一样！”张金兴激动地说。

“我们不能光想着做生意，我们要为祖国的抗日作些贡献。”

“我们是否应该再搞些募捐，支援国内的抗战？”

“最好的办法是我们出钱在德国买些军用物资，直接运回中国装备那些真正抗日的军队。”

“我真想现在就回国参加抗战！”

何领事激动地说：“大家的爱国热情实在令我非常感动。先不要急，我去柏林见了程大使听听他的指示，我们再想出个支援抗战的万全之策。”

二十三

奥林匹克运动会是全世界最重要的体育盛会。由于德国是第一次世界大战的战败国，当时在国际上还是处于很孤立的状态。20 世纪 30 年代初德国的经济起飞之后，德国政府就积极筹备举办奥运会，借此提高德国的国际地位，显示德国的实力。经过一番努力，德国终于取得了举办一九三六年第十一届奥林匹克运动会的资格。

德国政府出大手笔，拨款两千万马克举办奥运会，在柏林修建了可容纳十万人的体育场。对组织体育比赛完全外行的希特勒走马上任当起了总指挥，他要把奥运会办成宣扬其政治主张的舞台。

何领事从柏林述职回来，来到唐人街找到张添林他们说：“我们中国决定派代表团参加柏林奥运会，这确实是一件很重大的事情。1932 年我们中国只有李长春一位运动员到洛杉矶参加奥运会。现在中国正在打仗，可是政府还是决定派一百多人的代表团来柏林，就是要向全世界宣布，我们中国是强大的国家，人民是伟大的人民，不是什么东亚病夫！”

“我们就盼着中国运动员取得好成绩，为我们中国人争口气！”张金兴说。

“还要告诉那些西方国家，中国不会灭亡，中国人民是英雄的人民！”

“特别是要告诉小日本，中国人民是不可征服的！我们迟早会把日本人赶出中国！”张金兴紧握拳头激动地说。

“我们应该到柏林去观看比赛，给我国运动员鼓气加油，别让他们感到孤独无助。”

大家你一句我一句，慷慨激昂。张金兴说：“何领事，需要我们华侨做点什么事呢？”

何领事有些为难地说：“我们代表团最大的问题就是缺乏资金，政府给的钱太少了。他们的经费大部分是中国足球队在东南亚比赛赚来的钱。为了节省每一个铜板，他们选择了一条最省钱的路线，从上海坐船到意大利威尼斯，再乘坐火车到柏林。”

陈纪林忧心忡忡地说：“虽然说能省几个钱，但是这条路太难走了。我们当水手的都知道，这条航线上有几个地方风浪特别大，一般的人肯定会晕船的，那个难受劲儿就连我们这些常年跑船的水手都受不了。如果他们呕吐不止体力透支，怎么还能参加比赛呢？”

“应该让他们坐穿越西伯利亚的火车，走陆路先到莫斯科，然后再转车到柏林，这样才能保持体力参加比赛。”胡老板说。

“你说得太有道理了。问题就是钱，二百多人坐西伯利亚火车实在负担不起呀！另外西伯利亚火车经常误点，有时停车一次就是十几个小时，没法估计什么时候能够到达柏林。”何领事无可奈何地说，“一块马克难倒英雄汉呀！就是他们在欧洲活动的经费和回家的路费还没有着落呢。”

“现在只能够是发起募捐了。”张金兴握着拳头坚定地说，“这次捐款我们专款专用，就是要资助我国体育代表团，我们把捐款直接交给中国代表团，希望他们能赛出好成绩，回家的时候也要风风光光的。这样，我们华侨也感到光荣。”

“那太好了！我看就由你们商会出面募捐吧。”何领事说，“你们派代表到柏林欢迎代表团并观看比赛，为我国运动员呐喊助威，我给你们写介绍信，门票由大使馆出。”

“好吧。我在柏林有很多朋友，我带汉堡朋友们去柏林，吃饭和住的地方没问题。”陈纪林拍着胸脯说。

张添林打电话咨询了税务局，答复是为奥运会相关项目捐款可以抵扣税款。这次捐款总可以公开地组织实施了，不像以往几次为国内抗战募捐那样悄悄地进行，挨门挨户地动员和收款。商会收到国内捐款的收据后，再逐家去展示。

陈纪林在门口的人行道上摆上桌子，胡烈坚制作了一面红色门旗，上面写着：请为祖国体育代表团参加奥运会捐款。梁勇、老高、小李还在旁边敲锣打鼓，一会儿工夫，桌子边上围了很多人。张金兴把一张红纸贴在墙上，手执毛笔，现场把捐款人的姓名和金额写在红纸上。张添林给捐款的店铺开捐款收据，好让他们交给会计做账，用以抵扣税款。

听说中国要派体育代表团参加柏林奥运会比赛，大家奔走相告。特别是国内正和日本打仗，大家心中都憋了一口气，所以捐款非常积极。红纸上的第一个名字就是何领事，有人还捐了两次。每人捐款后，旁边的人们都热烈鼓掌，梁勇他们就敲一通锣鼓。没多久，第一张红纸已经写满，张金兴又在旁边贴上第二张红纸。

“请大家让一让，让周老太爷过去！”只见振麟酒吧的周老板搀着老爹颤巍巍地走到桌子前边，把一个信封放在桌上。老人年事已高，嘴不停张合，就是说不出话。周老板说，我要替他来捐款，不让他来，他非要自己来。周老板回身抱起小儿子，只见孩子手里拿着几张钞票，表情严肃地放在桌上。“谢谢周老爷子全家！”大家齐声喊起来，锣鼓点敲得震天价响。杂货店的老吴让他的5岁宝贝女儿骑在脖子上，费力地挤进人群。孩子手里拿着一张钞票，嘴里喊着：“我也捐款，我也要捐款！”逗得大家哈哈大笑。

陈记酒吧的伙计陈厚宝和老二也都捐了款。“你们老板陈颂献赚了那么多钱，怎么不来捐点？”有人问。

“他老婆要来捐款，被他给骂回去啦。那么多次募捐，有谁见过他捐过一个马克？”

趁大家不注意，一个妖艳的女人挤到桌前，放下一沓钞票转身就走。“这不是李青元的老婆吗？平时大家瞧不起她，真没想到她都来捐款了。把她的名字写在红纸上！快，老高，给她也敲一通锣鼓吧！”

陈纪林、张金兴和汉堡几位代表来到柏林，真是大开眼界，柏林奥运会组织得非常出色。柏林的大街小巷装饰一新，到处洋溢着节日的气氛。他们到了柏林第一天就看到了火炬传递。这届奥运会开了火炬传递的先河。马路两侧人山人海，挥舞着旗帜，喊着口号，警车在前边开路，新闻记者的敞篷汽车跟在后边，几个摄影记者站在车上不停地拍摄。一名穿着白色运动装的运动员手持火炬大步跑着，一左一右两名男女运动员一起跑着，后边跟着几十名运动员整齐地跑着。路旁的人们不停地鼓掌欢呼。

来自德国各地的华侨以及来自巴黎、伦敦、布鲁塞尔和阿姆斯特丹等地的华侨组成了一个欢迎团。为了欢迎中国来的奥运代表团，男人都理了发，穿上西装皮鞋；女人都烫了发，穿上时髦的裙装，戴上漂亮的帽子，涂上口红，穿上高跟鞋。他们还精心制作了一面门旗，上面画着奥运会的五环标志，门旗最上边写着“欢迎”，在五环的每个环里各写一个汉字：中国代表团。何领事举起相机，及时按下了快门。这张宝贵的照片真实地记录了欧洲华人欢迎祖国奥运代表团的情景。

天快黑时，中国代表团乘坐的火车到达柏林动物园车站，疲惫的代表团成员看到了当地华侨欢迎人群时立刻精神振奋。看到不远万里从祖国来的体育代表团，华侨们都非常激动，他们跑上前去把手中的鲜花献给代表团的成员，紧紧握手互致问候。张金兴等几个人跑上去帮着代表团提行李。很多人眼里还闪着激动的泪花。那热烈的场景怎么能叫人不激动呢！

中国代表团不顾旅途劳累，顾不上吃饭，到柏林的第一件事就是要做升旗仪式。当看到国旗升起的时候，代表团的成员和当地华侨几乎所有的人都流下了热泪。很多人都是第一次看到中国国旗在欧洲升起来。

几家柏林的中国餐馆为代表团准备了丰盛的晚餐。代表团在一个多月的旅途中没吃过像样的饭菜。王正廷团长激动地致辞说，太感谢你们华侨的盛情款待了！华侨代表诚恳地说，热烈欢迎你们，大家多吃些，有了力气好去参加比赛。

当陈纪林把汉堡华侨的捐款的支票交给王正廷团长时，全场掌声雷动。听说汉堡华侨无论男女老少，从七十多岁的老人到五岁的儿童都捐了款，所有的人都热烈鼓掌，很多代表团的成员感动得流下热泪。

王团长说：“我真不知怎么表达我们全体团员的感激之情！我们一定不辜负四万万国内同胞和海外侨胞的殷切期望，尽最大努力打好每一场比赛。我们要派出 69 名运动员，参加田径、游泳、举重、拳击、自行车、篮球和足球 7 个大项的比赛。尽管我们有很多困难，很多人一路上晕车晕船，身体虚弱，我们一定去尽力拼搏，争取最好成绩！”

全场响起长时间的热烈欢呼声。

奥运会比赛结束后，陈纪林、张金兴临时决定带着中国武术表演队到汉堡表演，费用先由他俩垫付。中国运动队的成绩差强人意，但是武术表演却受到热烈欢迎。包括希特勒在内，很多德国人都是第一次看到中国的武术表演，精湛的武艺让他们叹为观止。报纸上登出消息之后，引起了很多德国人的兴趣。张金兴和陈纪林都认为，这是给中国体育代表团挽回面子的机会。虽然我们在那些不熟悉的体育项目中败北，但在中国传统的武术项目面前，外国人也只有当观众的份了。

"你们知道我们为什么要把武术表演队请到汉堡来吗？我就是想扬扬国威，堵住那些说我们是东亚病夫的人的嘴。"陈纪林把他的决定告诉汉堡的华人，博得大多数华人的赞同。

"我在柏林看比赛一直憋着一口气。就说大家最关心的足球吧！我们的足球队是亚洲最强的，我们队里有李惠堂等优秀运动员。我们的对手是英国队，比赛一开始，就踢得非常激烈。英国队派两个人严密防守李惠堂，却让孙锦顺来了个凌空抽射，踢进一球。那个该死的裁判硬是判孙锦顺越位，全场一万多观众看得很清楚，就是个乱判。全场嘘声四起，我俩当时嗓子都喊哑了。上半场零比零，下半场刚开赛不久，吹了我们一个禁区内犯规，判了一个点球，英国人一比零领先。中国队虽然拼命抵抗，由于他们在旅途中体力消耗过大，李惠堂就昏睡了两天两夜，由于体力不支，又被英国队踢进一球，最终以零比二告负。"陈纪林余怒未消，张金兴狠劲地拍了一下桌子。

"那其他的比赛怎么样？给我们说说。"大家都睁大眼睛好奇地问。

"唉，别提了。其他比赛，只有符保卢一人进入撑竿跳的复赛。说起来可怜，按比赛规则，竿子都得自备，他带来的竿子质量实在太差，只好借人家练习用的竿子跳。虽然也跳出了四米零一的成绩进入复赛，但是无法拿到奖牌。还是那句话呀，弱国无外交，弱国也无体育啊！"

为了欢迎中国武术表演队，张添林以商会的名义在新中国酒楼举办了盛大的招待会。这是有史以来在汉堡举行的最大规模的华人聚会。参加聚会的人太多了，所有的人都没有座位，只能端着盘子站着就餐，整个大厅挤得满满的，男女老少欢声笑语不断。

何领事租用了汉堡最大的大剧院作为武术表演的场所，除了华侨之外，他还请了汉堡当地的很多社会名流以及各种报社的记者，还专门请了汉堡广播电台的记者。何领事在报纸上和电台上大造舆论：连希特勒都说中国武术精彩，既有观赏性又有艺术性和实用性。因此入场券被抢购一空。演出那天，大剧院的楼上楼下和包厢里面都坐满了人。

为了观看中国武术的表演，张业记食品店专门停业一天。张金兴出手阔绰，买了楼上一个中间包厢的票。耶格夫人、莫妮卡和张金兴穿上了平时难得一穿的最好衣服。莫妮卡挽着张金兴的胳膊，随着人流走进大剧院，他们的脸上充满着幸福的微笑。这样的机会真是难得呀！平时只是忙忙碌碌的，今天真是难得的享受啊！

有些华侨虽然也看过一些武术表演，但是没有见过这么高水平的武术表演。德国人更是目不暇接，看得眼花缭乱。掌声和喝彩声接连不断，一浪高过一浪。郑怀贤的钢叉、刘玉华的双刀、张文广的拳术，令观众大开眼界。当女武术家翟涟沅上台表演时，全场响起暴风雨般的掌声。她的高难度的武术动作，让所有的观众如醉如痴，惊叹不已。莫妮卡使劲鼓着掌说："中国的妇女真了不起啊！"

最吸引人的要数武术对练，特别是器械对练，台上表演时全场观众鸦雀无声，所有的人都睁大眼睛，就怕出现失手的情况。莫妮卡屏住呼吸，紧紧抓着张金兴的手，紧张得两手都出了汗。每当一个表演结束，莫妮卡就会情不自禁地使劲拍着前面的小桌，"啊！中国武术真是太精彩了，看起来非常危险的武打动作，他们做起来游刃有余。我必须睁大眼睛，他们的动作实在太快，我都不敢眨眼。那可是真刀真枪啊，刀真往头上砍，枪真往身上刺！如果表演者动作哪怕有几厘米的偏差或者时间上有零点几秒的偏差，就会严重地伤到对手。我一直为他们捏了一把汗，真是太精彩了！"张金兴连忙掏出手帕，为莫妮卡擦去额头上的汗珠。

表演结束后，在领队褚民谊的带领下，全体武术家几次走上台来谢幕，全场长时间响起有节奏的掌声、欢呼声和口哨声。

二十四

1937 年是非常难过的一年，虽然德国国内经济繁荣，唐人街的生意也比较好做，但是从祖国传来的消息越来越坏。唐人街有良心的华侨每天在惴惴不安地过着日子。很多人国内的亲朋好友都遭了难，大家只好想办法寄些钱回去帮助他们。往国内汇钱可不是那么容易的事，很多地方已经被日本人占领，很多银行已经终止了向中国的汇款业务。胡烈坚整天跑来跑去，联系汉堡和其他城市的多家德国和其他外国银行，想方设法帮着大家给国内汇钱。

陈纪林在向国内汇款的方面很有经验。他拍着胡烈坚的肩膀说："换汇和往国内汇款的时候要小心一些。当心有人监视，每次的数额不能太大，不要总在一个地方汇款。要用多个不同的名字，别光用你一个人的名字。可别引起洗钱的怀疑。"

胡烈坚说："大哥，你说得对。我以后一定要注意，千万别让德国警察抓住把柄。"

汉堡码头每天都是非常繁忙。张金兴每天下午休息的时间总是跑到码头上去，看看那些开往中国的货船。如果碰到中国船员，他就想方设法问一下都装了些什么货。回家的路上，总要在刁鑫的报刊亭买上几份德文报纸，到香港酒楼让张添林翻译一下那些有关中国的消息。

"你看，北平和天津被日军占领了。我的好朋友卓景荣在天津行医，也不知他现在怎么样了，真替他担心呀！这篇报道是'七七事变'之后德国军事顾问给我们的建议，让我们和日本打一场长期的消耗战。这和蒋百里先生提出的空间换时间战略方针如出一辙。日本国土小资源有限，经不住长时间的战争，日本只想速战速决，只要中国能拖住它，就一定能够战胜日本”。张添林指着报上的消息说。

“这么说这场战争不会很快结束，是一个长时间的战争啦！中国老百姓就要长期生活在水深火热之中了。不过我还是相信，我们中国一定能够最终战胜日本。前两天的报纸上不是说德国政府要居中调停，希望中日两国停战吗？”

“政客的话可不能完全相信。谁知道他们怀着什么鬼胎?！前两天孔祥熙还见过希特勒，德国答应继续卖给我们军火，希望中日两国不要出现问题。”

“我在码头也看到了，开往中国的货船装了大量的军火，有人跟我说光是钢盔就有三十多万顶。今年比去年运到中国的军火增加了至少一倍。”

“德国的军火商可赚了大钱了。他们也需要中国的资源，德国进口的钨砂，几乎全部来自中国。”张添林打开另一份报纸，指着标题说，“这份报纸说，中国和苏联签订了互不侵犯条约，严重损害了德国的利益。中国损害了德中两国关系。日本是强国，德国应放弃中国，承认满洲国，和日本建立同盟关系。你看荒谬不荒谬？”

“这些消息我听得头都昏了。怎么一条好消息都没有？”张金兴把报纸扔进纸篓，转身回家去了。

莫妮卡也正在读报，看见张金兴无精打采地走进来，安慰他说：“事情不会那么糟糕吧？我们的军事顾问团会想出好办法帮助中国。那么多的武器装备运到中国，应该可以打败日本吧！这篇报道说，淞沪会战打了三个多月，中国的德械师重创了日本军队。”

“如果我们在淞沪会战中胜利，或者打个平手，死死拖住日本军队，局势就会好转。”

人们没有盼来好的消息，淞沪会战最后以中国方面失败而告终。

最糟糕的消息终于传来了。1937 年 12 月 14 日早晨，莫妮卡起床后打开收音机，听到了令人震惊的消息，她推醒了还在酣睡的张金兴，声音颤抖着说：“广播里说，日本军队昨天占领了中国首都南京！”张金兴一下子从床上跳起来：“怎么可能呢，你没听错吧？你再听一听别的电台怎么说的。”莫妮卡连忙选择其他电台，结果听到的消息都一样，南京确实被日军占领了。

张金兴还是半信半疑地跑到街上打听消息，看到街上已经有很多人议论纷纷。人们惊讶、愤怒、悲伤、失望。崔奎和他的清洁队扔下手中的工具，有人坐在马路边上唉声叹气，有人大骂不止。士多店的梁勇老板蹲在门口的地上哭了起来，洗衣店的李老板本来想安慰他几句，刚一开口自己也哭了。张添林跑到刁鑫的报刊亭要买当日的报纸，刁鑫把所有的报纸拿出来免费分发给大家。人们围拢着张添林，问他报上都说了些什么。张添林一边看报一边擦眼泪，嗓子里好像堵着东西，半天都说不出一句话。

“别着急，喘口气，把报上的消息给我们说一说。”陈纪林挤进人群说。

“淞沪会战之后，中国军队全力防守南京，但是没有守住，昨天日本军队占领了南京。”

大家都低着头不说话，静得怕人。忽然有人“哇”的一声哭了起来，所有的人都掉下泪来。

“中国不会亡的！即使南京丢了，我们还有大片的国土，我们可以继续抗日，和日本打持久战，最后的胜利一定是我们的！这个时候大家一定要团结起来。我们绝不能当亡国奴！”张金兴擦干了眼泪大声说。

“从今天起，我们水手馆再也不接待日本人，什么三菱三井住友一律不供应中餐！”陈纪林大声宣布。

“我们也不再接待日本人！”几家餐馆的老板异口同声地喊道。

陈颂献站在远处看热闹，这时他敞开破锣嗓子插嘴说：“你不卖饭给日本人有什么用？人家可以吃寿司吃西餐啊！真是杞人忧天。厚宝、老二，赶紧回家干活去，别跟他们瞎掺和。南京离这里还远着呢！谁爱占谁占吧！跟我们连一毛钱的关系也没有！反正不会影响我在这里做生意赚钱。日本人在东北搞的那个满洲国王道乐土，不也挺好的吗？不比张学良差吧！日本人占南京也是好事，让他们管管那里的中国人，省得他们闹事，无事生非。日本是个先进的国家，中日亲善，大东亚共荣，他们在中国建立王道乐土有什么不好呢？”

“这是谁在这里信口雌黄，胡说八道？这像是中国人说的话吗？”张金兴用手指着陈颂献绑着钢丝的门牙说。

“陈颂献你这个遭雷劈、挨刀砍斧剁的王八蛋，你满嘴喷粪！你还算个中国人吗？你把祖宗八辈儿全忘了！”

“揍他，早就该教训这个坑蒙拐骗的大烟鬼！打这个汉奸坯子！打这个禽兽不如的东西！”

陈颂献一看势头不对，转身就跑。不知是谁扔了一个汽水瓶，正好砸在他的脚跟上，痛得他“哎呀”喊了一声，连滚带爬地跑回他的地下室陈记酒吧，关上门再也不敢出来了。

士多店的梁勇老板拖着一个纸箱走到垃圾箱旁，把里面的日本的昭和糖和化妆品一股脑儿倒进垃圾箱，散落的日本香粉从垃圾箱里冒出一阵白烟。他又把日本清酒一瓶一瓶摔得粉碎，一边摔一边还嘴里不停地乱骂。然后挺起腰板冲大家喊道：“大家监督，我这个店再也不卖日本货了！”

二十五

张金兴还是每天下午到码头上去看一看，开往中国的船越来越少。有个中国水手告诉他，现在运往中国的货物必须经过丹麦或新加坡转口。张金兴有些失落地低头往回走，不小心和一个衣冠楚楚的人撞了个满怀。“原来是你呀，张。我正要找你呢！你知道南京出了什么事吗？”舒马赫先生一把拉住他，“还是到香港酒楼去吧！张先生德语很好，请他给翻译一下吧！你把中国人都叫来一起听一听吧！”

舒马赫先生打开皮包，拿出一叠打字纸来：“这是我的老同学拉贝先生从南京寄来的稿件。不知怎么回事，他投稿的那个报社不登他的文章，按拉贝先生的要求，报社把他的稿件退到我那里去了。这几天我又跑了几家新闻机构，没有一家报社或杂志敢登这篇报道。”

“你说的是那位在南京西门子公司工作的拉贝先生吗？那个戴眼镜高个子的汉堡人吗？”张金兴想起来了。

“就是他，现在他的麻烦大了。南京被日本人占领了，他还在公司坚守岗位。他怎么也没想到，南京一下子成了人间炼狱。日本兵到处烧杀抢掠，强奸妇女，屠杀手无寸铁的老百姓。他把亲眼看到的日本人的滔天罪恶，写成了这篇报道，没想到寄回德国后居然没有一家报社敢登。”舒马赫先生把那一叠打字纸交给张添林，“请你给大家翻译一下，让你们这些中国人知道日本人在你们的首都南京进行了大屠杀，几十万人被杀害！”舒马赫先生的声音颤抖起来。

张添林看着稿件，没读几句就哭起来了：“太惨了，太惨了！日军暴行的高潮从 1937 年 12 月 13 日攻占南京开始持续了 6 周。在大屠杀中有 20

万以上乃至30万以上中国老百姓和战俘被日军杀害，约2万中国妇女遭日军强奸，南京城的三分之一被日军纵火烧毁，抢走和毁坏财物不计其数。日本军队毫无纪律可言，他们用各种残酷的手段杀害中国人。日本军人居然搞起了杀人比赛，两个日本军官赌一瓶酒，看谁先杀了一百个中国人。”

所有的中国人牙都咬得咯咯响，紧握双拳，捶胸顿足，眼睛瞪得圆圆的，每个人心中都燃烧着仇恨的烈火。

“我那个朋友拉贝先生是一个最有正义感的人了，日本人不敢骚扰他，他在自家的花园里收留了六百多名中国人，每天光是吃饭睡觉就是大难题。他定制了一面很大的德国国旗悬在花园里，让中国人躲在下边，以避免日本飞机的轰炸。这还不算，他又联合了一些西方人建立了一个南京安全区，为大约25万中国难民提供了暂时栖身避难的场所，他是安全区的负责人。他的麻烦实在太大了，每天要解决这些人的生活问题，25万人的喝水吃饭都是非常大的问题。现在又是冬季，南京也非常冷，取暖也非常困难。安全区里还有很多伤员需要救治。日本兵天天来骚扰，拉贝先生每天都要和日本当局交涉，处理各种棘手的问题。日本人恨透了他，可是他胳膊上戴着纳粹的臂章，日本人拿他也没辙，只能通过外交途径给德国政府施压，让西门子公司把拉贝先生召回。拉贝先生很可能在近期就回来了。其实我最担心他的健康了，他有严重的糖尿病，每天要打胰岛素强撑着，每天这么累，不知道他还能扛得住吗？”

看到张金兴满脸泪痕地走进来，莫妮卡忙把自己的手帕递给他。张金兴一边擦眼泪一边说：“日本军队在南京杀了30万人，烧了三分之一个城市，那真是惨绝人寰啊！”他把拉贝先生那篇稿件内容讲给莫妮卡听。莫妮卡惊呆了，她从来也没听过这么悲惨的事件。耶格夫人简直不相信自己的耳朵，她让张金兴重复了好几次，才基本弄清楚是怎么回事。“上帝啊！让这些万恶的魔鬼下地狱吧！”

等到张金兴稍微平静下来以后，莫妮卡皱着眉头说：“我们这里也出了很多怪事。刚才我去约翰医生的诊所检查身体，看到门口有几个穿制服的人，有个人手里拿着刷子用白漆在诊所的玻璃上涂抹着。我刚要进门，有人一把拉住我，我一看是埃里希·哈尼施。他板着脸对我说，你看看玻璃上写着什么。我一看，玻璃窗上刚写好一条很大的标语是：德国人，不许到犹太人的诊所看病！埃里希·哈尼施还用命令的口气对我说，不但不能找犹太医生看病，还不许到犹太人开的商店买东西，不能和犹太人有任何来往！你记住没有？他说话的时候一直板着脸，语气非常粗鲁，好像就是和敌人讲话一样”。

“你看现在报纸上每天都有连篇累牍大骂犹太人的文章，我没想到现在就要断了犹太人的生计了。”耶格夫人说。

这天晚上刚刚打烊，外面就传来了噼噼啪啪打碎玻璃的声音，还夹杂着一些人的怪叫和尖利的口哨声。张金兴和莫妮卡急忙跑出去看，只见几个穿制服的人正在砸路口梁勇老板士多店的玻璃窗。很多中国人在探头探脑地张望，没有人敢出来。莫妮卡出来一看，领头砸士多店玻璃窗的正是埃里希·哈尼施！她拉着张金兴连忙跑过去，对埃里希·哈尼施说：“这是中国人的商店，不是犹太人的商店，你们看清楚了！”

“你们少管闲事！这商店的招牌不是希伯来文吗？”埃里希·哈尼施眨着眼睛说。

“你看清楚了，这是汉字，希伯来文不是这样写的。”

梁勇老板的士多店门窗玻璃早已经被打碎了。

埃里希·哈尼施吹了一声很长的口哨，带着那几个人向约翰医生的诊所走去。

真是在劫难逃啊！约翰医生的诊所被砸得稀巴烂。还听到几声粗野的喊声：“犹太鬼医生躲到哪里去了？打死犹太鬼！”

莫妮卡眼尖，看到躲在高大的榛子树后面的三个人，正是约翰医生一家三口，他们在寒风中瑟瑟发抖。约翰太太还在不停地抽泣。莫妮卡走过去轻声地说：“快跟我走。”

他们沿着首饰街走过梁勇老板士多店门口的时候，看到有一个黑影从里面蹿出来，矮矮的个子，微微的驼背，手里还拿了一个很大的包。这肯定不是身材高大的洋人，这绝对不是腰板笔直的梁勇老板！张金兴马上警惕起来，一个箭步跑上去抓住了那个家伙的衣领，一把扯下那个矮个子驼背人头上的黑色围巾，借着昏暗的路灯光线，看得清清楚楚：“原来是你！

陈颂献！你怎能趁火打劫，偷别人的东西？”

“你少管闲事，店里边还有很多东西，你也可以去拿呀！”陈颂献满不在乎地说。他一转眼看到莫妮卡领着约翰医生一家快步地走着，恶狠狠地说：“你们敢和犹太人混到一起，这个时候你们还敢帮助犹太人，你们的胆子也太大了！你要是告诉别人我在这里拿东西，我就去警察局告发你们！遇上你们算我倒霉！”说着把偷的那个大包扔进灌木丛，悻悻地走了。

神情沮丧的约翰医生一家跟着莫妮卡走了进来，把耶格夫人吓了一跳，她没想到约翰医生一家会这样狼狈。莫妮卡给每个人倒了一杯热茶，约翰医生眼里闪着感激的泪花。约翰森要回家去看看，莫妮卡连忙拉住他。

“现在出去肯定有危险，你们先到地下室去躲一躲吧！明天早上我出去看看再说吧。”张金兴说。

第二天早晨天上飘着雪花，天气非常冷。张金兴还是一早就出门，去看看究竟发生了什么事。远远地看到梁勇老板正在收拾地上的碎玻璃，张金兴过去就要帮他收拾，梁勇老板热泪盈眶地说：“金兴兄弟啊！没有你们两口子挺身而出，我这个店肯定彻底完了，真不知怎么感谢你呀！”

“别说了，赶紧收拾收拾，把玻璃窗安好，尽快开张才好。”他好像想起了什么，走到灌木丛中，捡起陈颂献丢下的那包东西交给梁勇老板，“昨天晚上有人行窃，被我追赶，没来得及拿走扔在那里的，包里都是你店里的东西。”

梁勇老板打开包一看大吃一惊：“不是什么小蟊贼呀，不光拿了现金和值钱的东西，怎么把我的营业执照也要偷走呢？！”

张金兴来到约翰医生的诊所，简直不敢相信自己的眼睛：诊所被彻底捣毁，门窗上的玻璃和能打碎的东西全部被打碎，地上满是碎玻璃碴，脚踩上去发出咯吱咯吱的声音；X 光照相的那间屋子也被彻底捣毁，X 光机被砸得七零八落。他猫腰捡起约翰医生的听诊器，赶紧跑回来。

所有的犹太人家附近遍地都是散落的玻璃碎碴。这个灾难的 1938 年 11 月 9 日的夜晚被称为“水晶之夜”。很多犹太人就是在这个寒冷的夜晚被活活打死的。

张金兴把听诊器交给约翰医生，“这是我找到的唯一完整的物件。其他的东西全损坏了，X 光机也被彻底捣毁。”

“我们可怎么办呀？没有诊所，我们靠什么生活呢？”约翰太太哭起来了。

“现在真是走投无路了，我真是想不出办法了。”约翰医生低下头，喃喃地说道。

“现在唯一的办法就是逃跑，离开这里。我们中国人遇到兵荒马乱，就会出去逃难，往安全的地方跑。我们广东人就会跑到美国西海岸或者下南洋到印度尼西亚。河北山东人就去闯关东，云南人也要跑缅甸。看现在这个形势，短期内不会好转，我想你们最好还是快跑吧！”张金兴说。

“我也想过离开德国，可是现在不可能了。我们能往哪儿跑啊？我们的护照上盖着一个很大的蓝色字母印章 J。那是犹太人的标记，很多国家的使馆看到这个标记就不给我们发签证，我们跑不出去了。今年上半年很多犹太人好不容易获得古巴签证，搭乘一艘邮轮去古巴，到了那里却不许上岸，只好又返回德国，上岸后全被纳粹抓走，至今下落不明。”

张金兴低头想了一下说：“我倒是有个办法，你们可以往中国跑。虽然中国正在打仗，可是你们在那里的处境会好一些。我想中国驻汉堡的总领馆可能会给你们发签证，我先打电话问一问领事先生。”他拨打了很多次何领事的电话，可是根本就打不通。

“你还是赶紧跑一趟吧！到那里问清楚，能不能给医生一家发签证。”耶格夫人催促说。

“我给何领事带点吃的，他好长时间没来了。”说着，装了满满一个饭盒。

莫妮卡把大衣和手套递给张金兴：“骑自行车路上要当心啊！”

二十六

路虽不算太远，可是张金兴自行车骑得太快，到达总领馆时，额头上已经沁出汗珠。当他推门走进去时，眼前的景象立刻让他傻了眼，总领馆办公室设在三楼，从一楼到三楼，楼梯和楼道挤得满满的都是人。还有几个维持秩序的人，拦住他不让他上楼。张金兴急中生智，指着饭盒说，我是给领事先生送饭的。

何领事和太太正忙得不可开交。何领事头发凌乱，没穿西装也没打领带，只穿一件西服坎肩，衬衣的领口开着，眼镜都快滑到鼻尖上了，正拿着铅笔和直尺在那里画签证表格呢。

“金兴你来得正好，我太太没时间做饭，我们吃了两天黑面包了。我这里电话也断了。快给我们送点中餐来！”何领事只抬头看了一眼，匆匆地说。

张金兴打开饭盒盖子，那诱人的香味儿立刻弥漫了整个房间。何领事抓起一个叉烧包大口嚼了起来，“金兴给我们送饭来了，太太你快吃一点吧！金兴，你帮我办点事儿，到文具店去买丁字尺三角板，铅笔还有复写纸，要黑色的，单面的那种。签证申请表早就用光了，我和太太现在一张一张地画实在太慢了，如用复写纸都会快好几倍。你看门口等了好几百人，都是申请签证去上海的犹太人。除了中国，他们哪里也去不了啦。”

“我正是为此事而来，你还记得谷物街约翰医生一家三口吧！他们的诊所昨天晚上被砸了，他们也是走投无路了，也必须拿到去中国的签证才能逃命。”

“我记得他们一家，我和太太还在他的诊所看过几次病。按说他也应该到这里排队才行。这样吧，这三张刚画好的表格你带回去，让他们填好，一会儿你回来送文具时，把他们的护照和填好的签证表带过来，我马上给他们办好。快去吧！”说着，何领事又低头忙了起来。

张金兴以最快的速度骑车回到家里，把三张手绘的签证申请表交给了约翰森，让他们赶快填好，又急急忙忙跑到文具店买齐了何领事要的东西，再风风火火地跑回家，取回了刚填好的申请表和他们三人的护照。一路上还挺顺畅，一分钟也没耽误。当张金兴跑回领事处时，焦急等待签证的人们看到满头大汗的张金兴拿着丁字尺三角板跑步上楼，立刻主动给他让出一条路。排在最前面的高个子男人说，我是建筑师，让我帮着领事先生画表格吧。这样，使用绘图工具和复写纸，建筑师只管画线，何领事填写各项目上的汉字，果然制表的效率提高了很多。

何领事很快就把约翰医生一家三口的签证办好，郑重地交给张金兴。“请转达我向约翰医生一家人的问候，现在情况很糟糕，让他们赶快去买船票，尽快离开德国到中国上海去。夜长梦多啊！喂，别忘了把饭盒拿走！”说着又低头忙了起来。

张金兴刚推门走出来，就看到埃里希·哈尼施带着几个穿制服的人凶神恶煞般地走过来。

“你怎么跑这里来了，你也要帮犹太人办签证吗？”埃里希·哈尼施大声问。

“我根本就不认识什么犹太人！领事先生订餐，我是专门给他送外卖来了。”张金兴拍着饭盒说。

“赶快走，你这个浑蛋，以后不要到这里来了！”

埃里希·哈尼施转过身，扯开嗓子冲着排队的犹太人喊道：“你们这些犹太鬼马上给我滚蛋。中国领事馆被查封了！”

他拉开领事馆办公室的门，大声宣布：“这所房子是犹太人的财产，已经被我们没收。你们必须立刻停止办公，离开这里！”

“你无权下令让我们停止办公，我要到外交部提出抗议！”何领事据理力争。

“你到哪里办公我管不着，我现在就是执行命令收回房子，你另找地方吧!”埃里希·哈尼施蛮横地说。

外面等待签证的人已经被那几个穿制服的人赶跑，楼道里一个人也没有了。

何领事把最后一份签证交给了那位建筑师。建筑师非常诚恳地说：“别担心，我那个建筑师事务所已经关门了，把你的领事馆搬到我那里办公吧！就在这条街的25号，房东是个德国老太太，人很好的。我马上请几个人来帮你搬家。”

“谢谢你。”何领事一边说一边从口袋里掏出一沓钞票交给那位建筑师，“请你帮我去修改租房合同，把承租人改为中国领事馆。这些钱拿去付房租吧！够几个月就先交几个月，转告你那些犹太朋友，到新的地址去办签证。”

建筑师眼含热泪，非常激动地说：“您帮了这么多犹太人，我们不知怎么感谢您才好！我这就去修改租房合同。请您把钱收回去，我先为您交半年的房租。”

张金兴就像漏网之鱼一样，骑着自行车飞快地回来了。

“好险呀，再晚去一步就拿不到签证了。我刚出门，领事馆就被封了。埃里希·哈尼施带人去干的，他们赶走了好几百个等待签证的犹太人。他们还说领事馆租的房子是犹太人的财产，已经被没收了。领事馆必须搬迁到其他地方。何领事向你们致意，他让你们赶快去买船票，最好是去中国上海。那里有西方国家的租界，比较安全，也容易继续开诊所。”张金兴一边擦汗一边把三本护照交给约翰医生。

约翰医生们用颤抖的手打开护照，看到中国的签证眼泪都流出来了。“这是救命的签证啊！这上边一定是何领事的签字吧！他救了我们全家呀！愿上帝保佑他吧!”

“他已经给好几百个犹太人发了签证，签证表格都是他一张一张画出来的，原来铅印的表格一共也没有几张，早就用光了。他太太为了帮他干事，几天都没有做饭，几天来两个人只能吃吃黑面包。”约翰医生听着，伸出双手的大拇指。

“领事先生已经察觉到要出问题，前几天开始就有人打威胁电话，随后电话线都被切断了。于是他就加班加点工作，多办一个是一个。”

“真是好人啊！是我们的救命恩人啊！我们一辈子也不会忘记他。”约翰太太感动地说。

约翰医生站起来，紧紧拥抱着张金兴，非常感激地说：“我们全家感谢你啊！你给我们帮了大忙了，要不是你这么快地跑来跑去，我们根本拿不到签证，没有办法逃到中国去。你救了我们全家。用一句犹太法典的话来说，救了一个人的生命，就是救了全世界。”说着摘下他的白金戒指递给张金兴。

“这可不行，我不能接受你的东西。你们到了上海以后，还会遇到很多困难，用钱的地方多得很，这个戒指还可以变卖几个钱呢。说心里话，我们也很感激你，我们的病都是你治好的。”张金兴坚辞不收。

约翰森脱下自己的厚呢大衣递给张金兴。“我们不知道怎么谢你才好，总得留个纪念物吧！这件新大衣没穿几天，就送给你穿吧！我们上了船用不着穿大衣了。听说上海那边很热，用不着穿大衣了。”

“上海夏天确实很热，但是到了冬天又湿又冷，屋里没有暖气，没有大衣是不行的。谢谢你吧！如果你要给我留纪念物，就把那个中国的空竹送给我吧！过年的时候我没有买到。当我抖空竹的时候，莫妮卡和耶格夫人听到空竹声音，我们就会想起你们一家。”

约翰森好不容易花高价买到了三张船票，一家人带着行李前来告别。约翰医生和儿子每人只有一个不大的手提箱子，约翰太太只有一个手提包。约翰森手里拿着中国空竹不停地抚摸着，空竹显然被人砸过，但它很结实，没被砸坏。约翰森一句话没说，含着泪抖起了空竹，那嗡嗡的声音很有感染力，胜过告别的千言万语。约翰太太听着空竹的声音忍不住抱着莫妮卡哭了起来。约翰医生把张金兴和耶格夫人拉到一边，轻轻地嘱咐说：“一定要把你们手里的马克换成瑞士法郎存到瑞士银行去。现在世界这么乱，战争的最终结果难以预料。瑞士是中立国，瑞士的银行比较保险，把钱存到几家有名的瑞士大银行，虽然利息很低，但很保险，这样做是以防万一。今后还不知要出什么事呢！”

约翰森把空竹递给张金兴，紧紧握着他的双手说：“以后我们一定会再见面，多多保重。我的箱子里有一张旧报纸，上面有张业记和你的照片，我会好好保存它。再见面时，我们一起抖空竹。”

“到上海后给我们写信！”

“我们会写信的。你们的地址我们永远记得，德国汉堡首饰街 18 号。”

二十七

香港酒楼成了中国人的聚集地。每天下午休息的时候，在餐馆里工作的人，开商店洗衣店的人以及清洁队的人都会聚拢到这里来，听张添林翻译报上的消息，大家也互相交流从不同渠道听来的消息。

“好消息一条也没有。现在德国政府对中国的态度已经发生了很大的变化。希特勒已经改组了很多政府部门，原来那些与中国友好希望调停中日争端的人都被撤换。里宾特洛甫当了外交部长，这个家伙是个著名的亲日派。他认为日本一定能够灭亡中国，他在报上鼓吹和中国断交并承认满洲国。”

“如果德国和中国断交，我们可就惨了。我们都是拿着中国护照，如果德国倒向日本，我们都成了敌对国的公民，就要大难临头了！”

陈纪林皱着眉头说：“现在什么事情都要向最坏处打算。现在已经有些苗头不对，明天我有事去鹿特丹，到那边再去打听打听消息。”

“欧洲这边也越来越紧张，德国已经先后吞并了奥地利和捷克斯洛伐克。我太太的亲戚说，德国和波兰边境现在紧张得很，德国集结了很多军队，看样子要打起来。”张添林忧心忡忡地说。

刚过了两天，新中国大酒楼的老板胡烈坚跑来找张添林，一进门就气喘吁吁地说：“有几个水手兄弟和几个留学生滞留在这里了，他们的证件被警察抄走了。他们要回国，没有证件怎么行呢？我那里也住不开了，你能想些办法吗？”

“先让他们住到我这里来吧！我赶紧去找何领事想想办法。”

刚巧何领事到柏林去了。张添林也一时想不出办法了。一个水手说，听说陈记酒吧的老板可以办证件，就是太贵了，一个证件要一万马克。

“别听他放屁！”胡烈坚气愤地说，“陈颂献这个坏蛋是在趁火打劫，他就会伪造作假。他以前办假证件赚了不少的钱，坑了不少的人。他这是故技重演，想骗你们这些不知他底细的人，千万别上他的当。他有什么能耐办真证件？”

张添林说：“要是纪林大哥在这里就好了，他知道怎样安排几位水手兄弟回国。不知道什么时候他才能从鹿特丹回来。现在局势这么紧张，也不知道明天要发生什么事。这样吧，我明天跑一趟柏林，到那里去找大使馆，你们身上没有证件，路上遇到警察很麻烦，你们哪里也别去，住在这里等我。”

那几个水手和留学生坐困愁城，也不敢上街去，望眼欲穿地等着张添林回来。

三天以后，张添林风尘仆仆地从柏林赶回来，由于查不到原发证机关的档案，补办证件是不可能的。就是给每个人办成一本护照，还是要到当地外事警察局去办签证，警察肯定会刁难的。经过他和大使馆领事处的官员反复商量，最后决定给每一个人办理一张去港澳的通行证。

那几个水手和留学生感激万分，他们马上到码头上去买了去香港的船票。张添林、张金兴和胡烈坚为大家准备了一餐告别晚宴。一位戴眼镜的留学生说：“眼看就要快毕业了，没想到爆发了抗日战争，我们这些穷学生在这里实在没办法继续学习了，文凭是肯定拿不到了。想回国证件又被警察抄去了，真是让我们走投无路了。多亏你给我们办了港澳的通行证，真不知道怎么感谢你才好！回国以后，我马上去抗日前线！”

一位水手感动地说：“让我们怎么感谢你呢？我们在你这里白吃白住，还劳你花钱跑一趟柏林办证件。大恩不言谢，这张通行证万金不换呀！我们会永远记着你的恩德呀！我们怎么也得给你们留一笔钱作为报酬吧！”

张添林和胡烈坚哪里肯收，“国内用钱的地方多得很。现在正在打仗。谁知道以后会发生什么事情，说不定这些钱在国内能够派上大的用场。以后你们有机会再来汉堡，一定要到我们这里来做客。”

送走了水手和留学生，张添林和胡烈坚刚刚松了一口气，又传来打仗的消息：如大家预料的那样，1939 年 9 月德国大举入侵波兰。接着英国和法国等国对德国宣战，第二次世界大战正式爆发。

张添林急急忙忙找到张金兴、胡老板、梁勇老板等人，焦急地搓着手说："丽娜的家乡已经被德军占领，她的两个哥哥都死了，房子也被烧了。家里还有年迈的父母。她现在要回到波兰去，我怎么也拦不住，只好陪她一起去。我们的女儿也顾不上了，只能交给她乡下的姨妈照看了。我一走，这个餐馆是开不成了，只能把它改成旅店，留下她的一个亲戚在这里照料。厨房里的餐具调料再也用不上了，你们几位拿走吧！我这个商会会长也干不成了，纪林又不在这里，你们看谁当这个会长合适？"

士多店的梁勇老板说："我看金兴能够胜任。他在关键的时候敢于挺身而出，德语不好可以让他的太太来帮忙。"

"我比大家来得都晚，没有什么经验，恐怕不能胜任吧！"张金兴说。

"我们大家信任你，大家会帮助你把这个商会办好。"大家七嘴八舌地说。

"那我就恭敬不如从命。说好了等张大哥回来时，还是请他当会长。"张金兴答应了，接过了商会的牌子。他对众人说："我要做的第一件事，就是请大家给张大哥帮忙，帮着他把他的餐馆改建成旅店，大家多出点力气吧！"

人们散去之后，张金兴和张添林把整个建筑详细规划了一番，又联系到一个熟悉的土耳其装修公司。中国人主要是帮忙清理建筑垃圾和做卫生。

张金兴想起约翰医生的嘱咐，对张添林说："张大哥，我们赚的这点辛苦钱实在不易。如果你在德国银行有马克存款，一定要换成瑞士法郎存到瑞士银行，虽然利息很低，但很保险。这一打仗，将来不知德国会怎么样，我们要有些保命钱啊！"

"我还真没想到这一点。这几年德国马克在升值，银行利息也高，我的那点私房钱都存在德国银行。我今天就去瑞士银行开户，把钱转过去。我还得带一笔钱去波兰，丽娜的家里遭了大难，没钱是不行的。"

二十八

自从看到莫妮卡和张金兴结婚之后，埃里希·哈尼施简直就成了精神病。他怎么也想不通，莫妮卡会拒绝他的求爱，和一个来自东方的中国人结了婚。他这个花花公子接触过很多女人，可是和莫妮卡比起来，那差距真是太大了，那些女人不是身材太胖或者太瘦，就是头发和眼睛的颜色没办法和莫妮卡相比。莫妮卡窈窕的身材充满了女性的美，金黄色的头发和深邃的蓝眼睛，让他发狂般着迷。特别是他和莫妮卡同住在一个村子里，两人从小就相识，还在一个小学里上过学。莫妮卡的聪明伶俐、勤劳朴实和充满同情心的性格经常受到村里边人的夸赞。虽然她的父母都是穷苦的农民，但一家人勤勤恳恳地过着快乐的日子。莫妮卡很小就跟着父母下地干活，十几岁就出落成了村里面最漂亮的姑娘。埃里希·哈尼施很早以前就看上了莫妮卡。他家里很有钱，有时会借钱给莫妮卡一家，甚至企图通过金钱来收买莫妮卡的父母，但都被正直的莫妮卡父母拒绝了。

第一次世界大战改变了一切。莫妮卡的父亲战死在前线，她和母亲被迫离开家乡到外地打工。埃里希·哈尼施家里也破了产，带着分给他的那一部分家产流落到汉堡，在那里花天酒地地过了半年，把身上的钱挥霍一空，还学了一身坏毛病。直到那天在张业记饭店见到了她，埃里希·哈尼施的心情再也无法平静了。他想方设法接近莫妮卡，向她表白爱情。可是他那种流氓的做派，粗鲁疯狂的动作，自以为是和下流无耻的语言，让莫妮卡避之唯恐不及。

越是得不到的东西越想得到。越是一厢情愿的事就越想追求。埃里希·哈尼施在党卫军学校学习的时候，经常魂不守舍。讨论很多问题的时候只是三言两语，如果讨论雅利安人保持血统纯正的问题，说起话来滔滔不绝，反对雅利安人和外族人通婚，特别反对和亚洲人结婚。人们注意到他经常拿着一本书坐在角落里出神，开始以为他是个勤奋的学生，在那里深入思考，可是后来发现他竟然把书拿倒了。当然这事成了笑柄，他还受到了教官的严厉批评。

经过一番苦思冥想，埃里希·哈尼施最终得出的结论是，一定要把莫妮卡夺回来，不管付出什么样的代价。现在自己已经是党卫军的军官，怎么也比那个中国的厨师强多了吧！

连着两个星期天放假，埃里希·哈尼施穿着一身黑色的党卫军制服，脚蹬一双大马靴来到首饰街张业记饭店。他一进门就要酒要菜，高谈阔论，可就是见不到莫妮卡。那个老女人耶格夫人总是推三阻四，总是说莫妮卡不在。有一次他实在忍不住闯进厨房，也没有看到莫妮卡的影子。她能躲到哪里去了呢？

这个星期天埃里希·哈尼施换了便装，穿了一双运动鞋又跑到首饰街。他想准是那双大马靴声音太大，莫妮卡听到马靴的声音就躲了起来。这次他没有直接推门而入，而是隔窗观望，看到莫妮卡再推门进去。

他耐着性子在窗边看了半天，还没有看到莫妮卡的影子。忽然从远处传来清脆的女人高跟鞋走路的声音，这声音在他的身边停下了，接着就闻到了一股古龙香水的气味。埃里希·哈尼施下意识地回过头来，看到身边站着一位穿着时髦、一身珠光宝气的中国小姐。

“哎哟，我说大军官，今天怎么没穿制服就来了？黑色的制服配上那马靴，多威武啊！扒着窗子往里边看什么呀？是不是要找莫妮卡啊？怎么不认识我了？我是前边陈记酒吧的陈小姐呀！走吧，到我们酒吧去，我们有办法，让你准能见到莫妮卡。”陈小姐猜到了他的心思。

陈小姐一边说着，一边还搔首弄姿地做了几个动作，腰肢一扭，一把挽住埃里希·哈尼施的胳膊。“到我家喝两杯吧！我们最欢迎军官了！”埃里希·哈尼施有些犹豫，刚要摆脱陈小姐，他的胳膊已经被陈小姐那毒蛇般的胳膊缠牢，身体不由自主地跟着陈小姐走起来。“你喝杯酒等着，你肯定能见到莫妮卡！”

看到女儿挽着埃里希·哈尼施手臂走进来，陈颂献吓了一大跳：这不是被我骗惨了的那个家伙吗？听说他已经当了军官了，是不是来报复了？心一慌手一抖，夹在手指上的烟卷儿掉到了地上。

“你看我把谁请来了，他就是党卫军的大军官！刚才他正在张业记的窗外向里张望呢，我请他过来喝两杯。”就像川剧变脸那样，陈颂献的脸色瞬间由惊恐变为满脸堆笑。“欢迎欢迎啊！真是贵客临门啊！小店无上荣幸啊！先喝一杯鸡尾酒吧！”说着就双手把一杯酒递了过去。

陈小姐给他爹使了一个眼色，陈颂献点头会意，从抽屉里拿出一块崭新的手表，双手递给埃里希·哈尼施，满脸堆笑地说：“这是你上次忘在我这里的手表，现在原物奉还。”埃里希·哈尼施有些迟疑：“我那块表不是新的，是个旧的两针表啊！”陈小姐亲自把手表戴在他的手腕上：“你就戴这块欧米茄吧。这是我们送给你的礼物。”

埃里希·哈尼施收到了一块崭新的手表还喝了一杯酒，仍然是满脸惆怅，并没有露出高兴的样子。陈颂献鼠眼一转，立刻计上心来：“您是不是想见一下莫妮卡？她可是我们这条街上最漂亮的姑娘！”埃里希·哈尼施立刻双眼放光，脸上露出笑容。可是陈颂献却忽然严肃起来，瞪着一双老鼠眼说：“莫妮卡不但人长得漂亮，还胆大包天呢！那天你们行动的时候，就是她带着犹太人医生约翰一家三口逃走了。”

埃里希·哈尼施狠狠地捶了一下桌子，站起来走向陈颂献，一双狼一般的眼睛狠狠地盯着他问：“我一直不明白，为什么那天晚上我们去砸犹太诊所却扑空了呢！原来是她把犹太一家救走的！你说的是真的吗？你可以做证吗？”陈颂献拍着胸脯说：“千真万确！这是我亲眼所见，到哪里做证我都敢去！”埃里希·哈尼施被陈颂献大粪般的口气熏得倒退了一步：“将来会有人找你做证的！”

陈颂献脸谱一变，脸上现出神秘的笑容，狡黠地眨了几下鼠眼说：“你现在想见莫妮卡吗？我帮你把她请到我这里来，你看怎么样？”

埃里希·哈尼施忽然脸色一变，面带微笑地说：“那就谢谢你啦！”陈颂献马上给张业记饭店打了一个电话：“我是陈记酒吧的老陈，请送一客银丝细面来，另加一块鸡排！请快一些！”

工夫不大，果然看见莫妮卡手提着搪瓷圆饭盒走了进来。埃里希·哈尼施一把夺过饭盒放在桌上，怪声叫道：“莫妮卡，我可见到你了！”莫妮卡先是吃了一惊，但马上镇定下来：“你要的面我已经送到了，我要回去工作了。”说着转身就走。

埃里希·哈尼施哪里会放她走，他死死地拉住莫妮卡。“亲爱的莫妮卡，我有一肚子的话要和你讲。你在这里坐一会儿吧！”

“我不想听你讲什么！我已经结婚了，请你放开我！”她想挣脱他的手，可是埃里希·哈尼施却抓住了她的衣领，狠命地向里面拖，莫妮卡一边喊叫一边拼命挣扎。陈颂献用钥匙打开了一间吸食鸦片房间的门，那里边有一张吸食鸦片专用的床。他朝埃里希·哈尼施使了个眼色，哈尼施立刻会意，死命把莫妮卡往那个房间里拖。

一直躲在角落里冷眼观看的陈厚宝趁乱跑出门去，正好看见对面走来的胡烈坚和梁勇，他上气不接下气地喊道：“莫妮卡被骗到我们酒吧里去了，正和那个德国军官厮打着呢！你们快去救救她吧！”

胡烈坚使劲地跺了一下脚对陈厚宝说：“你赶快去水手馆，叫老高他们几个赶快来，叫他们见机行事。”转身对梁勇说：“咱俩进去打一架，也出出这口恶气！”

他们俩快步走进陈记酒吧，胡烈坚一进门就大喊：“陈老板你是个生意人，也是个明白人，你给我们评评理，凭什么他欠我钱不还？”说着抄起吧台上的一个空酒瓶朝着梁勇的方向投过去，实际上飞出去的空酒瓶离着梁勇很远，却不偏不倚把架子上的几瓶酒砸得粉碎！梁勇也毫不示弱，抓起空酒杯朝胡烈坚身边的镜子抛过去，镜子也被砸碎。陈颂献被吓呆了，看到东西被打坏，他心疼地高声喊道：“你们要干什么？打架到外面去打，砸坏了我的东西你们要赔的！”

话音未落，老高和小李他们几个人冲了进来，胡烈坚指着梁勇喊道：“他欠我钱不还，你们给我打，打死他我去偿命，砸坏了东西我赔，打完架我请客！”

胡烈坚一直注意听着从吸鸦片房间里传出来的争吵声和厮打声，他趁乱抓起一瓶啤酒，把那个吸鸦片房间门上面的小玻璃窗砸得粉碎，又向里面投掷了两瓶啤酒，随着啤酒瓶爆裂的声音，里面的厮打喊叫的声音停顿了下来。几瓶啤酒飞进那小房间，在墙上碰碎，床单被啤酒打湿，床上边还有不少啤酒瓶的碎片。埃里希·哈尼施见此状又气又恼，不知道外面发生了什么事情，想出来打那个投掷啤酒瓶的人，可是门却打不开了，原来陈颂献在外面上了锁。

老高小李他们几个打架的动作比戏台上的演戏还假，看上去他们是打梁勇，实际上是摆好架势打陈颂献，外带着砸东西。梁勇身上只是蜻蜓点水般地挨上几下拳脚，可是想拉架的陈颂献却被打得不轻：梁勇刚一低头，老高就一拳打来，刚好重重地打在陈颂献的脸上。梁勇往左边一闪，把陈颂献暴露出来，老高趁势一脚踢出去，踢中陈颂献左腿。梁勇又向右边一躲，老高抓住空当一脚踹去，踹中陈颂献的肚子。陈小姐看出苗头不对，哪里是打梁勇，分明是打她爹，于是乱嚷起来。小李指着她喊道："我们好男不跟女斗，赶快滚到一边去，当心伤到你！"陈小姐干着急没办法，气得直哭。陈厚宝用身体护住陈小姐，嘴里不停地乱喊："你们不许碰陈小姐，谁打她我就跟谁拼命！"喊的声音很大，却不去拉架。另一位伙计老二也只是招招架架，做做姿态而已。

陈颂献也感觉事情不妙，看来他们不是来打架，肯定和莫妮卡有关。想起关在吸鸦片烟房间的那两个人，还是赶快开锁放他们出来，让埃里希·哈尼施赶快离开。他刚要拿钥匙开门，老高眼快，一脚踢在陈颂献的脚踝骨上，陈颂献哎呀一声跌倒，胡烈坚看得明白，双手用力掀翻了一张橡木桌子，几个人用沉重的橡木桌子把陈颂献挤到墙角，梁勇假装跌倒，躺到翻过来的桌面上，那几个人使劲推梁勇，把桌子那边的陈颂献挤得嗷嗷乱叫。

一定要让警察抓住正在犯罪的埃里希·哈尼施，不能让他跑掉！一定要让警察判定陈颂献是提供犯罪场所的帮凶！胡烈坚见时机已到，一把拉过陈小姐假装惊慌地大声说："你快报警啊！晚了就要出人命啦！快点啊！"说着拨通了报警电话，把听筒塞到陈小姐手里。陈小姐边哭边喊道："你们快来呀，要打死人啦！快来救命啊！什么？我的地址？我是首饰街5号陈记酒吧！"

著名的红灯区戴维警察局离首饰街很近。4 名警察开着两辆三轮摩托车很快赶来，一进门就闻到各种酒混合的气味。警察踩着地上碎玻璃冲进来，高喊不许动，都站到墙边去。大家这才停止打斗，整理一下衣衫，站到墙边。

听到陈颂献杀猪般的号叫，警察挪开桌子，把他拉出来。打架的人没怎么受伤，劝架的人却伤得不轻。陈颂献这个鸦片鬼已经站不住了，蹲在地上一个劲地呻吟。

埃里希·哈尼施听到外边的嘈杂的声音，搞不清发生了什么事情，只好使劲打起门来。警察打不开门，才发现门已经从外面上了锁。警察命令把门打开，陈颂献这才掏出钥匙，用颤抖的手打开房门。门一打开，只见一股啤酒从房间里的地板上流了出来。衣冠不整的埃里希·哈尼施狼狈不堪地走出来，脸上还有被指甲抓伤的血印子，手指也被啤酒瓶的碎片划破。莫妮卡头发散乱，满脸怒气地走出来，指着陈颂献大声质问："你看到他把我拖到里边，为什么在门外上锁？你是何居心？"

警察一看就明白了大半，只是弄不清为什么中国人之间在此时此地发生打斗。

埃里希·哈尼施整了整衣服，用手指理了理头发，干咳了两声，忽然大声说："警察先生，我是党卫军上尉埃里希·哈尼施，请让我离开这里！"

警察客气地说："请先到警察局去一下，证明了您的身份后，您马上可以离开。请坐进外边的摩托里去。"埃里希·哈尼施走到门口，回头朝着莫妮卡狠狠地说："好戏还在后边，走着瞧吧！"

警察回过头来问陈颂献："我记得你，你是老板吧？你怎么把上尉锁到室内去了？这位女士怎么也在室内？他们两人为什么在里边厮打？你们这些中国人又是怎么打起来的？"

陈颂献百口莫辩，捂着脸说不出合适的理由。警察只好说，都跟我到警察局去吧，到那里慢慢说清楚。

几天之后，胡烈坚收到一封信，打开一看，原来是陈颂献寄来的索赔信件，要求他赔偿损失 5 万马克，不赔就到法院起诉。胡烈坚拍着桌子骂道，陈颂献这个人渣王八蛋做起假账来真是心黑手辣！毁坏的那些东西加到一起也不会超过五千马克，他居然能编造出十倍的损失额度！看来不狠狠地教训他一下是不行的。

看到胡烈坚等十几个人怒气冲冲地走进来，陈颂献这才意识到问题的严重性。他强作镇静色厉内荏地喊道："你们是来赔偿我损失的吧！只要你们照价赔偿，我们就私了，我就不会起诉你们！"张金兴疾步上前，一把揪住陈颂献的衣领，左右开弓狠狠地扇了他两记耳光，愤怒地质问："你是如何把我的妻子骗来的？为啥把她和那个军官反锁在屋里？我妻子已经受到侮辱，你说这笔账怎么算？"陈颂献仍负隅顽抗，乱喊乱叫。胡烈坚指着他的脑门说："你小子卖大烟，出卖假证件，众人皆知，证据有的是。你还敢起诉我们？一共才打碎了几瓶酒，你怎么编造出 5 万马克的损失？你要敲诈我们吗？"老高挤进来高声说："告诉你，我们一马克也不会赔给你，你要想活命，就把这张账单收回去！这就便宜你了，应该让你赔偿金兴太太受辱的损失！"

胡烈坚掏出那封索赔信，狠狠地摔在陈颂献的脸上，大声说："告诉你姓陈的，你给我听好了，记住了，如果你和你女儿再作恶，再敢欺负算计中国同胞，我们就对你不客气了！当心你的脑袋！"陈颂献低着头缩着脖子，浑身颤抖，一句话也不敢说。

看到众人已经离去，陈颂献又恢复了往日的霸气，一边抚摸着被打痛的脸颊，一边喊陈厚宝和老二赶快收拾店堂准备开业。他气咻咻地对他女儿说："他们神气什么啊？想跟我斗？我这就去警察局告发他们帮犹太人的事，我不过挨了几下打，损失了几瓶酒。帮犹太人那可是重罪！我让他们吃不了兜着走！"

二十九

莫妮卡收到一封民政局来的信，里面只有一句话，两天后下午两点到民政局有要事通知。太奇怪了，民政局找我干什么呢？莫妮卡忐忑不安地想。耶格夫人也猜不出是什么要事。

民政局的办公楼挂着两面硕大的纳粹的旗帜，从三楼的楼顶一直垂到地面。进进出出的男女官员都戴着圆形的纳粹徽章，楼道的墙上挂满了纳粹宣传图画。

头戴大壳帽身穿制服的官员指了指对面一把椅子，示意让莫妮卡坐下。他拿出一个文件夹，头也不抬地问道："你就是莫妮卡·张吗？你的丈夫是中国人吧！"

"是的。"莫妮卡平静地回答道。她仔细一看，正是当年办理结婚登记的那位官员。

"你知道自己的血统是最高贵的吗？元首说过，我们雅利安人必须保持血统的纯正，我们不能够和那些不那么优秀种族的人通婚。你应该尽快和那个中国人离婚。"

"我已经流产过一次，医生说我没有机会再怀孕，不可能再生孩子了！"

"那也不行，我们不能让外族人玷污了我们纯洁的高贵血统！"

"我们是正式登记的合法婚姻，我们的婚姻受法律保护。结婚证书还是你签发的呢！如果我们感情破裂，双方同意才能够办理离婚，这也是法律的明文规定。"

"你现在少跟我们讲什么法律。你多看看报纸上关于血统和人种的论述，听听元首是怎么说的，这些都比法律还重要。你应该有个清醒的认识。前两天新中国大酒楼的德国籍女工已经和她的中国籍丈夫离婚，带着两个孩子去了乡下。你现在没有孩子，办起离婚来比她要简单多了。你回去好好想一想，尽快带着你的中国丈夫到我这里来办理离婚手续。没有什么可商量的余地，听明白了吗？”

“我不想和我的中国丈夫离婚！”

“我明确地告诉你，不是你想不想离婚的问题，是必须得和那个中国人离婚！我警告你，如果你不离婚后果将非常严重！”

官员这时抬起头来，注视着莫妮卡说：“像你这样漂亮的德国女人，应该嫁给埃里希·哈尼施这样纯种的雅利安人，他一直在爱着你。现在他已经升到党卫军的上尉，前途无量。如果你肯嫁给他，我马上在吕根岛风景区为你们申请一套别墅，让你过上贵族般的生活。你跟那个中国人一起生活有什么好处？”

“你这么说我就明白了，一定是埃里希·哈尼施让你拆散我的家庭的！他这是痴心妄想，我就是不离婚！”

“我再说一遍，”官员使劲拍了一下桌子，“如果你不和那个中国人离婚，你将承担非常严重的后果！该说的我都跟你说了，你可以走了！”

真是一个晴天霹雳，莫妮卡摇摇晃晃地走出了民政局的大门，她觉得天旋地转，在台阶上坐了好一会儿才缓过神来。

这是什么政府啊，居然逼着人们离婚，拆散他们的家庭。国家虽然有法律，可是政府率先违犯法律，莫妮卡怎么也想不通。

莫妮卡神情沮丧地回到家里，看到耶格夫人正给张金兴讲报上的消息，张金兴瞪大眼睛看着报纸上的中国地图。“完了，德国已经和中国正式断交，正式承认满洲国，和日本结盟，终止了一切输往中国武器的合同。还有，在德国政府和军队里服务的中国人都被解职，在军校里学习的中国学生也都被开除，限期离境。”张金兴有些绝望地说。

莫妮卡不顾一切地扑到张金兴的怀里放声大哭，“民政局逼我们离婚！上帝啊，这是为什么呀？”张金兴愣住了，只是紧紧地抱着莫妮卡，一句话也说不出来。耶格夫人简直不敢相信自己的耳朵，怎么还有政府逼老百姓离婚的事情！

“我们坚决不离婚，不去他那里办什么离婚手续，看他能把我们怎么样！”莫妮卡擦干眼泪坚决地说。

张金兴忽然想起，“我们有两份结婚证，中国的结婚证他们总管不着吧！我去找何领事，问问他这件事应该怎么办。”

当张金兴来到领事馆新的办公地点时，看到何领事站在梯子上，拿着扳手正在卸领事馆铜牌子上的固定螺丝。他把卸下的螺丝一个一个地递给何太太，自己小心翼翼地抱着铜牌子走下梯子。张金兴连忙接过那个用中文和德文镌刻的领事馆的铜牌子。

“我的公事到此结束。中国已经和德国断交。由于我给犹太人办签证，受到了大使馆的严厉申斥。德国警察局也恨透了我，通知我72小时内离开德国。整理各种文件很费时间，我们昨天一夜没睡，现在剩下的时间已经不多了，已经没有时间到首饰街和大家告别了。你要是晚来一步，我们也就见不着面了。说实在话，我也舍不得离开你们。我心里真的很难过，只能请你向大家转达我的……”说到这里，他的声音哽咽起来。

何太太拿来一个很精致的小牛皮箱，她把铜牌子包好小心地放进箱里。何领事把箱子锁好，说：“这个箱子里只有三件东西，我们的国旗、国父孙中山的肖像和领事馆的铜牌子，我要把它们完整地带回去。我不能有辱使命。”

“何领事，把那四个螺丝交给我保存，好吗？我相信总有一天你会回来，到时候我把螺丝拿来，再把领事馆的牌子牢牢地固定在墙上。”

何领事郑重地把四个铜螺丝交给张金兴：“你说得太好了。将来不管是谁到这里重开领事馆，我都会告诉他，到张金兴处取固定螺丝。我要把你们的爱国之情告诉全国人民。请你们相信，祖国不会忘记你们这些爱国华侨。”

“还有一件事请教您，这里的民政局要逼迫我和莫妮卡离婚，理由是我会玷污日耳曼人的血液，而且威胁我们说，如果不离婚后果非常严重。莫妮卡坚决不同意离婚。您也给我们做了一份中国的结婚证书。我不知道应该怎么办。”

“纳粹政府真是太可恨了，这种血统论真是荒唐极了！如果民政局再来找麻烦，你就说我是中国公民，我有中国政府发的结婚证。这是国际婚姻，应该遵守国际法，德国政府不能强令你们离婚。”

何领事拍了拍身上的土，不无忧虑地说：“你回去转告大家，现在我们已经和德国没有外交关系了，我这个外交官也没办法替你们说话啦！没有了领事庇护，大家做事一定要低调，处处多加小心，别生事端。千万不要做违法的事情，遇事大家多商量，团结起来一致对外。千万不要发生内讧。”

“我一定把您的嘱咐转告给所有的中国人!”

何领事租的汽车开来了，后边还跟着一辆警车。张金兴帮着把箱子装到车上，两人紧紧地握手告别。“多保重，我们一定会回来的!”何领事含着眼泪说。

“我相信我们的领事馆一定能够重新建起来，我们全体华侨都等着这一天!”

三十

第二次世界大战的各种消息不断从各处传来。莫妮卡每天早上第一件事就是打开收音机听最新消息。张金兴每天到刁鑫的报刊亭买几份报纸，他还买了一张欧洲地图和一张最大号的中国地图，每天根据广播里的消息和报纸上的消息用红蓝铅笔做着标记。

“你快成了军事分析专家了，欧洲地图让你这么一画，那么多红蓝箭头的，快成了军事地图了。”莫妮卡打趣地说。

“你看，每个箭头后边我还用铅笔标着日期呢！指向波兰的是一九三九年九月，一九四〇年四月是丹麦和挪威，五月是荷比卢，巴黎是六月十四日占领的，指向俄国的三个箭头是一九四一年六月二十二日。”张金兴逐一指着地图上的标记讲给莫妮卡听。

“不知道这仗什么时候才能打完。一想起 30 年前的第一次世界大战，想起我战死的丈夫，我总是担惊害怕。这么没完没了地打下去，谁也承受不了。”耶格夫人说。

“我的地理知识不行，中国地图我看不懂，也不知道那些地名。你怎么把地图分成了三块儿呢？”莫妮卡指着中国地图问。

“还不是日本侵略造成的，东北这一块成了伪满洲国，华北华东一带也被日本人占领。汪精卫在我们原来的首都南京成立了伪政府，现在只有西南这一块是中华民国，政府先是从南京迁到武汉，现在又迁到了重庆。不过就算是日本人野心再大，这么大个中国，它也不可能全占了啊！报上说，中国和日本形成了相持的局面，日本人在中国已经陷入泥潭。”

“谁知道以后德国会怎么样呢？战线那么长，东面打俄国，西面打英国，非洲那边还要帮着意大利打，真难说将来是不是也会陷入泥潭。”莫妮卡叹了一口气说。

“在外面千万别说这种话，当心被盖世太保的密探知道。”耶格夫人叮嘱说。

“说个实际的话题吧！金兴你当了商会会长，以后要和政府部门打交道，我可以给你当翻译。但是我的中文不行，我只会最简单的句子，以后我也要好好学学中文，要能正确理解每句话的真正含义，不要因为翻译错误而造成不必要的麻烦。”

“那太好了。中文很难学，先不要学读和写，开始能听懂就行。”

“可是有时候我听清了你说的话，但不知道意思是什么。那天小李问你，吕贝克是不是汉堡城市联盟，你说，当然是啦，多新鲜啊！今天我们去买菜，你指着菜说，多新鲜啊！我就搞不懂了，‘多新鲜啊’这句话到底是什么意思。那天你说任杨辉脑袋瓜子太死，不会转弯。我当时让你把脑袋瓜子四个字写下来，我去查了字典：脑就是头部，袋是装东西的袋子，瓜是水果，西瓜或者甜瓜；子的解释就更多了，孔子孟子呀，儿子孙子呀，等等。把这四个字拼在一起，是什么意思呢？后来我想，应该前两个字和后两个字分别组成一个词，可能就明白了。脑袋两个字意思就是头部。瓜子这个词字典上说是瓜的种子，可以加工成零食。我就不明白了，人的头部和瓜的种子放在一块，到底是什么意思？是不是脑袋和瓜子拼在一起就不会转弯了呢？”

张金兴不禁笑起来：“语言表达是很复杂的问题，有些习惯用语没有办法解释清楚。脑袋瓜子就是头部的一种表达方式，大家都习惯这么说，没必要去一个字一个字地分开去解释。其实，每一种语言都有它的惯用语。比如你们说北边那块墓地叫 Nord Friedhof，我们不能按字面的意思把它理解为北边的自由院子，或者是北太平庄吧！还可以举一个例子，为了拿到餐饮行业的健康证书，我去医院做体检，护士小姐让我去做 Stuhl Prüfung，从字面上理解，是椅子检验。我搬了把椅子坐在那里等着她，护士小姐愣了一下，把我领到厕所，我才知道那不是坐椅子检验，而是验大便。”

耶格夫人在旁边也不禁笑起来。

“还有一些话我怎么想也不明白，那天你们看着报纸上的新闻说，德国军队真厉害，谁都打不过；又说意大利军队真糟糕，谁都打不过。我就不明白了，谁都打不过这句话，到底是批评还是赞扬？”莫妮卡不解地问。

刁鑫拿了一张世界地图走进来：“金兴啊！这可是我店里最后一份世界地图了，今天半天就卖了十几张。你知道吗，日本人昨天，1941 年 12 月 7 日清晨，偷袭了美国在太平洋的珍珠港海军基地，重创了美国太平洋舰队；击毁美国军舰 40 多艘、飞机 300 多架，美军伤亡 3000 多人。很多人都不知道珍珠港在什么地方，都到我的店里买地图。我想起来你最爱看地图，爱在地图上做标记，最后这一张就留给你了。”

莫妮卡连忙打开收音机，可惜报新闻的时间已过，各电台不是军歌就是情歌。

“日本人的胃口越来越大了，太不自量力了！再和美国开战，纯粹是找死！”

“看来这一次美国一定要全力参战了。美国一定会全力帮助中国抗战，中国的抗日战争又有了一个新的盟友。”

“其实美国一直在帮助我们，陈纳德将军的第十四航空队不仅和日本空军作战，还飞越喜马拉雅山为中国运送了大量的战争物资。”

“太平洋战争也爆发了，全世界没有太平的地方了！”

“我们首饰街还算比较太平，自从那个黑帮作鸟兽散之后，倒是没出过什么事情。”

“还记得小四川任杨辉吗？他的刑期已满。幸好那个被他开枪打伤的孙占有没死，你们请的那个律师辩护成功，这才判得不重。不过他已经精神失常，出狱后要遣送回国。”刁鑫眨巴着小眼睛说。

“小四川虽然不该随便开枪，可是他为民除害，自己却落得一个精神失常。说起来令人同情。他这样身无分文地回去，将来怎么生活呀？我们怎么也得给他凑一笔钱，让他回国能够安身立命。那个报刊亭还是他让给你的，就算是转让费，你怎么也得给他几个钱吧？”张金兴说。

刁鑫低着头一语不发，不停地眨巴着两只小眼睛，小嘴闭得紧紧的，黑黑的脸上毫无表情。难堪的空气几乎就要凝固了。

过了好一会儿，张金兴说："还是以商会的名义搞一次募捐吧！小四川虽然开枪不对，但是也沉重地打击了赵钱孙李这帮黑恶势力。大家少交了很多保护费，应该资助他一下，让他回国后好歹有个生计。"

"那好吧！你捐多少我就捐多少。"刁鑫依然低着头，好不容易地挤出了这句话。

"我捐三千马克。"张金兴气愤地说。

吭哧了半天，刁鑫咬着下嘴唇说："我捐一千马克。"

三十一

商女不知亡国恨，隔江犹唱后庭花。

虽然世界大战打得热火朝天，大半个中国被日本占领，可是汉堡唐人街仍然是灯红酒绿，夜夜笙歌。餐馆酒楼舞厅的生意仍然很好，那些从前线回来休假的德国军人经常光顾唐人街的中国餐馆，出手很阔绰。

生意最好的要数开在地下室里的陈记酒吧，虽然没装霓虹灯，招牌也不明显，每天还是中外赌客盈门。和洋人开的赌场不同，进入陈记赌场没有服装要求，也不要什么证件，不像洋人的赌场必须持有效证件，穿西装革履才能进入。比起洋人的赌场更吸引人的是，陈记赌场免费供应香烟饮料，还特别供应免费中餐夜宵，周围几家中国餐馆每天把做好的饭菜在午夜时分准时送到。赌客可以免费大快朵颐。

有的中国人听不到家乡的消息，借酒浇愁，到这里喝上几杯，赌上几把试试运气，暂时忘记一下心中的苦闷。但是也有一些人把赌博作为生活的一个很重要的部分。他们看不懂报纸，听不懂广播，不会说当地的语言，甚至连国语都说不好，更谈不上参加社会活动、听音乐看歌剧啦。除了赌博以外，没有任何消遣的方式。生活的圈子很小，跟当地德国人根本没有交往，只能和几个脾气相投的同乡聚在一起，慢慢地他们之间已经再也没有什么好讨论的话题。生活异常单调，觉得很难打发时间。繁重的工作结束以后，除了喝杯酒赌赌钱，还能有什么事情好干呢？

这就成全了赌场的生意。就是不出千害人，也能赚得盆满钵盈。赌场老板陈颂献每天高兴得不得了，主要的工作就是数钱了。这时他也开始注意自己的形象了，花大钱做了整容手术，把里出外进的门牙弄平整，剃掉唇上的花白胡须，每天刮刮脸，洗洗手，看上去比以前干净多了。只是鸦片鬼黑黄的脸色和那一对老鼠眼没有办法改变，一张嘴说话就喷着满口臭气，破锣般的嗓音离着很远就能辨别出来。他脱去了袍子马褂，买了套名牌西装穿在身上，由于驼背和水蛇腰，西装上衣总是显得前面长后面短，越看越难看。最后干脆改穿夹克衫，还得请裁缝专门给他量身定做。

陈颂献不失时机地拉了几个中国人下水，开始的时候勾引他们免费吸鸦片："来来，你吸两口福寿膏。这是有福长寿的人才能享受的东西，让你有神仙般的感觉，世上没有比这更好的东西了！"花言巧语让他们染上鸦片瘾，以后这些人离不开鸦片，就被他牢牢地控制住，完全听他的摆布。他的女儿每星期到英国人那里买来鸦片，然后在密室里进一步加工，其中一份纯鸦片是给她爹的，其余的掺上燕麦面粉再压制成很多小坨子，高价卖给其他瘾君子。这个掺假的加工方法很复杂，还需要用酒精灯加热，用特殊的模具压制成容易在烟灯上烧成烟泡的形状。用这种方式陈颂献享受免费的纯鸦片，用这种卑劣的手段卖掺假鸦片赚了大钱，还死死地控制了一帮狐朋狗友。

赵成、钱光和骨瘦如柴的孙占有也投到了陈颂献的门下，他们新的行当是负责催赌债，趁机敲诈勒索。几家中餐馆的老板为了能给陈记酒吧送餐，忍气吞声不敢得罪陈颂献。崔奎不知从什么时候也开始赌钱，也成了赌场的常客，嘴里叼着免费的香烟，一支接一支地拼命吸着，每天必定吃完了免费的夜宵以后才离开。刁鑫看见陈颂献更是点头哈腰，一脸谄媚的笑容。

陈颂献此时已经得意忘形了，经常喝得酩酊大醉，有时撒酒疯大喊："告诉你们说，有钱的王八都人三辈呢！现在我做的事就是吸吸阿芙蓉，喝喝美酒，吃吃大菜，数数大洋钱，骑骑洋马。你们知道什么是骑洋马吗？就是玩玩洋娘们儿，德国的、捷克的、波兰的、俄国的、土耳其的娘们我都玩过，那感觉，那感觉真是好得很呢！"

陈颂献做梦也没想到，盖世太保已经注意到了陈记酒吧。特别是他女儿每次去找英国人乔治先生买鸦片的时候，已经多次被跟踪监视。

德国和英国的空战已经打了很长时间，德国空军损失巨大。虽然德国使用新型的 V1 和 V2 火箭成功地袭击了伦敦，但英国间谍很快找到了位于布伦瑞克生产火箭的工厂，英军空军很快就进行了报复性的轰炸。盖世太保认为德国北部，特别是汉堡一带肯定有英国特务潜伏，因此四处调查寻找线索，对可疑的人进行搜捕。盖世太保注意到，陈记酒吧来来往往的人员过于复杂，各国的人都有，很难弄清他们的真实身份。陈记酒吧中的赌场是不是情报人员接头的地方？特别是老板的女儿有规律地和英国人接触十分可疑。酒吧的老板经常出入红灯区的高级色情场所和顶级餐馆，每次消费数量惊人。老板女儿的衣服首饰过于奢华，购物时出手过于阔绰。他们的财务肯定来源不明，很有可能是为英国人提供情报的所得。不要小看了这些中国人，他们聪明得很，搞情报也很有一套。日本偷袭珍珠港的情报，就是中国人先搞到手，只是没有引起美国人的足够重视，所以才造成了美国那么惨重的损失。对汉堡的中国人绝对不能掉以轻心，特别是和英国人有联系的陈记酒吧里的中国人。

居住在首饰街的德国人也非常讨厌陈记酒吧，他们到警察局报告说，他们经常在夜间闻到一种发自陈记酒吧特殊的刺激性气味。警察局早已接到盖世太保的通知，严密监视陈记酒吧，搜集证据，先不要打草惊蛇。于是警察局告诉这些投诉的德国人，我们正在调查，很快就会解决这个问题。有的德国居民还找了报社，汉堡晚报的记者到首饰街采访时，正好看到陈记酒吧把厨房改建成赌场，门前有一堆渣土，于是在报道中添油加醋，夸大其词说首饰街不但有“鸦片酒吧”，而且还在秘密挖掘地道！

看了报上的文章，张添林找到陈纪林和其他几位老板商量对策。陈纪林说：“虽然报上的文章有夸大的成分，说起来也不是毫无根据。只要我们齐心，迟早能把陈记酒吧这个毒瘤挖掉。只是我们现在太忙了，这件事还暂时顾不上。现在我那里还有几个水手，他们回不了国，需要我们替他们想个办法。”

自从第二次世界大战爆发以来，由于交战双方的潜水艇非常活跃，海上的运输非常危险，很多航线都已停运，很多商船也被军队征用。因此一些中国水手从汉堡港上岸以后，再也找不到船上的工作。他们想回国，可是英吉利海峡一带海战打得很激烈，找不到开往亚洲的船只。他们只好愁眉苦脸地来到水手馆求助。陈纪林对当时的海运形势非常了解，只要战争不结束，这种局面一时半会儿难以改变。好在滞留在汉堡的水手不算太多，他安慰这些水手说："大家先别发愁，我明天到各船公司去联系一下，看看有没有别的出路。总能想出办法，让大家能够平安回国。你们就把我这里当成家，先不要着急，在我这里安心住几日。"

水手们个个归心似箭。特别是中国正在打仗，他们都惦记着自己的家，恨不能马上就回到中国，虽然嘴上说不着急，可是个个急得像热锅上的蚂蚁。

陈纪林的经验非常丰富，他的人脉也非常广泛，所有大的船公司在汉堡的办事处他都很熟悉。他跑遍了所有船公司，问来问去，最后有一家意大利的船公司可以提供帮助，这些海员可以从汉堡经陆路先到意大利东北的港口特利斯特，在那里上船到新加坡，然后再回到中国。

陈纪林好不容易才办好手续回到水手馆。听说可以从意大利上船回国，所有的水手都别提多高兴了。他们说了很多感激的话，所有的人都要给陈纪林一笔钱作为报酬。陈纪林坚决地推辞说："我以前也是水手，知道吃这碗饭的辛苦。现在兵荒马乱的，你们回国要用很多钱的。你们把钱收好，带回国内用吧！"

一个水手拿出一个非常精致的罗盘送给陈纪林，说："留个纪念吧！你是我们水手的老前辈了，你知道罗盘在航海中的重要性。请你一定收下！"

三十二

张金兴每天最重要的事情就是拿红蓝铅笔在三张地图上做标记。太平洋上的地名很生疏，什么塞班岛，什么瓜德康纳尔岛，为了找到一个地方，他和莫妮卡要在地图上找半天呢。

一九四一年十二月二十五日，传来了日本攻占香港的消息。张金兴的手颤抖着做了标记。“这下可糟糕了，香港离澳门太近了，离我的家乡太近了，可是要大祸临头了！”说完出了一身冷汗。莫妮卡也不知道说什么才能安慰他。

有关香港被占领的消息电台广播只有很简短的报道，报纸上的报道也很少。不知道香港被占领后到底出了什么事，日本是不是还要去进攻澳门。张金兴每天坐卧不安。

到了一九四二年二月十五日早晨，电台广播又传来了日本人占领新加坡的特别新闻。张金兴在船上做水手时多次经过新加坡穿过马六甲海峡，他太了解新加坡战略位置的重要性了。“日本封锁了马六甲海峡，我回不了家了！”张金兴很难过地说。

邮差送来了一封信，是从中国寄来的。张金兴急忙拆开，只看了几句就跌坐在地上，莫妮卡和耶格夫人连忙把他扶到椅子上，她们也猜到这封信一定带来了坏消息。张金兴看完信，趴在桌子上哇哇地大哭起来。莫妮卡拿过信来看，上边都是她不认识的汉字。

过了好一阵儿，张金兴慢慢地平静下来，呜咽着说：“我妈妈去世了！”莫妮卡搂着他，抚摸着他的头，轻声安慰着他。耶格夫人也抚摸着他的后背，眼里闪着泪花。

这封信是他的好友王家驹请人代笔写的：金兴慈母大人去年冬起患病，延医用药，求神问卜，家驹陪到澳门求治西医，仍未痊愈。今年三月初九，与世长辞。后事皆由家驹料理，僧尼超度，棺木厚重，灵柩下葬，房屋退租，衣物焚化。金兴多年汇款，除各项费用外，尚有余款大洋一百四十有五，由祠堂代管，日后交还金兴。此信为证也。

张金兴躺在床上，母亲的音容笑貌浮现在他的面前。她总是穿着宽大的黑衣服，夏天总是光着脚，冬天才穿木屐。小的时候妈妈用背带把他背在后背上，那个背带是红布做的，妈妈在上面还绣了“儿童快乐”四个字。妈妈背着他下水田干活，他说着唱着就在妈妈背上睡着了。会走会跑之后，妈妈领着他到各处干活，一边干活一边给他讲故事听，给他摘木瓜番石榴吃。最让他高兴的是爸爸从澳门回来，带了一些好吃的糖果和蜜饯等小吃，妈妈从来舍不得吃，放进一个瓦罐里，每天给他吃一点，让他多吃些日子。可惜爸爸每年回来次数太少，他对爸爸的印象不特别深。到了七岁时，妈妈给他缝了一个蓝布的书包，领着他走进祠堂，那里有他们的家学。妈妈让他跪下给老师行礼，请老师好好教导他读书。他八岁那年出了麻疹，妈妈整天守护在他的身边，还在家里请了菩萨像，他看到妈妈虔诚地跪在地上求菩萨保佑他。爸爸去世得早，妈妈带着他过日子非常不容易，经常到各家去打短工，或者给别人做针线活儿，赚的钱刚够糊口。他有时半夜醒来，总是看着妈妈在油灯底下缝缝补补。在他的印象中，从来没看到妈妈不干活的时候。

信中说妈妈去年开始治病，还跑到澳门去看西医，这个费用不算小，办丧事也得花一笔大钱。可是最后还剩下一笔钱，证明家驹忠诚可靠，办事节俭。我每次寄钱，都告诉妈妈要吃好穿好。算算我寄给妈妈的钱，办完丧事还剩下这么多，不用说我寄回的钱妈妈分文未动，一直过着十分简朴的日子。她过了一辈子苦日子！想到这里，张金兴不禁大哭起来。

第二天早晨，张金兴双眼红肿，头昏脑涨。悲伤的情绪挥之不去，干起活儿来丢三落四。莫妮卡把他扶到床上躺下，给他喝了一杯热牛奶，让他好好睡一觉，恢复一下精神。

他刚迷迷糊糊地睡着，就被一阵大喊大叫的声音吵醒。他连忙穿好衣服走出来，看到两个横眉立目的警察正冲着莫妮卡大叫："马上收拾东西跟我们走，你被逮捕了！"

"我没有犯罪，凭什么逮捕我？"莫妮卡很镇定地回答。

"你帮着犹太人逃跑，帮犹太人就是犯罪！"

"她是好人啊！你们不能抓她！求求你们了！"耶格夫人拉着警察的衣袖说。

张金兴冲过去把莫妮卡挡在身后，瞪大眼睛说："是我帮犹太人逃跑的，跟她没关系！要抓把我抓走！"莫妮卡从他身后伸出手，捂住张金兴的嘴，不让他说下去。

"你也跑不了，你们还对民政局的指示置若罔闻，早晚把你抓走。今天的逮捕令上只有莫妮卡一个人，我们就先抓她！赶紧收拾东西，再耽误时间就给你戴上手铐！"警察严厉地说。

门外聚拢了一帮看热闹的中国人，大家不知道发生了什么事。有的人互相打听，更多的人面无表情地站在那里观看。

张金兴呆呆地站着，忽然想起了什么，跑进屋里，拿出那个多年没动过的蓝色帆布箱子，帮着莫妮卡把衣服和日用品装在里面。耶格夫人把自己的大衣披在莫妮卡的身上，眼泪无声地流下来。张金兴紧紧地拥抱着自己心爱的妻子，心如刀绞，泪如雨下。莫妮卡此时反而很镇静，"别害怕，亲爱的。我没有犯罪，他们不能把我怎么样！"

"你如果没有犯罪，我们很快就会释放你的。快，快上车吧！"

"莫妮卡，我，我等着你回来！我等着你！"张金兴泣不成声地说。

警车的后门"砰"的一声关上了。莫妮卡双手扶着后门的铁栏杆，睁大眼睛注视着她的丈夫。

张金兴跟着警车跑了几步，忽然一下子摔倒在地上。水手馆的老高和陈厚宝连忙把他扶起，搀扶着他走回。梁勇老板、胡烈坚老板、李老板和其他很多人挤进来了，大家七嘴八舌地安慰张金兴。

耶格夫人终于镇定下来，她对众人说，谢谢大家的关心。张金兴昨天得知母亲去世的消息，今天妻子又被逮捕，对他的精神打击太大。他现在需要安静，需要休息，请大家先回去吧！

众人走后，耶格夫人把一块今日停业的牌子挂在门上，还为张金兴准备了丰盛的晚餐。

天渐渐地黑了，天上乌云密布，纷纷扬扬下起雪来，不大一会儿积雪就有脚面深了。所有的中国店铺都在议论张金兴的太太到底出了什么事。所有的人都很同情他们。梁勇老板说："多好的一对夫妻啊！纳粹砸我的店时，要不是他俩挺身而出，我现在早就倾家荡产了。真是祸不单行啊！老娘刚刚去世，妻子又被抓去了！谁也受不了呀！太惨了啊！"

忽然街上传来令人撕心裂肺的喊声："莫妮卡，莫妮卡呀，莫妮卡——"

透过玻璃窗，人们看见张金兴跌跌撞撞地走在雪地里，身上只穿着一件单薄的睡衣，没戴帽子光着脚，踩着地上的积雪，跌跌撞撞地一边走着一边高声叫喊："莫妮卡，莫妮卡呀，莫妮卡，快把围巾戴上吧！……"

那颤抖嘶哑的声音令人心碎。鹅毛大雪落在他的身上，头上和肩上积了厚厚的一层雪，连眉毛上也挂满了雪花，两只手捧着一条紫色的围巾，两眼直勾勾地看着前方，嘴里喷着白雾，一遍又一遍地喊叫着："莫妮卡，莫妮卡，你忘了戴围巾了，我给你送来了，快围上吧！莫妮卡，莫妮卡，你的围巾……"

梁勇老板不顾一切冲出来，拂去他头上和肩上的积雪，把自己的帽子戴在他的头上。陈厚宝跑过来，背起张金兴就跑。耶格夫人快步走来，把一条毛毯盖在他的身上。很多中国人从店铺里跑出来，大家簇拥着把张金兴送回家里。

张金兴好像感觉不到天气寒冷，也不知道周围有那么多人围着他，两眼直勾勾地看着前方，双手紧紧抓着那条紫色的围巾，嘴里不停地重复着："莫妮卡，莫妮卡，你的围巾……"

众人都惊呆了，大家都在摇头叹气，张金兴真是太不幸了，祸不单行啊！难道这么能干，这么肯于助人，关键时刻总是敢于挺身而出的张金兴真的疯了吗？

"莫妮卡，莫妮卡，你的围巾……"张金兴还是不顾一切嘶哑地喊着。

陈厚宝用毛巾擦去他脸上的泪水和身上融化的雪水，怎么也找不出安慰他的话来，一边擦一边自己也抽泣起来。

梁勇老板大声叫着：“金兴啊，你哭出来，使劲哭出来吧！”叫着叫着，他自己却哭了起来。

“晚饭他一口也没吃啊！上帝呀！这是怎么了？你睁开眼救救我们吧！”耶格夫人哭着说。

梁勇老板忽然想起了什么，叫上几个人快步闯进陈记酒吧，抓住陈颂献的衣领愤怒地问道：“莫妮卡被抓走是不是你告的密？我店里的东西是不是你偷走了？”陈颂献一边挣扎一边瞪着鼠眼说：“你有什么根据说是我告的密？快给我滚出去！”梁勇左右开弓，狠狠地打了陈颂献两记响亮的耳光。几个中国人冲上去，就是一阵暴打。坐在英国人大腿上的陈颂献的女儿赶紧站起来，推着两个英国人上前助阵。那两个英国人很绅士地拉开梁勇，用很专业的动作把几个中国人推出门外。只听见陈颂献狂吠着：“就是我告的密又怎么样？你们敢和我斗，我陈颂献保证奉陪到底，不信你们就试试看！”

这一幕被坐在角落里的盖世太保的密探看得清清楚楚，他们早就怀疑陈颂献除了从英国人手里购买鸦片之外，很可能还给英国人提供情报，今天又看到英国人不遗余力地保护着陈颂献，证明他们一定是一伙的。英国人使用武力驱赶中国人的动作，一看就是经过专业训练的。这些英国人绝不是普通的人，很像是军情五处的特工。

张业记食品店只好暂时停业了。耶格夫人请来了医生为张金兴诊治。医生说他是受了过度的刺激，只能静养。服用了镇静剂以后，张金兴昏昏沉沉地睡了好几天，只要醒过来，不是哭妈妈，就是喊莫妮卡，精神始终没有恢复过来。

警察局打来电话通知说，莫妮卡被关押在调查监狱，家属可以去探视。耶格夫人想了半天，决定不告诉张金兴，等他服用镇静剂睡去以后，自己一个人去监狱探望莫妮卡。她悄悄地准备了一些食物，又把那条紫色的围巾放入她的提包里，一个人乘车到调查监狱去了。

三十三

警车载着莫妮卡一直向北边开去，进了调查监狱之后，被彻底搜身，检查了全部随身物品，做了非常详细的登记之后，被带进一间多人的囚室。第二天早上点名之后，吃了几片发霉的面包，就被派到货场去装卸货物。

战时劳力紧张，监狱里的人都要做繁重的工作。由于食物太差，个个脸色苍白，瘦得皮包骨。最可恶的是如狼似虎的看守，莫妮卡干活稍慢一点，那个满脸雀斑、胖猪一般的女看守就连打带骂。一位难友悄悄告诉莫妮卡，她是典狱长的太太，谁都敢打，连她丈夫也怕她三分。

探视的时间到了。耶格夫人三步并作两步走进探视室，把莫妮卡紧紧地抱在怀里："我的孩子，你受苦了，你的脸色怎么这样苍白呀！"莫妮卡两眼含着热泪："谢谢你来看我，金兴怎么没来呢？"耶格夫人按着事先编好的话说："他是外国人，警察说不许他到这里来。你看，这是他给你准备的食物，还有这条围巾，都是他让我带来的。"说着动手把那条紫色的围巾戴在莫妮卡的头上。

走出监狱之后，耶格夫人忍不住哭了起来。她不忍心把张金兴精神失常的事告诉莫妮卡，也不忍心把莫妮卡在监狱的遭遇告诉张金兴。回到家推开门一看，耶格夫人大吃一惊，只见张金兴呆呆地坐在地上，目光呆滞地看着衣柜，衣柜里的衣服凌乱地扔在地上。他自言自语地说，围巾怎么不见了？耶格夫人把他扶到床上躺下，不断安慰他说，我去给你找围巾，你不用管了，好好睡觉吧！

几天之后，莫妮卡才被带到典狱长办公室，斗鸡眼的典狱长说："我看了你的案卷，你应该和那个中国人离婚，保证我们的血统纯正。埃里希·哈尼施是纯种的雅利安人，他还一直爱着你，你应该嫁给他。”莫妮卡坚决地摇了摇头。她还辩解说，我们还有中国的结婚证，中国领事馆已撤走，没有办法到那里办理离婚。

斗鸡眼的典狱长走到莫妮卡跟前，摸着自己的下巴，色眯眯的双眼上下打量着莫妮卡，用严厉的语调说：“你帮着犹太人逃跑，这可是严重的罪行！我可以狠狠地惩罚你！”过了一会儿，忽然换了一副嘴脸，用温柔的语调说：“埃里希·哈尼施上尉打电话来，让我好好关照你。他现在在波兰工作，离这里远着呢！一年半载也回不来。你可真漂亮，我一眼就看上了你。只要你肯做我的情人，所有的事都好办。我先把你调到伙房去，在那里能吃饱肚子，怎么样？”

莫妮卡立刻就明白了被捕的原因。她冷冷地说：“你就不怕将来埃里希·哈尼施会找你算账吗？”典狱长嬉皮笑脸地说：“这种事你知我知，我们不讲谁也不知道。”她略一思索，轻轻地点了点头。典狱长得意地笑了：“今晚我带你到外边吃晚饭去！”

莫妮卡又被带回货场装车，看到胖猪女看守走了过来，她故意把肩上的一包货摔到地上，胖猪女看守动手就要打她，没想到莫妮卡使劲推了她一下，指着她的鼻子大声说：“你对我客气点！告诉你，我是典狱长的情人，你再对我不客气，我就去告诉他，让他好好治治你。今晚我就和他一起到外边吃晚饭，明天我就到伙房去了，你再也管不着我了！”

旁边的难友开始有些吃惊，后来大家都哄笑起来，弄得胖猪女看守下不来台。她想打莫妮卡，没想到莫妮卡已经抓起一根木棒！气得她脸直抽搐，脸上的雀斑都移了位。她嘴里不停地乱骂，转身朝典狱长办公室跑去，只听见后边一片口哨和乱叫声。

和典狱长一起出去吃晚饭是不可能了。第二天早晨，一位男看守命令莫妮卡收拾东西，马上转移。她被押送到汉堡南边的高萨尔岛上的朗格摩根集中营。

眼看着张业记食品店无法恢复营业，几家中国老板动了歪心思。清洁队长崔奎这时已经有了一点积蓄，他想把这个店盘下来自己经营。刁鑫的想法是收买张金兴的股权。两个人分别请翻译找耶格夫人谈，没想到耶格夫人态度非常坚定，她坚信莫妮卡能够回来，张金兴一定能够恢复健康，将来一定能够正常营业，现在停业一段时间自己也好休息一下。

“他们这是武大郎放风筝，出手就不高。”陈颂献过足了鸦片瘾，翻身从床上坐起来说，“那个女的洋老板能把口中的肥肉让给你吗？赵成、老二，你们几个人多联系几个老板，先把那个商会会长的头衔给我弄来，不要怕花钱。张金兴疯了，商会会长他是干不了啦，怎么也得另找人吧！这是个机会，我不出面，你们几位去办吧。事成之后，论功行赏。”

几个人分头活动，为陈颂献继任商会会长的事四处游说。新中国大酒楼、水手馆、士多店和洗衣店是不能去的，到那里给钱也没用，只能碰钉子。其他的老板，虽然从心里说他们不愿意陈颂献当这个会长，但也违心地表示同意。特别是和赌场有关的老板，有的不敢得罪陈颂献，有的是怕事，有的是贪小便宜，拿人家的钱手短嘛。

陈颂献没有看错人，只要把钞票塞进刁鑫的口袋里，从张金兴手里取商会牌子的事他一定能够办好。“刁鑫这种人只要给他好处，亲爹都可以不认，亲娘都可以出卖，什么事情都能办得出来！”陈颂献轻蔑地说。

刁鑫见到张金兴，先是一阵寒暄，随后一番吹捧。最后拐弯抹角地说出，你现在病了，应该好好养病，不要再分心管商会的事了。我们已经选出了新的会长，请你把商会的牌子给我吧！张金兴目光呆滞，连想都没想就把牌子交给了他。耶格夫人在旁边看着有些不对头，拦住了刁鑫。巧舌如簧的刁鑫不大会说德语，满脸堆笑，点头哈腰，指天指地乱打手势，趁着耶格夫人稍不留神，拿着商会的牌子转身一溜烟儿跑了出去。

陈颂献拿着商会的牌子，两只鼠眼笑成了一条线，嘴都笑歪了：“赵成，到照相馆请个摄影师，我要抱着这个牌子在门口照张相，寄回中国老家，让他们写到县志里面。”

陈厚宝在一旁小声地咕哝道：“咱们家乡已经被日本人占领了，还会有人续写县志吗？”

陈颂献指着陈厚宝恶狠狠地说：“陈厚宝，你不早就不想在我这里干了吗？现在机会来了，你到张业记去干吧！条件只有一个，把他们的那个李鸿章杂烩菜的做法弄清了告诉我。以后我们两不相扰，各走各的路吧。如果你不告诉我，赵成他们几个就会动手收拾你。”

“你又不开餐馆，要那个东西有啥用？”赵成说。

“你们懂个屁，我可以把它卖给那几家餐馆。他们根本就不会做那个菜，就会连蒙带唬骗人。谁给的钱多就先卖给谁。”陈颂献摇头晃脑地说。

陈厚宝想了一下，答应下来。

耶格夫人认识陈厚宝，知道他很勤快，她也想尽快开业。经张金兴同意，陈厚宝就在厨房里干了起来，搬过来住在地下室里。重新开张以后，他们只出售广式茶点。张金兴几次要做李鸿章杂烩菜，都被陈厚宝劝住。一个多月过去了，陈厚宝告诉陈颂献，张金兴还糊涂着呢，整天念叨莫妮卡，什么事都忘了，一次李鸿章杂烩菜也没做过。

三十四

张添林风尘仆仆地从波兰回来了。他的脸色很黑，人瘦了一大圈。他委托的那个波兰雇员只会干活不懂经营，把他的旅店经营得很糟糕，已经出现了亏损。丽娜还留在波兰，照顾她年迈的父母。

听说了张金兴不幸的遭遇，张添林连忙带了一瓶波兰葡萄酒看望他。张金兴虽然目光呆滞，还是认出了张添林，默默地喝了两杯酒，语无伦次地乱说起来，一会儿说要回老家看望妈妈，一会儿又说要去监狱找莫妮卡，给她送围巾去。张添林只好不停地安慰他，又嘱咐陈厚宝好好照看他。

张添林又详细地询问了耶格夫人，听到民政局强令他和莫妮卡离婚的事，马上就明白了，一定是那个党卫军军官埃里希·哈尼施搞的鬼。

首饰街没有什么太大变化，所有店铺都在正常营业。虽然马路上很脏，有些店铺的门面肮脏不堪，但是和波兰的情况比起来，真是好得太多了，有天壤之别。

老高远远地和他打招呼："张大哥，请到我们店里来吧。陈老板刚从荷兰回来，正在睡觉呢。"张添林信步走进水手馆，和老高聊了起来，其他几位伙计也围拢上来，七嘴八舌讲起了最近发生在首饰街的事情。

陈纪林睡眼惺忪地走出来，和张添林紧紧地握手，他也变得又黑又瘦。

"波兰那边情况真是糟透了。德国的闪电战太厉害了，波兰那边根本没准备好，用骑兵去抵抗装甲部队，简直就是以卵击石。我太太家的房子被炮火击中，她们家那个村子几乎被夷为平地，她的父母躲在树林里，才保住了性命。两个哥哥都是当兵的，没死在德国人手上，却死在了卡廷森林。我们帮着她的父母搬迁到较大的村子暂时安顿下来，两个老人没人照顾，丽娜只好留下来了。”张添林叹着气说。

陈纪林握着拳头说：“我在鹿特丹见到很多中国来的船员，听他们讲中国的情况，比你说的波兰的情况不知道要坏多少倍。日本军队异常残酷，占领南京杀了30万人。又在华北地区搞了三光政策，见人就杀，见房就烧，见东西就抢，在老百姓的锅里拉屎。把老百姓赶到他们的据点里，实行残酷统治。日本军队毫无人性，对中国人经常放毒瓦斯，在我的家乡宁波一带还实施了细菌战。”

张添林越听越气：“我就不明白了，日本有多少人口？除了老弱病残，能有多少人派到中国，占一个地方就要留下一批人。中国那么大，他们占得过来吗？”

陈纪林长长地叹一口气说：“我们实在很难理解出现在中国的这种事情。敌人占了你的家乡，你不去打敌人，反倒帮了敌人打自己的同胞，你做得出来吗？这种怪事就出现在中国。你知道中国有多少汉奸军队吗？他们的人数比日本人还要多。对付中国老百姓，皇协军下手比皇军还要狠。日本人出去扫荡只派几个士兵，却带上几百个汉奸，到处烧杀抢掠。你说中国这是怎么了？怎么出了这么多的汉奸？”

老高和伙计们瞪大着眼睛听着，每个人心里都不是滋味。

陈纪林接着说：“我们现在可要小心了，德日意已经结成了轴心国联盟。中国和日本正在作战，我们中国已经和德国断交，现在成了德国的敌对国了。所以我们做事要低调一些，尽量不要招惹是非。”

老高说：“我们不做犯法的事，只在屋里骂日本鬼子，不出去打日本人，总不会有事吧？”

伙计小李问：“如果日本人到我们这里吃饭该怎么办呢？我们不接待日本人啊。”

“只要他们不存心找事，就当他们是一般客人接待。如果把他们轰出去，他们叫来警察，也是够麻烦的。”张添林建议说，“告诉其他餐馆也这么办。”

老高神秘地说："今天我到码头上去了一趟，看到一艘日本船正在装货。我仔细一看，居然是在装整麻袋的土豆，你们说奇怪不奇怪?!"

张添林摊开一张报纸说："日本人已经陷入了困境，粮食供应已经出现了问题，他们已经向德国提出了粮食援助的要求，德国同意援助他们一些土豆。土豆在德国是主食，可是日本人的主食是米饭啊！日本人必须改变饮食习惯，你说滑稽不滑稽？报上的消息说，日本由于出现了粮食的短缺问题，现在正在搞一碗饭运动，号召人民每顿只吃一碗饭。你们也都知道，日本人用的碗比我们中国人用的碗可小多了！"

陈纪林接着说："连饭都吃不饱还打什么仗？日本人必败无疑！那艘日本船叫作大满丸，我看日本早晚就是大满完！"

这天张添林正在整理账目，舒马赫先生推门走进来，进门就大声说："有客房吗？可以让我先看一看吗？"进到客房以后，舒马赫先生立即转身锁好房门，压低声音说："我听到了可靠的消息，盖世太保已经制订了周密的计划，可能要在近期收拾你们中国人。他们会采取对付犹太人的那一套办法对付你们中国人，要把你们赶尽杀绝！事情太严重了！你们要赶紧做好准备，最好的办法就是赶快逃走。"说完，拉开房门走出去，在楼道里大声说："你们的客房不干净，我不订房间了。"说完匆匆离去。

张添林再也没有心思整理账目，他在屋里踱来踱去，对舒马赫先生的警告将信将疑。这绝不会是空穴来风，舒马赫先生绝对是一个可以信赖的人，他的消息应该是非常准确的。可是我们中国人没有做过什么出格的事情，我们也不是像犹太人那样掌握了大批的财富，我们不过是做一些小本小利的买卖。最大的可能性也就是查查卫生，检查账目，抓几个没有合法居留的人。再有就是看看有没有偷税漏税，最多罚点儿款，停业整顿几天。

不过还是谨慎为妙。他把老板们都请来，让大家有个心理准备。所有的人面面相觑，但是都认为不会出什么大事。政府部门来检查过几次，每次虽然都看上去轰轰烈烈，到后来不过就是警告一下，罚罚款而已。胡烈坚低头想了半天说："盖世太保总不会像对待犹太人那样把我们赶尽杀绝吧！大不了也就罚款而已呀！"

但是陈纪林觉得事情有些严重，他一再叮嘱大家，要做最坏的准备。

三十五

盖世太保可没有睡大觉，他们密切地监视着唐人街的一切，重点是陈记酒吧。他们经常派人装成赌客整夜整夜地混在里面，监视着老板和赌客的一举一动。每当老板女儿去英国人那里买鸦片时，盖世太保派一男一女两个人跟踪监视。德国人搞不明白，为什么每星期都去购买鸦片，为什么不一次多买一些？他们完全可以拿出足够的钱一次买上几公斤，一两个月买一次。再说，鸦片不是重点问题，反正毒害的是中国人。中国和英国现在都是敌对国家，很可能有情报方面的合作。在远东，中国和英美有很密切的特工合作，买卖鸦片很可能是传递情报的幌子。重要的是，要抓住英国间谍和中国线人，摧毁他们的情报网。

陈颂献总是自以为是，他的想法是，如果买鸦片被警察抓到，数量就那么一点点儿，损失不会太大，就是罚款数量也不会太大，罪行也比较轻。所以他还是坚持让他女儿每星期到英国人那里买一次鸦片。

那个英国人乔治也希望每星期能见到漂亮的中国女孩。他开始还保持着绅士的风度，后来开始语言挑逗，动手动脚，最后竟然发展到每次见面都要发生性关系。

负责跟踪的盖世太保那一男一女不知道他们每次见面都谈什么。他们越来越怀疑两个人之间一定有什么不可告人的秘密，为什么每周都要有一次接头？接触的时间还很长，很可能是传递情报。

盖世太保决定先不打草惊蛇，继续严密监视，一定要拿到证据，放长线钓大鱼，时机成熟时一网打尽。

陈颂献照样醉生梦死，享受着他那花天酒地的糜烂生活。他根本没想到已经被盖世太保监视。世界大战和中国的消息，他连听也不想听。

这天，陈颂献正躺在烟榻上吞云吐雾，赵成跑进来，使劲抽了两下鼻子，吸了几口陈颂献喷出的鸦片烟，凑到陈颂献的耳边说道："李青元那小子被我们出老千害惨了，已经欠了我们一大笔赌债，他已经被孙占有控制住了。你看这件事怎么办？"

"你们还真能干，我没白养你们。但是看来李青元身上已经没有什么油水了，现在只能让他卖老婆了。"

"那个烂货老婆张淑兰谁要呢，肯定卖不出个价钱。"

"我早就物色好了，你去找崔奎。那个小子整人还真有一套，没少盘剥那些扫地的'技术委员会'，他现在手里有几个钱。你们没看出来吗？他想老婆有点想疯了，你找他谈谈这事情，我看有九成把握。"

过了两天，赵成和孙占有来表功说，虽然李青元不肯卖老婆，可是经不住我们的死命逼债，软硬兼施，最后还是被迫同意。崔奎很愿意买人，就是讨价还价，想少花几个钱。

"这件事要趁热打铁。去准备一式两份文书，写好买卖双方自愿，人钱两清，决不反悔。让他们签字画押。"陈颂献阴险地笑着说，"让崔奎老小子准备喜酒！"

一切都进行得很顺利。崔奎摆了几桌喜酒。花枝招展的新娘张淑兰和五短身材的崔奎不断给客人敬酒。陈颂献一伙人划拳行令，个个喝得酩酊大醉。新娘子逐人陪酒，她的酒量惊人，一杯接一杯豪饮。忽然张淑兰捂着嘴做出要呕吐的样子，转身快步向厕所跑去。

众人没有理会，继续大吵大闹，大吃大喝。

忽然有人闯进来喊道："新媳妇跑了，坐着她情人的汽车跑了！"

这一下可就炸了窝。崔奎大怒，揪住陈颂献的衣领，狠狠地扇了他两记耳光："你这个骗子，居然跟我也玩儿起仙人跳了！把钱还给我！"

陈颂献乜斜着醉眼，口齿不清地说："你这个打铁匠也就会整人，算计你那帮穷弟兄。李青元才经常玩仙人跳呢！这也叫仙人跳吗？你懂吗？这叫……"刚说到这里，哇一声吐了出来，喷了崔奎一身。

孙占有扶着桌子勉强站住，也斜着醉眼口齿不清地说道："这一定是李青元做的把戏，这件事包在我身上。不把人弄回来，也要把钱要回来!”说完扶着赵成摇摇晃晃地走了。

崔奎人财两空，跌坐在地上号啕大哭起来。

没人知道赵成、钱光、孙占有他们采用了什么手段。结果是李青元上吊身亡。

出了人命案，陈颂献害怕起来。必须在警察来到以前，把各种事情安排好。他先把崔奎找来好言安慰，把崔奎买人的钱全部退还，另外多给了他一笔钱，还许了很多愿，要崔奎把买人的文书交出来。崔奎想，反正也没有什么损失，扣除办喜事的几桌酒席钱，还多得了一笔钱，不就是一张纸嘛，交给他算了，何乐而不为呢!

陈颂献接过买人的文书，立刻在烟灯上点燃，烧成灰烬。

“这件事到此为止，以后不许再提了!”陈颂献用很强硬的口气警告崔奎，“你就和以前一个样，晚上照样到这里玩牌。”

崔奎连连点头，把钞票装进内衣口袋，喜滋滋地走了。虽然没有娶上媳妇，可还是凭空得了一笔钱。

忽然陈颂献的女儿从外面慌慌张张地跑进来，把刚买来的鸦片交给她爹，大口喘着气说：“糟透啦！事情闹大了，要大难临头了。我马上得走了!”

“你慌什么？死人的事又跟你没关系。”陈颂献贪婪地嗅着装鸦片的纸袋说。

“乔治先生说，他的特殊身份已经暴露，我肯定也受到了牵连，有人在跟踪我。他说要带我走，我们马上就出发。我现在要赶紧收拾一下。”

“那以后谁给我买大烟呢？”陈颂献首先想到了生活的第一需要。

“让老二跟我去一趟，我把他介绍给卖主。保证以后你的大烟不断货。”

“可别忘了把鸦片的加工方法告诉老二。对了，乔治那个老小子靠得住吗？你们要跑到哪里去啊？”

“我也不知道往哪里跑。到了地方，我会给你写信。我们说好了，到了地方安顿下来我们就结婚。”

“那个乔治怎么也有五十多岁了吧！他不是结过两次婚，还有三个孩子吗？你跟他合适吗？”

“那你就别管了，在这个危险关头，他不抛弃我就很好了。现在是逃命要紧！”说着拿起手提包，头也不回地跑了出去。老二跟在后面跌跌撞撞跑去。

陈颂献看着女儿的背影，手里拿着装着鸦片的纸包，跌坐在烟榻上。老婆被他虐待死了，就这么一个如花似玉的女儿也要离他而去，身边一个亲人也没有了。今后可怎么过呀？！他心里五味杂陈，呆呆地坐在那里出神，不觉流下泪来。

警察和法医很快就赶到了李青元的住所。警察拍了现场照片，法医做了简单的验尸，结论是自缢身亡，没有必要解剖尸体。警察从死者内衣口袋里发现了那个卖人的文书，虽然警察看不懂上面写的什么，但看到上面按了红色的手印儿，知道这一定是个重要的契约，只好带回去请人翻译鉴定，也许能判定死者自杀的原因。不过，死的是中国人，现在和中国又没有外交关系，没必要大动干戈，差不多过得去就行了。

最害怕的要数赵成、钱光和孙占有了。他们想逃跑，可身上一共也没几个钱，跑到哪里吃饭睡觉都要花钱的呀！平时敲诈勒索弄到的几个钱，不是挥霍掉了，就是在赌桌上赌输了。现在再去弄钱已经太晚了。没办法，还是去找陈颂献吧。

别看陈颂献平时花天酒地，可是他把一个硬币看得比月亮都大。每次募捐，他都没捐过一个马克。他只知道从别人手里骗钱，从来没给过别人钱。赵成、钱光和孙占有找他要钱逃命，他哪里会给他们呢！

陈颂献眯着一双鼠眼摇头晃脑地说：“没事，我保险你们没事。李青元是上吊自杀，又不是你们给打死的。我已经从崔奎的手里买下了那份文书，早烧成灰了。我又给了崔奎一笔钱，他不敢乱说的。没有了证据，警察又搞不懂我们之间的事情。这里的中国总领馆也撤走了，没人和警察交涉了。这件事最后也就不了了之。你们还在这里好好干，哪里也别去。”赵成他们没有办法，只能提心吊胆留在陈记酒吧。

五十多岁的乔治看上去非常衰老，满脸皱纹，两个眼袋明显地垂下来，头上已经没有几根头发，脖子上的皮肤一层层地垂了下来。他设计了一条非常复杂的逃跑路线，先飞到苏黎世，转机到非洲的卡萨布兰卡，再到南非的开普敦，在那里结婚度蜜月。最后回到伦敦。乔治带着中国小姐，很顺利地从汉堡到达柏林泰戈尔机场。就在要登机的时候，四个穿着黑色皮大衣戴着黑礼帽的彪形大汉包围上来，他刚要从口袋里掏枪，就被那四个如狼似虎的秘密警察扑倒在地，夺下了他的勃朗宁手枪，把他死死地按在地上动弹不得。中国小姐早就吓瘫了，被一个大汉毫不费力地从地上提起来，就像老鹰抓小鸡一样。

刁鑫虽然看不懂报上的内容，但是从报上的照片来看，肯定说的是唐人街发生的命案。他连忙拿了两份报去找张添林。

张添林快速浏览了一下报上通栏大标题，觉得事情不妙。“你快去把纪林他们几位请到这里来，有要事相告。”

“报纸上的报道用词非常激烈，很像当年骂犹太人时用的字眼儿，很有点杀气腾腾的口气。除了报道事件之外，两份报纸都发了社论，说中国人败坏了社会风气，非狠狠地惩治不可。汉堡首饰街绝不能落在中国黑社会的手中。有的报纸还用了‘黄祸’gelben Gefahr这个以前从未用过的字眼。看来事态是很严重的。”张添林指着报纸上的大块文章讲给大家听。

“虽然报纸上的舆论对我们很不利，还不至于对我们怎么样吧。”

“出了命案，警察可以根据案情抓可疑的人，不会牵连我们这些无关的人吧!”

很显然，报纸上的文章没有引起大家的足够重视。

三十六

德国人终于动手了。这天天刚蒙蒙亮，十几名警察带着警犬分乘两辆警车，堵住了陈记酒吧的前后门。一个身材高大的警察一脚踹开了前门，其他几个警察一拥而进，拿着手枪命令所有的人蹲在地上。孙占有拉开后门刚迈出一条腿，就被埋伏在后门的警察一脚踢倒，趴在地上起不来了。陈颂献还在烟榻上睡觉，被警察抓着衣领拉起来，还没完全清醒过来，就被戴上手铐。警察命令他端着烟盘子，顺手把烟枪烟灯烟签子都放在盘子上面。陈颂献吓得浑身筛糠般颤抖，上下牙不停地打架，额头上豆大的冷汗不住地往下淌，戴着手铐的手怎么也端不住烟盘子，烟灯滑落在地上摔得粉碎。警察捡起烟枪，插在他的后脖领子里。

一个警察打了一声呼哨，只见两只黑背警犬从警车上窜下来，狂叫着冲进来。陈颂献吓得腿一软，瘫坐在地上。一只警犬跑到里边一间卧室，叼来一杆象牙烟枪摔到地上，然后在陈颂献身上疯狂地嗅起来，冲着他就是一阵狂吠。陈颂献被吓得小便失禁，尿了一裤，连鞋都湿了。警察捡起象牙烟枪，插在他后脖领子的另一侧。

另一只警犬狂叫着跑到吧台后面，对着一个货架狂叫不止。警察发现货架下面有万向脚轮，轻轻一推，居然发现一扇暗门，原来这里还有储物间改建的密室！两个警察冲进去，里面没有门窗，有很重的发霉的气味。很快警犬就发现了藏鸦片的地方，还找到了酒精灯烧杯和研钵等加工鸦片的成套工具。居然还发现了一支左轮手枪和十几发子弹。十几个警察非常专业彻底搜查了陈记酒吧。

陈颂献戴着手铐，头发蓬乱，灰头土脸，浑身颤抖，后脖领子里一左一右插着两杆大烟枪，穿着尿湿的裤子被押上警车。赵成、钱光和孙占有戴着手铐，被警察推上警车。其他的人没戴手铐，也都被押上警车。警察还拿走了两大袋子东西，除了他们认为可疑的有字的本子和物品外，把商会的牌子也拿走了。

围观的中国人议论纷纷：

“什么陈记酒吧，靠卖大烟害人赚钱，就是鸦片酒吧，连报上都这么说！”

“你看，陈颂献脖子后边插着两杆烟枪，一步两个湿脚印，这泡尿真不少啊！”

“陈颂献真是畜生！他坑害过那么多人，跟他做过生意的人都被他骗惨了！到处玩妓女，连亲生的女儿都不放过，真是泯灭人伦！”

“报应啊！被他逼死的李青元阴魂不散呀！”

“陈颂献那个赌场害了多少人呀！经常出老千坑害赌客！他在大烟里掺假，卖假居留证，靠坑蒙拐骗过日子。上天有眼啊！”

“一粒老鼠屎坏了一锅汤，就怕德国人搞株连，把我们这些好人也给收拾了。”

话音未落，人们看到几辆汽车风驰电掣般地开了过来，有卫生局的，有工商局的，还有税务局的。大家见状，急忙跑回自己的店铺。

检查的第一家就是张添林的旅店。这还是头一次几个行政部门联合大检查。张添林早有准备，德语应答很流利，他不慌不忙地把各种文件和报税表全部拿出来。工商局和税务局的官员检查了所有的执照和文件，找不出毛病。卫生局的官员要看厨房，张添林说，请看我的营业执照，我早已经不经营餐饮业，现在只有客房，没有厨房了。几个官员查不出破绽，只好悻悻地转到下一家。

面对这样严厉的联合大检查，很多店铺毫无准备，手忙脚乱。几家餐馆因为厨房卫生不太干净，马上被勒令停业。卫生较差的被工商局当场收缴营业执照。几家亚洲商店因为商品包装不合格、标志不规范、食品变质、商品产地不清、来源不明等原因，也被收缴营业执照。洗衣店和其他几家店铺由于没有及时报税，也被重罚。

陈纪林一向谨慎行事，因此没有被查出大的问题。老高和小李把厨房收拾得很干净，只是发现地上有个烟头，也被罚款。

人们对突如其来的检查震惊了。二十几家店铺被收缴营业执照，只能关门了。经营这些店铺的人们的生计马上就出了问题。

陈颂献被警察抓走，又在他那里搜出大烟和手枪，估计一时半会儿不会被释放。张金兴精神还没有恢复，商会会长只能请张添林继续担任。

张添林以商会的名义到工商局跑了好几趟。每次都是垂头丧气地回来。工商局官员明确地告诉他，已经收缴的营业执照一律作废，重新申请概不批准。

税务局下令对中国店铺的会计报表进行审计，凡没通过审计的，除罚款外，由工商局收缴营业执照，勒令停业。这样，又有十几家店铺被迫关门。

外国人警察局也开始检查每一个人的护照和居留证明，凡是证件不合法的，当场抓走。以前在陈颂献那里买假居留证明的人，要背负伪造证件罪，被罚款还要勒令限期离境。

唐人街一下子笼罩在愁云惨雾之中。

报纸上连篇累牍地报道了搜查唐人街的情况：首饰街一带黑社会猖獗，私藏武器，走私鸦片，买卖人口，非法经营甚至逼死人命。还配发了很多照片，由不得你不信。

“我们不能坐以待毙，我们集思广益，想想对策吧。”陈纪林拿着一叠报纸说。

“从外部来讲，我们是德国敌对国的公民，德国现在要驱赶所有其他民族的人。从内部来看，我们中国人中间的确有少数坏蛋，特别是最近又出了人命案，给警察镇压提供了口实。”

“我去找过陈颂献的房东，想让他收回房子。那房东说，可惜太晚了。警察局也为此事找过他，周围邻居也恨透了这家鸦片酒吧。可是陈颂献为了开赌场改建内部结构，已经购买了房屋产权，用这种方法驱赶陈记酒吧已经行不通了。”

“那我们只好到警察局去举报他！别让这几个坏蛋影响到大多数守法

的中国人。”

“举报要有确实的证据才行。我们都不到鸦片酒吧去玩，不知内情，抓不到买卖鸦片的证据。李青元的上吊自杀，肯定与那些坏蛋有关系，但是我们不能提供确实的证据，我们到警察局怎么说清楚呢？”

“难道真的没办法了吗？让这几粒鼠屎坏了一锅汤吗？等着德国人来把我们都收拾了吗？”大家议论了半天，没有找出好的对策。

首饰街的生意一落千丈。大部分的店铺已经关门。虽然旁边的红灯区生意依然红火，但很少有人走入只有一步之隔的首饰街，几家仍在开业的中国店铺已经是门可罗雀。

三十七

局势越来越坏，大家聚集在陈纪林的水手馆里商量对策。很多人摇头叹气，不知所措。

陈纪林说："这次对我们打击太大了，我们已经很难恢复元气了。大家一起想想办法，为我们自己找条生路。"

张添林深深地叹了一口气说："我已经去了几次工商局、税务局和卫生局，他们的口气都很强硬，被吊销营业执照的店铺不许重新开业，改行也不行。他们还通知了店铺的房东，限令他们近期收回房子，不准再租给中国人。"

"这么一来就断我们的生路了。现在只能是三十六计，走为上计了。"

"往哪里去呢？回国去吗？国内还在打仗，我们家乡被日本人占领，回去也是没有活路。"

"我也不想走，不许开店就到码头上去打零工，到鱼市去帮工，反正饿不死。"

"都是陈颂献那几个坏蛋闹的，把他们抓起来，其他都是好人了，应该没事了吧？"

"能忍就忍，这一段风声太紧，我们先忍着。说不定过一阵子会好起来。怎么也不会拿对待犹太人那一套对待我们吧！"士多店的梁勇老板说。

陈纪林说："我看事情没那么简单。有个德国朋友告诉我们，纳粹很可能像迫害犹太人那样把我们赶尽杀绝。报上说，只有德国人是优等民族，其他民族都是劣等民族，要把非德国人统统赶出德国。虽然警察抓走了陈颂献那几个坏蛋，但是从后来的大检查、没收营业执照来看，还是要断我们的生路，把我们赶走。我们还是做最坏的打算。我现在就去联系法国、荷兰、比利时的朋友，我们只好到那边去先躲一躲。”

“如果有地方去，我明天就走。”

“我们现在又不是光棍一人，怎么也得先收拾收拾，没有个十天半月走不了啊！”

“德国人恨的是犹太人，我们没有招惹他们，不会把我们也关进集中营吧？”

首饰街开始骚动，准备离开的人开始处理自己的财产，主要是家具电器衣服等拿不走的东西。餐馆用的东西都可以白拿，垃圾箱里堆满了各种各样的杂物。崔奎抓住了这个机会，捡到了不少东西，把自己的住房塞得满满的。刁鑫也不甘落后，捡了收音机、留声机和唱片，还挑了几件最好的家具搬回家里。

张添林正在浏览着报上的各种消息，忽然门推开了，穿着一身整洁西装的周振麟老板走了进来，表情庄重地朝张添林拱了拱手，声音颤抖地说道：“我是来向你辞行来了，一会儿我们就上船去纽约了。这里实在混不下去了。”说着眼圈就红了。张添林快步走上前，紧紧握住周老板的手说：“可惜了你们父子两代创下这份家业！不过走了也好啊。说句心里话我也想走了。这里实在太危险了！人挪活树挪死啊。你看我老婆孩子一大堆负担，我是没办法跑呀。只是我们相识这么多年，真想不到就这么分别了呀~~”他的声音也颤抖了。

周老板用手帕擦了擦眼睛说：“当初家父到这里创业吃尽了苦头，好不容易混到了今天。我们两代人兢兢业业、本本分分地做生意，从来不掺和别人的事情，连商会我们都没有加入，没想到还得逃亡啊。还不是受了陈颂献那些坏人的连累了！”

张添林忽然想起了周老爷子，连忙问：“令尊大人在哪里啊？我得给他磕个头去！”周老板一把拉住他说：“家父行动不便，前几天已提前动身了。”他转过身去，对身后的儿子说：“快给张叔磕个头，向他辞行。”张添林一把拉住那个年轻人说：“真快呀！当初给奥运会捐钱的孩子今天都长得这么大了！”一边说一边摘下中指上戴的戒指塞在那个小伙子的手里，那男孩子推脱不要，张添林带着哭腔说："将来真的遇到难处，变卖了换几个钱吧。你等一下，我还有件东西送给你。"说着从柜台下面拿出一本国语书来，"将来不论走到哪里，都不要忘记祖国，一定要学好中文。"周老板郑重地说："记住张叔的话，无论走到哪里，都要学好中文。我们永远是中国人。"

第一批离开唐人街的人还比较从容，穿得比较整齐，随身带着行李箱。他们还有充足的时间到各处告别。

张添林专门跑到张金兴处，告诉他局势的严重性和唐人街发生的一切，让他也做做准备。张金兴神志还是有些不清，有时明白，有时糊涂。他总是不停地重复着："我哪里也不去，就在这里等莫妮卡。她一定会回来的。我走了，她回来就找不到我了。如果把我抓走，我在监狱里也会遇到她。"

张添林没有办法劝说张金兴，只好和耶格夫人谈了一下，请她关照张金兴，在他清醒的时候好好劝劝他，又嘱咐陈厚宝照看好他。

风声越来越紧了，外国人警察局又突击查了一次身份证件，当场就抓走了几十个人。恐怖的气氛出现了。

陈纪林的水手馆里挤满了中国人，有的全家老小都来了。陈纪林让老高把停止营业的牌子挂在门口，反正这个时候也没有人到这里就餐。

"谁想去巴黎，请举一下手。"话音未落，几乎所有的人都举了手。陈纪林无可奈何地说："去巴黎路途遥远，现在巴黎也落到德国人手里，那边情况也不怎么样。我的几个朋友告诉我，他们只能接待二十个人，谁会法语谁先去吧。"

一批去法国的人终于定下来了，陈纪林把巴黎那边朋友的姓名地址电话号码写在纸上，郑重地交给他们。

"谁要去阿姆斯特丹请跟我讲。"又有一批人决定了逃跑的目的地。

随后，去布鲁塞尔、伦敦、海牙和苏黎世的人也都决定下来。

"我这么多年结交的朋友，所有的关系都用完了。能逃跑的人，你们赶快跑吧！夜长梦多呀！"陈纪林说。

"纪林兄，你到哪里去啊？我想跟你一块儿去！"士多店的梁勇老板大声说。

“我要去的地方你们去不了。我已经和南洋的一些朋友联系好了，我们一起回国到云南去。你们听说了吗？我们的军队已经从缅甸开始反攻了，已经打了好几个大胜仗了。我们组织了一个专门修理汽车的华侨义工队伍，到滇缅公路去修理汽车。现在滇缅公路已经通车，中国的抗战物资靠这条公路用汽车运到中国内地，那里公路非常崎岖难走，汽车经常出故障，国内会修汽车的人太少。我们这些华侨要以自己的实际行动支援抗战。你们谁要是会修汽车，可以跟我一起走。”

“我不会修汽车，给你打打下手总还可以吧。我跟你好好学，总能学会吧。我跟你走！”

“我也跟你走，到中国参加抗战！”

“我也去！”

一下子站起十几个人，都愿意跟陈纪林一块回国参加抗战。

“这可是一项非常艰苦危险的工作。您岁数大了，最好别去了。”陈纪林劝住了梁勇老板，他哪里劝得住那几个年轻人，他们坚决要跟陈纪林一起回国抗战。

已经没有活路了，风声越来越紧，危险就在眼前，中国人大逃亡的景象出现了！

人们匆匆地收拾着自己的东西，看着自己经营多年的店铺，就这样轻易地放弃了，很多人流下了心酸的眼泪。真是好不容易啊！很多人当年就是孑然一身来到这里，从卖苦力打工开始，舍不得吃舍不得喝，存下来一点钱，靠同乡借贷，开了一间小小的餐馆或者店铺，早起晚睡，没日没夜地干，好不容易还清了贷款，慢慢把餐馆或者店铺经营起来。这边要满足政府的各种要求，请翻译，请会计，请税佬，尽量合理避税，那边还要应付黑社会的敲诈勒索，十几年的酸甜苦辣向谁去诉说呀？好容易经营成现在这样，为了逃命只能放弃。没想到今天还是孤身一人，带着空空的行囊离开这里！

那些拖家带口的人扶老携幼，带着简单的行李，眼含热泪，一步一回头，女人哭孩子叫，真是惨不忍睹。

没有办法，逃命要紧啊！一夜之间又有五百多人离开了号称唐人街的汉堡首饰街。

陈纪林特别关注两个老朋友，一位是为大家的事跑前跑后、尽心竭力办事的商会会长张添林，另外一位是神志不清的张金兴。

他拉着张添林的手说："我明天就要走了，水手馆的事由我的儿子陈顺庆打理。餐馆关门，水手馆也要迁到新地方。我给你准备了一张一星期后去雅加达的船票。这里已经很危险了，你也收拾收拾快跑吧！"

"谢谢你吧！老朋友，这个时候你还想着我。你把船票让给别人吧！丽娜还在波兰，孩子在海德堡，不能扔下她们不管呀。实在不行我就跑到波兰去躲一躲。"

"你可要当心呀！多保重吧！我们将来肯定会重逢的。我们一起去看看金兴吧。"

张金兴好像忽然明白了，他一把抱住陈纪林大哭起来，"生离死别，生离死别呀！我们这辈子还能再见面吗？我哪里也不去，在这里等莫妮卡，在这里等你们回来！"说得陈纪林和张添林都掉下了眼泪。张金兴转过身，拉着陈厚宝说："你也快走吧！快跟他们走吧，离开这里吧！"陈厚宝摇着头说："我不走，我在这里陪着你。"

"厚宝老弟，你要照看好金兴兄弟啊！他太不幸了。"陈纪林嘱咐说，又把一沓钞票塞到陈厚宝的手里。

三十八

一九四四年五月十三日。阴云密布，狂风大作。秘密警察开始实施计划周密的“中国行动”，这次行动的总指挥正是党卫军上校埃里希·哈尼施。

秘密警察摸准了中国人经营活动的规律，他们经营的餐馆酒店要在后半夜才停止营业，早晨四五点钟正是所有中国人熟睡的时间。这天凌晨趁着天黑，头戴钢盔全副武装的三百多名秘密警察和士兵悄悄地包围了首饰街附近的街区。这一带的居民毫无察觉，大自由道上行人稀少，但仍然是灯火辉煌，新中国酒楼的霓虹灯 NEUCHINA 和檀香山饭店的霓虹灯 HONOLULU 还是那样绚烂夺目，但是照在反射很强的警察和士兵的钢盔上，反而增加了几分恐怖的气氛。

天刚蒙蒙亮，张添林就被巨大的砸门声惊醒。他刚穿好衣服，门就已经被打破，两个穿着暗绿色制服戴着钢盔的军人踩着地上的玻璃碴子冲了进来。一个军人用冲锋枪指着他，蛮横地说：“赶紧收拾东西，带着护照和身份证件，半小时以后到街上集合。”另一个军人冲到里面，抡起枪托乱砸起来。只听见乒乒乓乓的一阵乱响，吧台上的很多酒瓶酒杯被打碎，酒水洒了一地，空气中立刻弥漫着强烈的酒味儿，整个店里顿时一片狼藉。那个波兰雇员吓得浑身发抖，躲在墙角一动也不敢动。

“你们有搜查证吗？我们证照齐全，是合法经营，受法律保护。你们凭什么这么乱打乱砸？”张添林还想辩驳，那个军人狠狠地给了他一枪托，“这就是搜查证！这就是法律！我们是奉命摧毁你们全部的商业，把你们这些中国人全部抓起来！赶快带好证件，到外边集合！”说完一把推倒张添林，冲到下一家。

根本无理可讲！张添林马上拿笔给丽娜写了一封短信，把保险柜里边的瑞士银行的存折和重要的文件装在一个不起眼的蓝布包里，交给那位波兰雇员，让他转交给丽娜。又把所有的现钱送给了那个波兰人，嘱咐他趁乱赶紧逃走，先回波兰躲一躲。

东西还没收拾好，冲进来两个军人，连拉带拽把张添林拖到街上。只见首饰街西口停着十几辆军车，街的中间站着几个全副武装的士兵，脖子上挎着冲锋枪，虎视眈眈注视着街上慌乱的人们。穿着黑色党卫军军官的制服、戴着大壳帽的埃里希·哈尼施挥舞着手枪指挥着，他身边的几条大狼狗不停地狂吠。很多中国人被拖到了街上，有几个中国人只穿着睡衣，浑身颤抖光着脚站在狂风里。男人绝望的呼叫声，女人恐惧的痛哭声，孩子们的哭爹喊妈的声音混合在一起，一浪高过一浪。德国士兵大声呵斥着，抡着枪托胡乱地打杂店铺的门窗，闯入室内毫无目的乱砸一气，从楼上的窗子扔下各种各样的东西，毁坏的东西丢得满地都是。动作稍微慢点的人，不分男女老幼，不是一阵枪托乱打，就是一阵皮鞋乱踹。

张添林听到有人用德语大声喊着，你们凭什么抓人？凭什么破坏我的酒店？顺着声音看过去，只见两个德国兵拉着衣冠不整的新中国酒楼胡烈坚老板从大自由道那边走过来。胡烈坚大声地质问德国军官，德国兵把他推倒在地，他站起来仍然大声地质问那个军官，“你昨天还在我的店里喝酒，怎么今天就来砸我的店呢？”两个德国兵扭着他的胳膊把他押到首饰街这边来。张添林很佩服他的勇气，但还是高声地喊道：“胡老弟呀，他们根本就不讲理，你跟他们分辩根本没用，要吃眼前亏的！”

大自由道上的檀香山饭店的刘老板也被抓来，饭店里的几个印度尼西亚和菲律宾的雇员也被抓来。汉堡贝格街上的几家亚洲人也一个不落地被押到首饰街。看来首饰街和附近的几条街凡是亚洲面孔的人都成了抓捕的对象。

首饰街的东口也停了十几辆军车，最前边的军车上还架了一挺机枪。原来首饰街两头都已经被封锁，任何人都别想逃出去。

东边的全副武装的士兵先在各门口站好，听到命令后一起砸门上的玻璃，冲进门后，也是乱打乱砸，然后把中国人拖到街上。

梁勇老板那士多店被砸得最惨，里边的坛坛罐罐都被打碎，油盐酱醋和各种调料淌了一地，混合起来的气味难以形容。一个士兵用枪托砸碎了一排调料瓶，辣椒面、胡椒面、五香面混在一起，呛得那个德国兵连打喷嚏，不住流泪。水果蔬菜、糖果点心都被打烂，货架子也被推倒，很多东西滚落到街上。两个榴莲滚到街上，一个士兵用脚踩上去，没想到臭气冲天，令人掩鼻。梁勇老板看到这种惨象，难过地哭了起来，“早知道这样，真应该和纪林一起回国抗日了！”

水手馆已经迁走，餐馆虽然停业但老高和几个伙计还住在里面，他们本来打算过两天再走，没想到为时已晚。老高抄起一把铁锹，德国士兵看到他有反抗的意思，几个人把老高扑倒在地，打得他动弹不得。其他几个伙计也都挨了一顿枪托。

听到外面嘈杂的声音，陈厚宝赶紧走出门来看望。张业记食品店位于首饰街的中间，德国兵还没砸到这里，他急忙去把耶格夫人叫出来。耶格夫人刚走出大门，几个士兵就冲过来了。耶格夫人急促地说：“这是我开的店铺，你们不能乱来。”一个上士走过来说：“你的店我们可以不动，但你店里的中国人我们要带走，叫他们马上出来站队！”

看到首饰街上的惨状，张金兴惊呆了。他不相信自己的眼睛，以前这条街上有时不那么整洁，不是那么安静，但是从来没有像今天这么满地杂物凌乱不堪：街上到处是撕碎的书本儿，打碎的瓷器，毁坏的家具，餐馆用的各种餐具和厨具，中式碗筷，火锅铁板，米面调料，生熟肉食，蔬菜水果，男女老少的各种服装和其他杂物。他不相信自己的耳朵，听到那么多凄惨的哭叫，警犬的狂吠，军人的胡喊乱叫。东边看到被打伤倒在地上的胡烈坚老板，西边看到两个伙计搀扶着满脸是血的老高。

看到很多中国人被警察抓走，张金兴忽然冲到街上，挥动双手用中文大喊起来：“不要抓他们，你们把我抓走吧！犹太人是我放走的，和他们无关，放开他们！快过来抓我呀，把我抓到莫妮卡的监狱里，让我们夫妻团聚呀。我要和莫妮卡在一起呀，我们死也要死在一块儿啊！”喊着喊着，号啕大哭起来，一边哭一边喊个不停。陈厚宝和几个中国人连忙劝阻他，擦去他脸上的眼泪和鼻涕，死命拉住他，不让他乱跑。好在德国警察听不懂他喊些什么，把他和陈厚宝等几个中国人推进中国人堆里。

首饰街相邻的几条街道上的中国店铺也被洗劫，那里的中国人也都被赶到街上，其惨状与首饰街不分上下。

按照埃里希·哈尼施的命令，士兵们把中国人集中在一起，按照外国人警察局提供的名单进行点名。外国人读中国人的名字怪声怪气，中国人听起来很费劲。大家只好仔细地听着，心惊胆战地答应着，被点到名的人站到另外一边。

刁鑫缩着脖子，竖起耳朵听着点名。听到念他的名字时，赶紧答应一声，可是两条腿抖得厉害，居然迈不开步了。一个德国兵把他拖出来，大声说道，这是一只鸵鸟，我抓他的时候，只见他把脑袋藏在书架里，屁股却露在外面！刁鑫被拖到点过名的人群里，浑身抖成一团，眼看就要瘫坐在地上，受伤的胡烈坚一把扶住他说，“老刁啊，你站住了，别让他们看咱们的笑话！”

最后有几个人没被点到，证明他们的居留权肯定有问题。警察马上给他们戴上手铐，连推带搡地押上一辆警车。

埃里希·哈尼施挥舞着手枪又下了一道命令，十几个士兵牵着军犬逐门逐户地来进行搜查，一个中国人也不能落下。原来机灵的崔奎发觉事情不妙，爬到衣柜上面躲在角落里，只有他那五短身材才能藏在那个狭小的空间，这样躲过了德国兵的第一次搜查。他虽然隐藏得很好，还是没有躲过嗅觉灵敏的军犬，在第二次搜查中，两只军犬拖出了浑身发抖的崔奎。

埃里希·哈尼施开始整队，要排成五个人一排，五排一个方队的队形。中国人没有受过军训，不知道如何站队，被那些士兵拳打脚踢推推搡搡强行整队。队形排好后，每一个方队被押上一辆军车，车的四个角上站着四个全副武装的士兵。

埃里希·哈尼施狞笑着坐进敞篷汽车，指挥着军车按顺序开走。车上的中国人没有喊叫，没有反抗，他们的眼泪已经流干了，脸上只有恐怖，只有无助，只有愁云惨雾。但是张金兴还在声嘶力竭地喊着：“莫妮卡，莫妮卡，我就要见到你了！我们又要在一起了！”陈厚宝捂住他的嘴，用身体挡着他，尽量不要引起警察的注意。

耶格夫人扶着门框向首饰街的两边望去，面对着眼前的惨状，她吃惊，她愤怒，她不知所措。她朝着街口的圣·约瑟夫教堂颤巍巍地高喊道："上帝你都看见了吧！为什么会这样啊？"

押解中国人的车队刚刚开走，当地警察局的警察挨家挨户通知与中国人有关的当地人，让他们写证词，检举揭发中国人的所有罪行。那些把房子租给中国人的德国房东，以及和中国人合伙经营的人，包括耶格夫人在内，都要到警察局去接受"保护性拘留"，交代清楚和中国人的相关"罪行"才能回家。

从大自由道和谷物街开来了几辆清扫车和一辆洒水车，二十几个清洁工把首饰街和附近的几条街道打扫得干干净净。洒水车又喷了两遍水，浩劫后的痕迹一点儿也没有留下。

三十九

三百多个中国人被军车拉到不远处的豪尔斯顿的调查监狱。那里早已做好接人的准备。院子里十几张办公桌一字排开，每张桌子前面站着两个警察，桌子后面的椅子上坐着一个警察。十几个全副武装的警察站在院墙边上。中国人被从军车上推下来，在每一张办公桌前排好队。桌子前边的两个警察从头到脚仔细地搜查每一个人。首先没收了他们的护照和各种证件。每个人身上的现金和所有物品统统被收走。经过简单的盘问之后，每个人衣服上都用白色油漆写上号码。桌子后面的那个警察做了详细记录。

二十几个警察把看上去有些不顺眼的男人押到监狱院子的一个角落里。警察对每个人进行彻底的搜身，把他们身上的现金和所有的物品扔进一个麻袋里，然后强迫他们脱掉外衣，也不对他们进行任何盘问，就用黑漆在他们的背上写上号码，把他们押上了一辆敞篷汽车。没人知道把他们送到什么地方。这些人的下落始终是个谜。

两个警察把张金兴身上的全部物品都搜去了，他们发现张金兴两手紧紧地握着，两个警察使劲掰开他的手，发现每只手里握着两颗螺丝。坐在桌了后边的警察问："这是怎么回事？为什么要握着螺丝不放手？"

张金兴两眼仰望着天空，慢慢地说："这是我国领事馆牌子上的固定螺丝，这是我们国家的财产。我要保留起来，将来交给下一任领事先生。"

一个警察狠狠地打了张金兴几下，把四个螺丝抢了过去。

每个中国人除了一个号码之外什么都没有了。他们又被押上警车，送到汉堡北边飞机场附近的福尔斯布特的盖世太保监狱，然后按照编号被推进阴暗潮湿的牢房中。

第一个被带进监狱审讯室的是张金兴。审讯室的中央有一个固定在地上的铁椅子，对面有一个宽大的桌子，桌子后面坐了一个穿制服的光头胖子审判员，手里拿着铅笔在纸上乱画着。旁边坐着两个记录员，一个记录员正在敲打着打字机的键盘，另一个准备着各种审讯用的材料。

张金兴被按在铁椅子上。两眼直勾勾地望着胖子审判官，没等审判官开口，他就大声说："莫妮卡在哪里？我要见她！"审判官愣了一下，大声问道："你叫什么名字？"

"我要见莫妮卡，她是我的妻子。"

"我问你叫什么名字？是哪国人？"

"我就是要见莫妮卡，她是我的合法妻子！你把她关在哪里了？"张金兴理直气壮地大声喊道。

两个记录员也莫名其妙地摇了摇头。两个打手狠狠地打了张金兴几下，他仿佛不知道疼，两眼还是直勾勾地望着胖子审判官，全然不顾口鼻流血，只顾大声喊道："莫妮卡，莫妮卡，我要见我的妻子。你告诉我她在哪里。"

胖子审判员无可奈何地摇了摇头："这个人精神不正常，先把他关押起来再说。"

两个身材高大的秘密警察把张添林推进审讯室，按在铁椅子上，然后一左一右站在椅子旁边。胖子审判员用凶狠的眼光盯着张添林看了足有两分钟没有开口，审讯室里死一般的寂静。张添林虽然感到非常恐怖，但他还是看上去非常镇静，若无其事地坐在那里。

还是胖子审判员先打破了沉寂的局面，他厉声喝道："说吧！你做过哪些犯法的事情？"

"我一向遵纪守法，没做过任何犯法的事。"张添林语气平和，德语表达得很准确。

"我们有证据证明，你是反纳粹组织的成员，你参加了很多反纳粹的活动。"

"我从来不过问政治，不会参加任何一派的政治活动，也不会参加任何党派或组织。"

“你不老实，不说实话是要吃苦头的！”站在旁边的两个人也跟着大声喊起来。

“如果你能出示证据，证明我的确有反纳粹的活动，我甘愿接受处罚。”

一个记录员拿了几张照片递给张添林。一张照片是一个挺大的会场，张添林和一个人握手。另一张照片是张添林正在向一群人招手，还有一张照片是张添林正和一个人碰杯。

“照片上和你接触的人都是反纳粹分子，他们有严密的组织。你和他们是什么关系？”

张添林皱着眉头仔细看了每一张照片，再翻过照片看了看背面，上面有用铅笔写的拍摄日期和地点。他坦然地问：“就这几张吗？还有其他照片吗？”

“这几张已经足够了，事实很清楚，你还有什么话讲吗？”

“当然我可以把事情说清。你们也知道，我以前是开餐馆的，当然我也送外卖。照片上那个人确实是我，他们打电话来要外卖，我当然得按他们说的时间地点把饭菜送去。他们看到我送的饭菜物美价廉，就和我握手表示感谢，我出门的时候向他们招手说再见，这都是再平常不过的事情。至于他们是搞什么活动，我一个送餐的怎么能够过问。我想加入人家的组织，人家不会看上我，因为除了送饭我什么都不懂。”

“那张碰杯的照片是怎么回事？和你碰杯的是一个反纳粹组织的头目。”

“这张照片是在我的餐馆里照的。如果客人觉得饭菜很好，为表示感谢想请我喝一杯，一般情况我都会答应。我和很多人都碰过杯。如果你当时到我的餐馆要和我这个老板干一杯，我也没有理由拒绝。”

“你这是狡辩！事实不是你说的那样，你和那些人同流合污！”

站在旁边的一个秘密警察不由分说，狠狠地打了张添林两个耳光，打得他耳朵里嗡嗡直响。

“你反纳粹证据确凿，毋庸置疑！”

张添林抚摸了一下被打得火烧火燎的脸颊，继续分辩：“还有其他证据吗？这几张照片我已经解释过了。你说我反纳粹，要有个根据吧！这几张照片不能证明我反纳粹，起码也要找出我反纳粹的言行才行。我一天忙到晚，睡觉的时间都很少。我要去参加反纳粹组织，参加他们的活动，我还真抽不出时间来。如果我加入了他们的组织，就一定有登记表一类东西，或者是他们写的证明材料。最好是把他们叫来当面对质。”

“你不老实交代！我们调查的结果是非常可靠的，你想赖是赖不掉的！”一个高大的秘密警察把张添林从椅子上拉起，重重地摔在地上。

“你经常去陈记酒吧赌钱吗？”胖子审判员忽然换了另外一个题目。

“我从来不去那里。我是广东人，他们说的浙江话我听不懂，怕被他们骗了。”

“你认识英国人吗？和英国人有联系吗？”

“我不会说英语，没法和他们交流。那些英国人只去陈记酒吧喝酒赌钱，吃免费的夜宵。我那里没有免费的饭菜，他们从来没去过我的餐馆。”

“陈记酒吧做过哪些违法的事？他们和英国人之间有什么勾当？说出来可以免你的罪！”

“我和陈记酒吧没有任何联系，我也听不懂他们的话，不知道他们之间的事情。”

“回去好好想想，把你反纳粹的言行和反纳粹的组织尽快交代出来！”胖子审判员再也审不下去了，只好狂吼了一声，命令把张添林拖出去。

记录员的打字机一直在噼噼啪啪响着。最后胖子审判员下令，在张添林被捕的原因一栏中打上：反纳粹。

胖子审判员真的没有想到，接下去的审判真是非常的困难。秘密警察请来一位所谓汉语专家当翻译，这位“专家”是纳粹党员，政治上肯定靠得住。他在山东的胶东半岛住了十几年，他能说的汉语只是胶州地方话。被抓来的中国人绝大部分是南方人，根本听不懂他的胶州地方话。审问起来简直就是鸡同鸭讲，很简单的一个问题就得问好几次，还经常出现所答非所问的情况。那两个专业打手就会下重手打人，被打的人惊慌失措，说出的话更是语无伦次。那个翻译也往往急得满头大汗，浙江话、福建话、广东话他哪里听得懂，他翻不出来，打手弄不清是怎么回事就知道往死里打人，被打的人急得把他的祖宗八辈都骂了，他也根本听不明白，还以为是赞美他呢。胖子审判员开始还能耐着性子，后来就越来越不耐烦，审了二十几个人，回答的问题都是驴唇不对马嘴。每个人都被打得半死，一句像样的口供都没得到。最后也没兴趣继续审了，干脆给每个人都定一个反纳粹的罪行了事。

最重要的嫌疑犯就是陈颂献了。他贩卖鸦片伪造证件证据确凿，还有间谍嫌疑。那个和他相关的英国人已经在柏林被抓住，如果陈颂献还有价值，需要他去对质，柏林方面肯定早就来电话通知，或者干脆把他提走了。胖子审判员本来想通过审问其他中国人能获得更多的证据，再来提审陈颂献。因为很多中国人经常在陈记酒吧喝酒赌钱，他很想审问出来，陈颂献是否还有间谍活动或者有什么别的事情。没想到折腾了两个星期，也没能审问出什么证据。

陈颂献被关在一间单人囚室内，和外界彻底失去了联系。每天两次有人从门下方塞进来一些发霉的食物，房顶上的电灯整天整夜地开着，总有人打开门上的窥视孔监视着他的行动。最难受的当然就是没有鸦片烟吸，他总是想过足鸦片烟瘾后产生的那种快感。

囚室的门终于打开了，开门的警察被恶臭的气味熏得倒退了一步。警察把他押到院子里，命令他脱去全部的衣服，把他的双手铐在一棵小树上，用消防水管从头到脚冲了半天，然后才把他押到审讯室。

六月里被冷水一冲，陈颂献清醒了许多。当他被押进审讯室，看到那个凶悍的胖子审判员时，三魂被吓掉了两个半，七魄吓丢了五个。他连连给审判员鞠躬，满脸堆着笑。胖子审判员满脸都是鄙夷不屑的神情，用最严厉的口气说："我讨厌你那谄媚的笑脸！用不着来这一套，赶快坦白交代吧！"

"我是好人，我还是中国商会的会长。我也就是吸点鸦片烟。我绝对忠于纳粹，绝对拥护元首。"陈颂献这样说。

"只是你自己吸鸦片吗？你把鸦片都卖到哪里去了？"

"我只卖给我的中国朋友，他们离不开这个东西，我是帮助他们。我从来不卖给德国人。"

“你卖鸦片赚了多少钱？你交税了吗？”

“我补交，请给我开罚单，我认罚。”陈颂献满脸堆笑地说。

“贩卖鸦片是严重的犯罪行为，你以为罚款就完了吗？不要避重就轻！我问你，那个上吊的中国人是怎么回事？”

“这件事与我无关。我也只是听说。”

“你卖给那些没有身份中国人的伪造证件是怎么回事？”

“这个……”

“你给英国人提供了多少情报？你的情报都是从哪里来的？”胖子审判员声色俱厉地问。

“什么情报？我哪里有什么情报？”陈颂献被问得摸不着头脑。

“别装傻充愣，快说！”站在他身边的两个彪形大汉大声喝道，顺手打了他几下。

“有几个英国人经常到你的酒吧里去，你的女儿做翻译，你和他们总是很神秘地谈话，这是事实吧！你都和他们谈了些什么？你的女儿每个星期都和那个英国人联系一次，你们都给英国人提供什么情报？”

陈颂献被打得口鼻流血，耳朵里嗡嗡响，他还是满脸堆笑地说：“我说实话。我说实话，我一直从他们手里买些鸦片，我要纯度高的那种。每次见到他们我都和他们讨价还价，每次我都抱怨鸦片的重量不够，货色也不怎么样。”

“还说了些什么？别避重就轻，有关战争方面的事说过没有？”

“没有没有，绝对没有！我从来也没关心过战争的事，我连报纸都不看。”

“你的女儿和英国人有规律地接触，每次接触都那么长的时间，不只是购买鸦片吧！还都做了什么勾当？都谈了哪些事情？赶快说出来！”

“我坦白我交代，她到英国人那里只是给我买鸦片，没有别的事。”

“你不说实话。为什么每个星期都要去买鸦片？就不会一次多买一些吗？分明是你女儿每星期都给英国人递送情报。我们有充分的证据，你自己看看这些照片。”

看着手里的一沓照片，陈颂献傻了眼，很多照片都是在汉堡的最高级餐厅里拍的，她女儿和那个英国人亲密无间的样子，他做梦也没想到。这些照片可以引起人们的无限遐想，怎么理解都不过分。

陈颂献忽然想起他的救命稻草："党卫军上尉埃里希·哈尼施是我的好朋友！他可以证明我是好人！"

胖子审判员轻蔑地说："他能认识你？我马上给他打电话问问他！"

胖子审判员拨通电话讲了几句，把听筒一摔，大声骂道："谁认识你这个坏蛋?!"

陈颂献两只手剧烈地抖动起来，照片纷纷地落在地上。他突然跪在地上，磕响头如捣蒜，碰得地板砰砰响。嘴里边嘟嘟囔囔的，听不清他说了什么。胖子审判员和两个记录员反倒都吃了一惊。那两个打手把他从地上拉起来，只见他眼泪鼻涕横流，面如死灰，两眼上翻，浑身颤抖。胖子审判员十分恶心地说："你们看看，这就是鸦片鬼！犯了鸦片瘾就是这副该死样子！赶快把他拉出去，我看到他这个样子就想吐。"

四十

胖子审判员收到从柏林转来的一封公函。内容是：英国间谍乔治经不住严刑拷问，已经交代了全部犯罪事实。根据他交代的情报，我们已经抓获了潜伏在汉堡的全部英国间谍。根据我们的调查，首饰街的少数中国人虽然也有贩卖鸦片和黑社会行为，没有证据说明他们也卷入了英国特务的间谍活动。英国特务到中国酒吧只是贩卖鸦片喝酒赌博吃免费中餐，他们根本就不相信那些语言不通，和社会都没有什么接触的中国人能搞到什么情报。英国间谍乔治和他年轻的中国情人昨天已经被秘密处决。

事情总算弄清楚了，胖子审判员松了一口气。秘密警察的福尔斯布特监狱已经爆满，从这些中国人的身上已经找不到通敌或者从事间谍活动的证据了。这些中国人已经没有什么价值了，白占着牢房。可是又不能把他们释放，他们至少是“反纳粹分子”，有的还是毒贩和黑社会分子，最好的办法是，把他们全部送往强制劳动集中营去做苦工。战争期间，德国很缺乏劳力。

胖子审判员还没有写好处理中国人意见的公文，审讯室的门“砰”的一声被推开了，埃里希·哈尼施大步跨进来，他摘下手套摔在桌子上，指着胖子审判员怒气冲冲地说：“你是怎么审的这些中国人？怎么一点儿有用的供词都没有拿到？！你都采取了什么措施？你审讯的方法肯定有问题！你瞧着，我审个样子给你看！”他看了一下档案材料，命令先把孙占有带进审讯室，把那几个有黑社会嫌疑的分子先带到隔壁房间。

“让隔壁那些家伙先听听受刑的声音，在精神上先压垮他们。还没进审讯室他们就已经屈服了，这个方法很有效，记住了没有？”埃里希·哈尼施大声说。

孙占有被带去审讯室，连问都没问就是一阵毒打。埃里希·哈尼施挥舞着金属电缆，没头没脑地抽打起来。孙占有一声接一声地惨叫，头上和身上都流出了鲜血。埃里希·哈尼施命令那两个身材高大的打手提起孙占有的四肢脸朝着墙狠命地向墙上撞去，每撞一下就是一声惨叫，还没撞几下，就再也听不到孙占有的叫声了。“还没把他的肠子撞出来，这个人就完了。”埃里希·哈尼施好像觉得还不够过瘾。

赵成和钱光两个人在隔壁听得清清楚楚，特别是肉体撞墙的声音和一声声的惨叫实在太恐怖了，他俩早就吓坏了。进入审讯室看到躺在血泊里一动不动的孙占有，吓得站都站不住了。那两个打手模仿埃里希·哈尼施的样子挥舞着电缆，把他们两个人打得血肉模糊。

埃里希·哈尼施带着厌恶的表情洗干净沾满鲜血的手：“不光要会打人，还要动脑筋，事先看看档案材料，做好每次审讯的准备。选择那些有价值的人进行审讯，没价值的还能干活儿的，干脆就送到劳动营去做苦力。”

孙占有被任杨辉枪击后，落下后遗症，本来身体很弱，经不住酷刑，当场死去。钱光也在第二天死去。赵成已经奄奄一息了。

埃里希·哈尼施和胖子审判员研究了半天。他们认为陈颂献已经没有什么价值了，根据他的犯罪事实可以立即处决，但是他指认了莫妮卡救助犹太人，可以让他多活几天，把他送到集中营做苦工。看来还是胡烈坚最有价值，他也会说德语，应该进行审讯。

胡烈坚被推进审讯室，先是挨了两个打手的一顿毒打。埃里希·哈尼施示意打手先停一下，他要审讯。

“你是个重要的经济犯，你做了许多地下货币交换，炒买炒卖外币，还把许多货币寄回中国。你严重地损害了我们德国的经济，破坏了金融秩序，你的罪行非常严重!”

胡烈坚大口地喘着气，抹了抹嘴角的血迹，睁大眼睛盯着埃里希·哈尼施镇定地说：“这些事情其实都是很正常的。我的新中国酒楼也是海员俱乐部，中国的海员每次出海要经过很多国家的港口，身上有几种货币是完全正常的。其他国家的海员手里也有各种货币，为了方便大家消费，在我的店里可以使用各种货币，可是我交房租买原料只能使用马克，我只好用各种外币来兑换马克，这是没有办法的事。”

“你在货币兑换中利用汇率差别赚了大钱，破坏了德国的金融！”

“汇率是经常变动的，有时候我能赚点钱，有时候我还赔钱，总共算来也就是不赚不赔。我兑换货币的数量加起来也没有多少，根本谈不上什么破坏德国的金融。”

“你胡说，你狡辩！”胖子审判员喊了两声，接着又是一顿毒打。

“这些年你向中国汇了多少款？你把资金都转移到中国去了！这是怎么回事？”

胡烈坚呻吟了半天说不出话来，一个打手把一桶冷水浇在他的头上，把他从地上拉起来按到椅子上。胡烈坚用手抹了抹脸，喘了一口大气，慢慢地回答：“我确实向中国汇过款，也帮着我的朋友向中国汇款。我们所有的汇款都是税后的收入，你可以去看我们的会计账目，也可以进行审计。我们中国人总是省吃俭用，把我们的收入汇回国内去孝敬我们的父母，养活我们的家庭，帮助我们的亲朋好友。我们不可能一辈子住在德国，我们要汇钱回去在中国盖好住房，置办田地，到了晚年好回去养老。”

“你真能胡编乱造，给我打！”埃里希·哈尼施也问不出什么名堂，恼羞成怒，就会打人。

胖子审判员把前几天审讯的情况作了汇报。埃里希·哈尼施也觉得再这样审问下去不会有什么结果。英国人不可能通过这些中国做小买卖的人搞什么情报，中国人之间的事也实在没兴趣，中国人买卖鸦片搞地下赌博害的也是他们自己。加上语言不通，没有好翻译是个大问题，把那位纳粹汉语专家请来，只能乱上加乱。汉堡其他的汉学家都不是纳粹党人，政治上不可靠，不能请。还未审讯的中国人也只好交给胖子审判员去慢慢审。

“我还要到波兰那边去，没有那么多时间审问这些中国人。”埃里希·哈尼施说，“你就照我的样子，问不出口供也要狠狠地打！”

真够万幸的。轮到张金兴、梁勇、陈厚宝和老高他们几个人受审时，胖子审判员没再请那个所谓的汉语专家。审问时每人打一顿，问问姓名出生年月，草草收场。他们都被定了一个反纳粹的罪名。

每天清晨，牢房中的所有人都被赶出来到院子里集合，点名之后被押送到工地做苦力，不管身上有多重的伤，干不动活就不给饭吃。张添林、张金兴和胡烈坚伤得不太重，还能咬牙干活，他们被分派到工地上扛木材，两个人扛着一棵圆木运送到一公里之外的加工厂。又湿又重的圆木压得他们喘不过气来，他们咬牙坚持，这样才能得到两片面包吃。伤势较重的赵成因为干不了这种强体力活，得不到食物，几天后就死去了。

由于福尔斯布特监狱人满为患，经过盖世太保的鉴定分类，张金兴、梁勇、陈厚宝、崔奎、老高、小李和陈颂献等人被送到劳动营去做苦力。张添林等其余的中国人留在此监狱继续关押。

张金兴做梦都想在监狱里能见到莫妮卡。每天只要一走出牢房就向四周张望寻找起来。这天他已经被押上卡车，忽然看见一个熟悉的身影，瘦高的个子，腰板挺得很直，秃头顶，戴着一副黑色框架近视眼镜的男子，那不就是拉贝先生吗？他怎么也被关进监狱里了？拉贝先生也看到了他，向他轻轻地点了点头，伸出右手食指压住了自己的嘴唇，示意他不要出声，然后转身快步走开。

挑选出来去强制劳动集中营的中国人被押上七辆大卡车，车队在前后两辆警车的押解下穿过汉堡市区，向南边疾驰而去。

四十一

汉堡是位于易北河里边一个天然良港。汉堡有很多港湾和码头，还有很多小岛，汉堡很多地域由一千五百多座桥梁连在一起。从汉堡往南十几公里，过了几座桥梁就到了汉堡城市联盟的一个小城威勒海姆斯堡。这个小城的西面有一个高萨尔岛，岛的北边有一个花砂港。由于航运的方便，在高萨尔岛建立了工业区，德国壳牌石油公司在这里建了一个炼油厂，另外还有水泥厂、造船厂和机械制造厂。在第二次世界大战期间，德国很缺乏劳力，于是就在这个岛上建了一个很大的强制劳动的集中营。把抓来的大批无辜的人送到这里充当劳力。当时这个岛上有一条比较长的 Langer Morgen 大街（按德语的原意，应该是漫长的早晨或者是漫长的明天之意）。这条街上的集中营称作 Langer Morgen 集中营，也就是“朗格摩根”集中营。

1944 年的夏天，满载中国人的七辆大卡车开进了集中营的院子。由于这个集中营建在高萨尔岛上，当时只有一座桥梁把这个岛和其他陆地连接起来。岛周围的河面很宽，水流很急，只要在桥上设立关卡，谁都别想逃出去。因此这个集中营也没有什么围墙，就是用两米多高通了电的铁丝网围起来的一片长方形的荒地，中间有几排房子。这些房子的外墙都刷成了白色，据说是为了防止夜里有人逃跑。四个角上建了高高的岗楼。北边靠近铁丝网有几间平房，旁边还有一个高大的烟筒，烟筒里正冒着淡淡的青烟。集中营的大门也是用铁丝网构成，只不过下边有轮子可以开关而已。大门口有两个全副武装的哨兵日夜站岗，四个岗楼上也有哨兵日夜警戒，院子里还有流动哨，挎着冲锋枪，牵着警犬不定时地巡逻。

几个全副武装的士兵围着七辆卡车大声吼叫：“快下车，站好队！”两条凶恶的狼狗也在狂吠着。一个军官模样的人大声命令道："把你们的衣服全部脱下，扔在地上，听到点名走到我这里来！"大家还没有反应过来，几个士兵拿着警棍朝着人群乱打起来，大家只好把衣服一件一件地脱下来扔在地上。幸好是在夏天，大家不觉得多么冷。

被点名的人一丝不挂地走到军官面前，那军官把每个人目测了一下，把人群分成三组，在名单上做好标记。然后把所有的人赶进一间大房子里，赤身裸体的人们还没站稳，房顶上的喷壶就开始向下喷水，水里面有一种强烈的漂白粉的气味。这种淋浴持续了大约五分钟，大门又打开了，浑身湿漉漉的人们又被赶到院子里，他们原来穿的衣服不见了，地上放着大中小号三堆黑白竖条的囚服。据说这是纳粹时期的一项科研成果，条纹的宽度和颜色是精心设计的，穿上这种衣服肯定是逃不掉了，就是在夜间，穿上这种衣服也很难藏身。

穿好囚服之后重新点名，给每个人发了一套破旧的毯子和床单。然后把三组人分别赶进三座平房。囚服毯子被单等都是旧的，囚服是从死去的劳工身上扒下来，送到党卫军头目经营的公司让囚犯洗净缝补后，再发给新来的劳工。毯子床单等也是死人用过的。党卫军头目和集中营的军官联合作假，根据新抓来的人数向财政部申请关押犯人的费用，每年可以从中赚一笔大钱。

张金兴和陈厚宝被分在同一组，组里还有水手馆的伙计和其他几个中国人。十几个不知是哪国的洋人也被分在这一组。屋子很大，中间是个走廊，两边是三层的木质床铺，每一层最多也就半米高，宽度大约六十公分。室内很黑暗，几个小窗子上面钉着铁丝网。

张金兴刚把破毯子放到床上，就听到外边大声喊集合。人们鱼贯地走出去。陈厚宝扶着他刚走出门，身后的门就被上了锁。两个提着警棍的士兵赶着他们走出集中营，走了约 1 公里，来到一家水泥厂门口。张金兴看到水泥厂四周也都架着铁丝网，里边有不少身穿囚服的人在干活，高处站着穿制服的士兵，挎着冲锋枪，手里还提着警棍。

"你们的工作就是搬运石头，从这里搬到铁轨边上。我在这里看着你们，谁偷懒就会挨警棍！"一个士兵大声喊道。

这可是个重体力活，加上天气很热，刚干了一会儿人们就汗如雨下。

那个士兵在一旁不停地喊叫，谁要是慢了一点儿就被他用警棍猛打。干活的人累得够呛，那个打人的士兵不停地擦汗。

张金兴他们从清晨到下午没吃到一点东西，早已经饿得不行了，又被迫干这么重的活实在吃不消了。趁那个士兵去喝水的间隙，他到路边拔了几棵蒲公英，递给陈厚宝："这个可以吃，快吃吧。"

"你吃吧！"陈厚宝推辞说。

"我们一人三棵，快吃掉。快到那边再去拔几棵，开黄花的就是。"此时此刻蒲公英成了救命的食物。

好不容易挨到了天黑，在那两个如狼似虎的士兵押解之下，人们拖着疲惫不堪的身躯慢慢地回到了集中营。他们的晚饭是两片发了霉的黑面包，里面还掺了一些锯末。

筋疲力尽的人们躺在床上，没有几分钟就都进入了梦乡。只有张金兴翻来覆去怎么也睡不着，好像回到了山清水秀的广东香山县老家，看见在油灯下缝缝补补的妈妈。一会儿又像来到了德国的船上，想起了船上的那些风雨同舟的弟兄们；一会儿又像站在张业记食品店的门口，眼前浮现出汉堡的首饰街的人们。忽然他看见莫妮卡招着手向他走过来，他连忙走下床迎上前去，扑上去抓莫妮卡的手，却扑了一个空。莫妮卡好像就在离他很近的地方，可就是碰不到，他不顾一切往前冲去。他清楚地看到了莫妮卡白皙的面孔、高高的鼻梁和深邃的蓝色眼睛，金黄色的头发垂在肩上。他摸不到莫妮卡，急出了一身大汗，高声地喊起来："莫妮卡，莫妮卡！我的妻子，我做梦都在想着你啊！快过来呀！你别跑呀！"

张金兴踉踉跄跄地冲出门，不停地高喊："莫妮卡，莫妮卡啊！"陈厚宝被喊声惊醒了，连忙从上面的床上爬下来，刚走到门口，两个岗楼上的探照灯都照了过来，岗楼上的哨兵大声呼喊起来。只见张金兴一个趔趄摔倒在地，挣扎着爬不起来。两个哨兵跑过来，一人抓住张金兴的一条胳膊把他拖走了。

第二天早晨，陈厚宝他们又被带到水泥厂去做苦工。他找了半天，也没看到张金兴。他手里紧紧地握着昨天张金兴送给他的那朵黄色的蒲公英花，心里真不是个滋味儿。

四十二

第二天早晨，两个士兵把张金兴架进了集中营的办公室。他整整一夜被关在单人的禁闭室。他精神恍惚，两眼直勾勾地望着前面的墙壁，嘴里不停地念叨着莫妮卡。办公桌后面的转椅上坐着集中营的指挥官约翰尼斯·罗德，他目不转睛地看了张金兴老半天，转过椅子问集中营的少校医官："你看这个人还有价值吗？是不是尽快把他处理了？"那个少校医官先看了看张金兴的档案，然后走到张金兴的面前细端详了一番说："这个人在船上干过，体质还可以。只是目前精神有点错乱，吃几天安眠药就能恢复。现在劳动力太紧张了，有点用的人尽量先用起来吧！先把他关在禁闭室，每天强制喂三遍安眠药，五天以后带他来见我。"

过了五天以后，张金兴虽然身体还很衰弱，可是几天的昏睡让他精神上恢复了不少。他被带进办公室后显然比以前明白多了。办公室里只有那位少校医官坐在那里，只见他右眼戴着黑色眼罩，右边的袖子空荡荡垂下来，脸上还有一块明显的伤疤。张金兴定睛仔细看了半天这位独眼独臂的医官，越看越眼熟，他差点喊出来：这不是舒马赫先生的儿子托马斯吗？！怎么变成了这个样子呢？托马斯轻轻地摇了摇食指，暗示张金兴不要说话，好像根本就不认识他，只是简单地问了几个问题，就叫人把他带出去了。

约翰尼斯·罗德走进来，托马斯站起身来说："这个人虽然神志不太清楚，可还有利用价值。我们现在人手太紧，就让他接替勤务兵的工作，让他打扫卫生，做些杂活。让他住在放杂物的小仓库里，不让他和别人接触。那个跛脚勤务兵忽士卡清洁做得太差，调去做看守员，你看怎么样？"

"那就让他先做两天看看。"罗德坐在桌子上说，"还有件事情，那个党卫军上校埃里希·哈尼施从波兰打来长途电话，让我们关照一下那个叫莫妮卡的女人。她原来在码头做装卸工，已经瘦得皮包骨头了。你看现在把她安排到哪里合适?”托马斯脸上毫无表情，沉思了一会儿说：“就让她到车间锅炉房烧那个小锅炉吧。这样，她接触不到其他人，还能多吃一些食物，我们也好向那位上校有个交代。”

约翰尼斯·罗德亲自监视了张金兴好几天。原来那个跛脚勤务兵忽士卡干活很马虎，擦地只是用拖把来擦，总是擦得不太干净，厕所和浴室也打扫得不太干净。张金兴保持着在船上擦甲板的习惯，一条腿蹲一条腿跪，双手用抹布把地擦得锃亮，厕所和浴室收拾得一点味儿也没有，窗子上的玻璃也擦得非常干净。他干起活来就像不知道累一样，办公桌上的东西连看都不看一眼。

办公室的角落里摆放了一张长方形的小餐桌，指挥官和医官就在这里用餐，那位少校医官用餐后总是有意无意地留下一片面包、半杯牛奶或者其他的食品。张金兴在收拾餐桌时总可以吃到一点点儿残羹剩饭。

约翰尼斯·罗德牵着一只黑背狼狗对张金兴说：“它叫维利。给你一项新任务，每天给它洗个澡。水里要加上沐浴液，水温不能太高。”那只警犬冲着张金兴不停地狂吠，一个劲地往上冲，罗德使劲拉着它，嘴里不停地喊着口令。那只叫维利的警犬终于平静下来，在张金兴的脚上和腿上闻了半天，然后跳进一个很大的椭圆形的白铁盆中。罗德嘴里一边喊着，一边用喷头向警犬的身上喷水，喷了一会儿，把喷头交给张金兴，让他继续喷。那警犬又大叫了几声，罗德在旁边又喊了几声，那警犬就不乱叫了。罗德拿来一条大浴巾，教张金兴如何把警犬身上和脚上的水擦干净。“浴巾要每天更换，浴盆也要每天洗，保持清洁干燥。”罗德嘱咐说。

从此以后，每天下午张金兴敲打几下白铁盆，维利听到声音就会跑过来跳进盆里，让张金兴给它洗澡，洗完澡它会伸出舌头舔舔张金兴的手。

过了两天，罗德又加了一条叫爱娃的警犬，张金兴每天要给两只警犬洗澡。

张金兴一个人干的是两个人的活，虽然一天忙忙碌碌，生活反而很有规律。他住的地方虽然只有五平方米，里面还堆了很多杂物，可是他还是把这个小仓库收拾得干干净净，用两块旧木板搭起了一个小床。有了自己的空间和有规律的生活，他的精神慢慢地恢复正常。他实在是太幸运了。

陈厚宝他们每天还是被押解去水泥厂做苦工，每天累得筋疲力尽。这几天他突然觉得头昏眼花，然后就拉起了肚子，接着就是上吐下泻，身上还出现了很多红色斑点。看守他的士兵还以为他是想偷懒，推了他几下，打了他几个警棍，后来越看越不对劲，他怕自己被传染，赶紧把他押回集中营并且赶紧上报。

陈厚宝觉得浑身冰冷冰冷的，盖个毯子蜷起身子，还是浑身打战，上下牙咬得咯咯地响，肚子里好像有刀子在绞，痛得不得了。忽然他觉得热得不得了，好像在火炉里一样，脑袋像在火里烤一样，从头到脚都烫得不行，他踢掉毯子，跳下床来在院子里狂跑，一边跑一边大口喘气，跑着跑着突然摔倒在地，失去了知觉，再也没有爬起来。

那位独眼独臂的少校医官托马斯穿着白大褂走过来，问了问看守士兵的情况，命令他立刻把陈厚宝隔离起来，然后小心地抽取了陈厚宝的血液去化验。那位士兵突然觉得头昏目眩，也开始了上吐下泻。

化验的结果很快就出来了，是传染性很强的斑疹伤寒。那个士兵也被隔离起来。托马斯立即把疫情向上汇报，请求上级立刻送一些特效药过来。指挥官罗德也着急起来，如果疫情蔓延，就会损失很多劳力，这几家工厂没有办法及时向军方交付必要的军需品，这是在战争时期，后果会非常严重。罗德以前是福尔斯布特监狱的监狱长，他当时由于不注意环境卫生，造成瘟疫流行，死了很多重要囚犯，由于没有及时审出重要情报，造成很大损失。为此他受到处分，调到集中营任指挥官。

战争时期一切都不正常，治疗斑疹伤寒的药品没有及时送到，陈厚宝和那个看守士兵相继死去。他们的尸体被抬到北边的那一排平房里去了，张金兴这才明白，那一排平房和高大的烟囱其实就是火化场。

这几天张金兴怎么也睡不好，干起活儿来丢三落四，陈厚宝音容笑貌总浮现在他的眼前，半年前他自己神志不清的时候，陈厚宝总是无微不至地照顾他，就像自己的亲兄弟一样。他心里特别难过的是，在他临终的时候居然没能见上一面。他走到外面，从地上捡了一块好看的石头，用水洗得干干净净，摆到自己的床前，就拿它当作陈厚宝吧，每天多看上几眼作为纪念。

为了防止疫情蔓延，托马斯少校医官弄来了一大批消毒药水，命令所有的住房一律进行消毒。可是为时已晚，几天之内又死了几个人。其中就有两个中国人，张金兴为这两个人的惨死感到很悲伤，毕竟是自己的同胞啊！他又在外面找到两块石头，洗干净放在纪念陈厚宝的石头旁边。

即使对所有的住房进行了消毒，还是不断有人死去，超强的体力劳动、少得可怜的食物、严重的营养不良、恶劣的卫生条件、经常受到殴打和虐待，都是造成死亡的原因。有的人干着活突然倒地死去。甚至走在路上，都有人突然间倒下再也没有起来。纳粹集中营对待劳工的原则是，给他们最差的生活条件，用最残酷的手段对劳工进行压制，用最强大的警力防止劳工逃跑怠工或者暴动，用最狠毒的暴力强迫他们做最大强度劳动。集中营里活着的人一天天消瘦下去，他们的面颊塌陷，瘦骨嶙峋，胸部的肋骨一根一根地暴露出来，腹部深深地塌陷下去，两条腿上的肌肉几乎完全消失，只能看见瘦弱的腿骨支撑的躯体，整个躯体就像一层皮肤紧紧地包着一副骨头架子一样，只要一阵大风就能把他们吹走。张金兴用石块儿记录了中国人的死亡情况，没想到一个星期之内就有八个中国人死亡。

四十三

梁勇和陈颂献被送到造船厂强制劳动。造船厂位于高萨尔岛北边花砂港附近，离集中营大约有一公里路。每天黎明，去造船厂劳动的人们就被叫到院子里集合、点名。早餐是每人一杯代用品咖啡和二片发了霉的面粉烤制的面包。在全副武装的士兵押送下，人们拖着沉重的步伐走进造船厂东大门。他们的工作是修一条通向船台的临时铁轨，在一个造船厂的工头的指挥下，搬运碎石和枕木，八个人抬一根钢轨，每一项工作都是非常沉重的，几乎没有任何休息的时间。

梁勇年轻的时候做过很长时间的体力劳动，虽然现在的工作非常劳累，他还能够咬牙坚持得住。陈颂献一直就是靠坑蒙拐骗过日子，弄到钱就去花天酒地，从来饭来张口衣来伸手，干这样的体力活他哪能吃得消。加上他还有鸦片烟瘾，浑身没有四两劲，现在可真是受了罪了。站在高处那个士兵看到他干活不卖力，动不动就打他几警棍。这样干下去肯定是不行了，得动脑筋想办法。

这天集中营指挥官罗德和医官到造船厂视察，陈颂献看到两个军官走到跟前，马上想出了一个鬼点子，只见他突然狠狠地推了一下正在干活的梁勇，声色俱厉地用德语喊道："快点干，别偷懒!"然后转过身来，对这两个德国军官满脸堆笑、点头哈腰："报告长官！我一直催着他们好好干活，他们能听懂我的话，在我监督下他们会把活儿做得更好!"

罗德轻蔑地看着他，忽然大声喊道："我讨厌你这谄媚的笑脸，你也给我好好干活!"托马斯医官左眼圆瞪，用左手指着他的脸说："你有什么权力监督他们干活？哨兵，要好好注意这个人，别让他以监督别人的名义偷懒！”说完两个军官扬长而去。

梁勇气得眼冒金星，双手抓住陈颂献的衣领，咬着牙大声说：“你这个混账王八蛋在这里还想玩儿马前三刀！你还想在这里做牢头狱霸！你也不撒泡尿照照自己那副大烟鬼的样子。这回拍马屁拍到马蹄子上了吧！今天不揍你难消我心头之恨，都是因为你勾结英国人卖大烟，逼死人命才招致德国人把我们都抓进集中营。纳粹砸我店的时候，你摸进去偷东西，你以为我不知道吗？”说着左右开弓狠狠地扇了陈颂献两个耳光，他还要继续打下去，旁边一个矮个子吉卜赛男人萨姆阔夫一把拉住他，用女里女气的声调为陈颂献求情。哨兵跑过来，拉开了梁勇，狠狠地踢了陈颂献一脚，命令他马上去干活。

矮个子吉卜赛男人萨姆阔夫仔细观察着陈颂献的一举一动。陈颂献去厕所的时候，他也尾随进入厕所，掏出半片发霉的面包递给他，陈颂献接过来两口就吃了下去，刚要道谢，只见那个吉卜赛男人萨姆阔夫嬉皮笑脸指了指衣袖上粉红色的三角形，又做了一个同性恋的手势，随手脱掉了裤子。陈颂献年轻的时候在上海逛过相公窑子，有过同性恋的经历，又看在那半片儿发了霉的面包的分上，所以也就顺水推舟，两个人在厕所里搞了起来。

那个哨兵以为这两人是躲到厕所里去偷懒，追到厕所里一看，也不免大吃一惊，抡起警棍就给这两个人一顿暴打。原来纳粹德国时期同性恋是被严格禁止的，同性恋者都关进了集中营，为了和其他的人加以区别，在他们的衣袖上加上了粉红色的三角形。真没想到居然在集中营里抓到了现行的同性恋。两个人立刻被戴上手铐，押往集中营办公室。

陈颂献现在可是黔驴技穷了，只有一招了，最大限度地耍赖：“哎呀，我疼呀，走不动了！”说着，蹲在地上。那个哨兵可不吃他这一套，抡起警棍没头没脑地把他打一顿。

在厕所里抓住了同性恋，这可真成了大新闻。很多人向梁勇打听陈颂献的来历，所有的人对这个大骗子、鸦片鬼、双性恋者、十恶不赦的人类渣滓嗤之以鼻。

听到哨兵的报告，指挥官罗德气愤地说：“这种人除了肉体消灭之外，没有更好的办法。你让他们干点体力活，他们就会想方设法做这种事。你看还有别的办法吗？”他无可奈何地问托马斯医官。

“把那个吉卜赛人萨姆阔夫调到火化炉工作，接触不到活人，这样做最合适。”

“那个鸦片鬼怎么办？他连抬死尸的力气都没有。”

“把他叫来审问一下，看看还有什么价值。”

陈颂献被带进审讯室，进门以后又是满脸堆笑连连鞠躬。托马斯医官命令他在室内走来走去，看着他走路的样子，对罗德说：“你看，这就是男同性恋典型的走路姿势。他的肛门肯定裂开出血了。”

罗德拍着桌子问：“你这个鸦片鬼不是想帮我们管理中国人吗？怎么一转眼就搞起同性恋来了？”

“报告长官，我是中华商会的会长，我说话那些中国人是会听的。”

罗德和托马斯交换了一下眼神，两人同时点了点头。

“没人相信你的鬼话，中国人不会选你这样的烟鬼做什么商会会长，刚才你不是让中国人扇了两个耳光吗？他们会听你的话吗？你只能当同性恋俱乐部的泄欲工具。”

“你的肛门裂开了，出了那么多血，肯定是要发炎的。还能干体力活吗？还能在造船厂继续工作吗？”

“我能干，我能干！”陈颂献一边说一边擦鼻涕，抹眼泪。

“送你这个鸦片鬼去一个不用干活的地方吧！”罗德大声说，鼓起嘴巴使劲吹了一口气，这是德国人表示消灭的一种暗示。

陈颂献好像意识到了什么，他忽然双膝跪下，不停地磕着响头，杀猪般狂叫着：“饶命啊，饶了我这条狗命吧！你叫我干什么都行啊！”罗德狂笑着说：“什么？你还有条狗命？你根本就不如我的一条狗！”一个德国看守抓起他就往外拖，陈颂献双手抓着门框，绝望地号叫着：“我有金子，只要不杀我，我把金子全给你们！”他拍着胸口大声地说：“我确实有金子啊，都给你们吧！千万别杀我呀！杀了我，你们就会失去一座金山了啊！”

罗德冷笑着说：“谁能相信你这个鸦片鬼，把你烧成灰也没有一克金子！”

陈颂献瞪着老鼠眼，喘着粗气歇斯底里地说："我在首饰街卖了10年鸦片，开了8年地下赌场，赚了很多的钱，不敢存到银行里。我买了很多黄金，隐藏在秘密地点，如果你放了我，我就领你到那个地点把黄金挖出来。然后我们大路朝天各走半边，以后两不相扰。我用黄金买这条命，你白得这些黄金，够公平的吧！你不会放弃这笔生意吧?!"

罗德略一思索，使劲拍了一下桌子说："要是我们拿不到你说的黄金，我会把你切成碎块喂狗！真的拿到黄金后，我们就放你一条生路。不过你要按我说的办，你必须隐姓埋名，用一个完全不同的名字，改变出生日期和出生地，切断一切亲戚朋友和熟人的联系。你必须离开汉堡，而且永远不能再回来。不然，别说盖世太保会抓到你，那些认识你的中国人也会打死你的。为了你的安全，我通过秘密通道把你送到德国东部去，那里已经是俄国人的天下，没人认识你，你到那里谋生去吧。"

罗德按了一下电铃，一位军官走了进来。"卢卡什中尉，交给你一项重要使命，先给他换一身像样的衣服，"罗德指着陈颂献对那位军官说，"然后到他指定的地点取回黄金，验明真假后把他送到我指定的地方去。如果没有拿到黄金，立刻把他押解回来。你过来看地图。"

罗德把地图在办公桌上摊开，拿铅笔在上边比画着，在一张纸条上快速写了一行字，然后严厉地命令道："卢卡什中尉，都明白了吧！执行命令吧！"

陈颂献满脸堆笑，伸出手要和罗德握手告别。罗德却把手背到身后，板着脸轻蔑地摆了一下头，示意他快走。陈颂献只好缩回伸出的手，顺手拿起桌上的半包香烟揣在怀里，嬉皮笑脸地走了出去。

托马斯医官皱着眉头说："罗德，你这样做太危险了！如果事情败露，你要上军事法庭的。"

罗德哈哈大笑，把他写的那张纸条递给托马斯说："你看，这是我下的命令。这是两全的办法，既可拿到黄金，又不违反规定。"

只见那张纸条上有潦草的一行字：拿到黄金后，把他就地处决，毁容后掩埋尸体。

几天过去了，卢卡什中尉并没有回来复命。罗德坐不住了，派多人到所有可能的地方去找，也没有发现他的踪影。罗德拍着桌子骂道："卢卡什这个混蛋一定是拿着黄金逃跑了！抓住他我扒了他的皮！如果他放了那个鸦片鬼，我们将来就会有麻烦的。"

集中营里的人从此再也没人见过陈颂献，没人知道他的下落。

四十四

机器制造厂建在高萨尔岛南边，专门生产军需产品，离集中营大约半公里路。老高、小李、刁鑫、崔奎和“技术委员会”的程春、邓起等人被送到这里强制劳动。他们在工厂的院子站好队，一位工头模样的人训话，你们只能在指定的地方工作，别的地方不准去，违者军法处置。接着又问：“谁会开车床？谁会开铣床？谁干过机器制造的工作？马上站出来！”

崔奎马上答应说：“我会，我在铁匠铺里干过。”刁鑫、程春、吴德和邓起也跟着站了出来。五个人被工头领到了一个车间里。

老高、小李被带到铸造车间外的场地上，搬运铸件，装运沙子，平整场地，干着非常沉重的劳动。两个嘴里叼着香烟、手里拿着警棍的看守监视着他们，那个跛脚看守忽士卡不时挥舞警棍没头没脑地殴打劳工们。

过了大约一个小时，崔奎他们五个人被带了回来，也干起了重体力活。老高奇怪地问：“你们不是到车间里去干活了吗？”崔奎满脸羞愧地说：“我以前也就会跟着师傅打铁，打个锄头镰刀之类，这里那么精细的活我哪会干？！”

“技术委员会”那四个是煮熟的鸭子肉烂嘴不烂，嘴里还不停地找辙说：“德国的加工活跟我们学的不一样，要是一样的话，这么简单的加工活谁还不会。”

“得了，以前没听你们‘技术委员会’说过会干技术活啊！真会干当初为啥去扫大街呢！你们除了吹牛拍马还会什么？”

“不准交谈，快去干活！”跛脚哨兵忽士卡把烟头扔在地上踩了一脚，大声呵斥道。

劳工们干着超强的体力劳动，还得忍受哨兵的虐待，特别是那个跛脚看守忽士卡，经常故意捉弄他们。劳工们刚把一大堆五十几公斤的铸件在南边空场堆好，跛脚看守忽士卡就命令他们搬到二百多米远的北边空场去，大家搬了几个小时刚堆好这堆沉重的铸件，忽士卡又说方向不对，又命令筋疲力尽的劳工们再次搬运。

“真是恶作剧！故意折腾我们，拿我们寻开心！”小李忍不住发起了牢骚。

跛脚看守忽士卡虽然听不懂小李的话，可是看得出小李的不满表情，抡起警棍朝小李打来，老高和其他几个外国劳工连忙上前劝解。老高对小李说：“先忍一下，我们找机会狠狠治他！”

“老高，你可别惹事，别让我们大家跟你倒霉啊！”崔奎说。

忽然响起了震耳欲聋的防空警报的声音，远处还传来了高射炮的射击声。车间里的德国工头带着穿囚服的劳工从车间里跑出来，向东面的空地跑去，然后就地卧倒。

那两个哨兵也大声喊起来：“不许乱跑，就地卧倒！”老高他们只好就地卧倒。

只见四架英国飞机从西面飞过来，飞到高萨尔岛上空，转了一个圈子，突然一架接一架鱼贯地俯冲，炸弹就像下饺子一样投了下来。首先听到一声声尖利的呼啸声，然后就是一声声巨大的爆炸声，整个高萨尔岛在剧烈地震动，石块、瓦砾和沙子四处乱飞。两个车间被彻底炸毁，四边的墙都被炸倒，门窗上的玻璃被炸碎，飞得到处都是，屋顶落了下来，大火从多处燃烧起来，浓烟滚滚，火苗越烧越高。远处造船厂也落下很多炸弹，那边也燃起了熊熊烈火，高大的吊车也被炸坏了，歪到了一边。

一架英国飞机被高射炮击中，冒着黑烟摇摇晃晃地坠落到远处的地上，紧接着就是一个火球和一声巨响。

老高趴在地上一动也不敢动，整个身体随着抖动的大地颤动着，飞来的碎玻璃片划伤了他的手臂。虽然用两只手捂住双耳，可是耳朵还是被巨大的爆炸声震得嗡嗡直响，他连忙张开嘴避免耳朵被震聋。飞来的沙石和杂物一次又一次盖在了他的身上，但他还是很镇静，不停地眯着眼观察周围的情况。

跛脚看守忽士卡趴在较低的安全一些的地方，老高趴在离他十几米的高处。爆炸的剧烈震动使一个巨大的圆桶形铸件发生了移动，老高目测了一下角度和距离，用尽全力踹了那个圆桶铸件两脚，铸件滚动起来，朝着跛脚忽士卡的方向越滚越快，眼看就要压到他了！忽士卡发现了巨大的生铁铸件就要压到他的身上，不顾一切从地上爬起来，惊慌失措地拖着瘸腿没命乱跑，正好一颗炸弹飞来，在他的身边爆炸，他被当场炸死，身首异处，尸体被炸成几块。

整个过程被趴在老高身边的几个外国劳工看得一清二楚，他们朝老高竖起大拇指，中国人，好样的，真有办法，英雄！

崔奎趴在离铁丝网不远的地方，一颗炸弹落在离他不远的地方，他的耳朵被震聋。他抹了抹脸，看到铁丝网被炸断，爬起来越过铁丝网没命地向前跑去，“技术委员会”那几个人也跟着他向外跑。崔奎害怕这么多人一起跑会让哨兵发现，使劲推开了跑在旁边的刁鑫，向他的追随者摇手怪叫，“你们都分开跑，别跟着我呀！”没想到他的喊声惊动了哨兵，一梭子冲锋枪子弹打过来，几个人全部丧命。

轰炸停止了老半天，老高才敢抬起头，抹去了脸上的尘土，吐了几口含沙的口水，使劲张了几次嘴，耳朵恢复了一点听力。他摸了摸脸，爬起来拍了拍身上的土，高声喊着崔奎、刁鑫、小李和其他中国人的名字，喊了半天，他只听见小李微弱的回答，跑过去一看，只见小李的下半身埋在土里，满脸都是血。旁边是一个很大的漏斗形的弹坑。他连忙跑过去，用双手把小李身上的沙土扒开，用尽全力把他从沙土堆里拉出来，发现小李已经身负重伤，头部和胸部都在流血，只有微弱的呼吸了。老高把他的头抱在怀里，大声地喊着：“小李，小李，你坚持住啊！”眼看着小李紧闭双眼，呼吸越来越微弱，最后还是停止了呼吸。老高抱着小李，大喊了几声，号啕大哭起来！

跛脚忽士卡被炸死，另一个看守挥舞着冲锋枪指挥还活着的人们去救火。虽然岛的四面都是水，可是起火的地方太多，到处都是熊熊大火，真是杯水车薪，那冲天的烈焰用几条消防水龙去灭火根本无济于事。

德国人根本就没有想到英国人会轰炸高萨尔岛。岛上没有修建足够的防空设施，这次轰炸造成非常大的损失，一百多人伤亡，机械制造厂基本上被摧毁，造船厂也损失严重。约翰尼斯·罗德接到命令，动用一切可以干活的劳力立刻修建几个防空洞，然后尽快恢复生产，保证军需供应。

修建防空洞也是一件非常艰苦的工作。所有的劳工日夜抢修，几乎没有休息的时间，连吃饭都不准离开工地。张金兴除了每天做清洁杂役之外，还要向修防空洞的工地运送食物和饮水。老高看到他，眼里噙着热泪说："真是太惨了，刚才还在一起干活，没想到转眼之间就在轰炸中死了好几个。小李当时还有口气，可是他的伤势太重，没人抢救，我眼看着他痛苦地死去，你知道我心里是多么难受啊！我还真算走运，只受了点儿轻伤，捡了一条命。"说着掉下泪来。

张金兴也难过得落下泪来，他蹲下身去，在地上捡了五块石子紧紧地握在手里。他把这五块石子也放在床头，数了一下，一共十七块！

真是难以让人相信，在这么短的时间里，就有十七个中国人死在朗格摩根强劳集中营。

四十五

一九四四年的冬天来得特别早，10月底就开始下大雪。集中营里的人们还穿着单薄的囚服，走在路上冻得瑟瑟发抖，干起重体力活稍微出一点汗，只要停下来就会冻得不行。特别是没有足够的食物，集中营里的人们处于饥寒交迫的困境之中。

到了11月份，已经有人在饥饿和寒冷中死去。汉堡的冬天白天短夜里长，下午四点天就黑透了。到了晚上气温降到零度以下。由于湿度很高，每个人都觉得特别的寒冷，特别是到了下半夜天快亮的时候，所有人都被冻透，浑身发抖。老高想起他的父亲讲过的闯关东故事，在严寒的天气里如何防止被冻死的方法。他低声地说："弟兄们都到我这里来，我们相互抱紧，把所有的衣物盖在身上，把头也盖上。如果要翻身。听我的口令大家一起翻。"

这是个迫不得已的办法，在漫漫的寒冷长夜里，抱团取暖比一个人蜷着身子要好多了。同屋里的那些洋人也学起了老高他们的样子，也都抱在一起度过那些寒冷的漫漫长夜。

有几个德国看守比那个跛脚的忽士卡还要坏。他们命令所有的中国人站成一排，说他们身上太脏，用枪顶着他们，命令他们把衣服脱去，把冰凉的水从头上浇下来，看着中国人冻得瑟瑟发抖的惨象。这几个德国看守吹着口哨狂喊乱叫！老高咬紧牙关，从牙缝里骂着，对身边的中国人说："总有一天，我会像杀忽士卡那样杀了他们！"

每天的食物实在是太糟糕了，数量太少质量也太差，发霉的面包里还掺有锯末。所有食物还不太干净。老高开始拉肚子，次数越来越多，接着就发起烧来。梁勇也感染了痢疾，上吐下泻不止。有十几个洋人也开始上吐下泻、发高烧，一星期之内就死了十几个人。出工的人数一天比一天少。托马斯医官判定，是传染性痢疾，发展下去后果非常严重，弄不好几个工厂就会停产。

托马斯医官命令把所有患病的人集中在一起，每天三次给他们服磺胺类的药。又对厨房进行了卫生检查和整顿，把那几个不讲卫生的厨师调去做苦工，对新调来的厨师进行了卫生教育，制定了每餐的标准。虽然食物的数量没有多少改变，起码卫生条件比以前好多了。托马斯医官不知从哪里弄了一批磺胺类的预防药来分发下去，命令每个人都必须服用。托马斯医官担心，如果出现不正常的大量减员，影响了军需生产，他要承担责任。指挥官罗德也傻了眼，没想到局面会这么严重。战争越打越糟糕，劳动力奇缺，但是军需生产一刻也不能停。

梁勇的病情越来越重，长期的超负荷重体力劳动，每天只有很少的食物，他的身体非常虚弱，没有任何人看护他，磺胺类的药物没有起到作用，最后整天发高烧说胡话，完全丧失了意识。无神的眼睛看着远方，一遍又一遍喃喃地说，我要回国，我要回家。最后连眨眼的力气都没有了，睁着一双无助的眼睛离开了人世。

老高的身体底子好，隔离治疗了几天，止住了吐泻，慢慢恢复了健康，就是浑身无力。

集中营里的疫情得到了控制。托马斯医官又和党卫军开的清洁公司联系："仗打到这个样子，以后集中营不会有新的劳工来了。赶快把你们库存的旧军毯和翻新的囚衣全部运过来，我们还能报账，赚几个钱花。"第二天，他把死人用过翻新的旧军毯和囚衣发下去，稍微改善了一点最恶劣的情况。

指挥官罗德总算松了一口气，他打开了一瓶葡萄酒，倒了一杯递给托马斯："多亏你控制住了疫情，要是死人太多耽误了军需生产，我又要受处分了。给你透露一些真实的战况吧：情况越来越糟糕了。东面不要说了，1943 年初伏尔加格勒战役之后，我们就节节败退。现在匈牙利的布达佩斯也丢了，波兰的华沙也丢了，东面已经无险可守，德累斯顿也被炸得一塌糊涂。现在西面也紧张起来，英美联军诺曼底登陆以后，我们也没有守住，最近亚琛也丢了。看看我们汉堡，市里面已经被英国空军轰炸多次，据说已经炸死五万人了。我们的空军已经不行了，防空炮火没起到多大作用，所有的目标几乎都被摧毁，汉堡的市里已经被炸成一片废墟，就连我们这个不起眼的小岛都被炸了好几次。要是外国军队打过来，我们这几个人根本抵挡不住！”说完端起杯来一饮而尽，有些绝望地说：“托马斯，你看我们该怎么办呀？”

托马斯端着酒杯，坐在那里一动不动，就像泥塑木雕般的那样，沉思了半天才说：“我们已经支持不了多久了，我们是得想个后路了。现在能保证几个工厂开工生产，就已经很不错了。说实在话，我觉得没什么希望了，不知道是美国人还是英国人先到这里。”

“不管谁先到这里，如果解放了这些犯人，他们会把我们撕成碎片的，这才是最可怕的。我们必须得想出一个最后的解决办法。”罗德说着挥了一下手，做了一个杀人的动作，“我们不杀他们，就得让他们杀掉！一下子杀这么多人不是件容易的事，我已经草拟了一个计划，不过实施起来有困难。你能弄到足够的毒药吗？”

“没办法。这也不是我职责范围的事！”托马斯冷冷地说。

“埃里希·哈尼施上校已经奉命从波兰回到汉堡。他打电话来让我们关照一下莫妮卡，保证她的生命安全，他会找时间把她带走。”罗德带着轻蔑的口气说。

“这个家伙还是贼心不死。莫妮卡虽然受了那么多的苦，我估计她决不会答应埃里希·哈尼施上校这个浑蛋。就让她一个人继续烧那个小锅炉吧，将来也好应付哈尼施上校。”

电话铃声急促地响起来。是东南角上岗楼上的哨兵打来的：“报告长官，我们发现河对面有个人装作钓鱼的模样在仔细观察我们这里。”

“派两个人把他抓来，不要开枪，要捉活的。抓到后马上押送到我这里来。”

不大一会儿两个士兵押着一个长头发长胡子中年男子走进来。他脸色苍白，身上穿着一身破旧的衣服。

"你是干什么的？为什么要偷偷地观看我们这里？"

"我叫威廉，是个贫病交加的流浪汉。我有肺结核病，要不早就参军了。我饿得不行了，就是想在河里钓两条鱼吃。你们干吗要抓我呀？"被抓来的人似乎不知所措地分辩说。

罗德仔细检查了他的渔具问道："你钓的鱼呢？为什么没有饵料？为什么选择在那个地方钓鱼呢？哨兵报告说，你还往小本子上记什么东西，你的小本子呢？"

威廉摊开双手无可奈何地说："鱼饵和我钓的鱼都在抓我的时候掉到河里去了。我没有什么小本子，你们看到的准是掉到河里装饵料的小盒子。离得那么远可能是哨兵看错了。这个地方鱼多，又没有禁止垂钓的标志牌，所以我就在这里钓鱼。我看的是河里的鱼漂，干吗要看你们这里呀？"

罗德想了一下说："既然你是个流浪汉，我这里就收留你。交出你的证件，到办公室去办个手续，就在这里干活吧！"

威廉走后，罗德对托马斯说："无论是什么人，进了这个集中营，就别想再出去。如果真是间谍，也只能在这里见上帝去。就让他到火化炉去干活，那个吉卜赛同性恋萨姆阔夫死了正好让他接替。这个肺痨烧死人还行吧！那个地方也接触不到其他人。"

集中营里面的境况越来越糟，每天都有人病死或者饿死，可是没有新的犯人被抓进来，劳动力越来越紧张，可是军需生产却一天也不能停。战争的消耗很大，军方还不断地来电话催货。指挥官约翰尼斯·罗德每天急得团团转，他狼吞虎咽地吃完了早饭，对托马斯医官说，"今天你陪我到码头上去看一看，挑几个像样的人到兵工厂去工作。"

托马斯放下牛奶杯子，慢条斯理地说，"今天你就自己去吧！我今天要赶快给上级写个申请，尽快多给我们一些消毒水和一些磺胺类的药物，尽快改善卫生条件，进一步控制住疫情。不然的话，每天都有人病死，军工生产就更难维持了。"

"约翰尼斯，你不觉得我们办公室很冷吗？还是把壁炉烧起来吧！"托马斯一边把大衣披上一边说。“是啊！我也觉得很冷，今天外面还下着大雪，我的两只脚都冻麻了。”指挥官罗德说完，穿上军大衣大步地走了出去。

托马斯把桌上的一片黑面包小心地用纸包好。走出办公室，对正在擦地的张金兴说：“推上外面那辆小车跟我走。”当张金兴从他的面前走过时，托马斯把那个小纸包神不知鬼不觉地塞进了张金兴的衣袋里，然后神秘地眨了一下眼。

风卷着雪花打得人睁不开眼。张金兴吃力地推着独轮小铁车，摇摇晃晃地跟在托马斯后面走着，流动哨兵看见他们，向托马斯敬了个军礼，托马斯挥了挥手，他们继续冒着风雪向河边的一处小房子走去。原来这个半地下的小房子是一个小锅炉房，专门给车间生产供汽用的。

“你到里面去装一车煤，再拿上几块木头。动作要快，我在这里等着你！”托马斯说完，点上一根香烟吸起来。

这是一个极为破旧的小锅炉房，里面黑洞洞的，一个小鼓风机嗡嗡作响，一盏小电灯发出昏暗的灯光。一个穿着条纹囚服的人正在吃力地向锅炉里面添煤，听到有人推着小车走进来，那个烧锅炉的人回过头来一看，两个人顿时都惊呆了！

张金兴先揉了揉眼睛，他的脸抽搐起来，借着昏暗的灯光，睁大眼睛仔细打量了对方几秒钟，忽然浑身颤抖起来，情不自禁地叫了起来：“真是你吗？我的莫妮卡！谢天谢地，我总算见到你了！真没想到我们会在这个鬼地方见面！”

莫妮卡扔掉了手中的煤铲，跌跌撞撞地跑过来一把抱住了张金兴。“上帝呀！你怎么也被抓到这里来了？你怎么这么瘦啊！你吃了不少的苦吧！”说着大颗的泪珠就滚了下来。

张金兴抓着莫妮卡的双肩，目不转睛看着妻子的脸，昏黄的灯光下，她的脸是那么憔悴，那么苍白，双颊都凹了下去，颧骨显得很突出。沾满煤灰的条纹囚衣显得格外宽大，她身体已经瘦得皮包骨头。只是那双美丽的蓝色的眼睛，还是那么炯炯有神，她说话的声调和以前一样，还是那么迷人，一点都没有变。

“首饰街和附近所有的华人店铺都被捣毁了，所有的华人都给抓起来了，有的人被关进了监狱，我和另外一些人被抓进了这个集中营，才过了几天就已经死了十几个人了。我们的饭店也被捣毁了，店里所有的东西都被砸烂，外面的招牌灯箱也被砸碎了。耶格夫人也受到了连累。”

“真是太可怕了，摧毁华人的店铺到底是为什么呢？我被抓起来之后，他们就逼我和你离婚，借口就是要保持雅利安人的血统纯洁。不用说，谁都知道，还不是埃里希·哈尼施那个家伙在背后捣鬼！我就是累死在这里，也不会搭理那个坏蛋，那个杀人不眨眼的刽子手！”

张金兴激动地哭泣起来，深情地吻着莫妮卡沾满灰尘的脸颊。

“一切都会好起来的，我们要咬牙坚持住啊！只要能活着，我们就会有希望！”莫妮卡望着张金兴含泪的双眼，充满信心地说。

“看到了你，我就看到了希望。我们都要使劲撑住，活下去就是胜利！”张金兴咬着牙说。他指着门外那个戴着黑眼罩的军官说：“你看见外面那个军官了吗？他是托马斯呀！他在战场上失去了右眼和一条胳膊。是他带我到这里装煤的。”

“我居然没能认出这个可怜的托马斯，舒马赫家就有这么一个孩子啊！我明白了，他为什么派我到这里烧锅炉，还把另一个人调走。现在这个小锅炉房只有我一个人了。但是不能指望别人来救我们出去，我趁人不注意时，在锅炉后面悄悄地挖着洞，挖出来的土和煤灰混在一起运出去，估计再有几天就可以挖到外边去了。外边就是易北河了，游到对岸我们就自由了。挖好之后，我就把窗户上的玻璃打碎一块，你看到之后，晚上爬过来，我们就从洞里逃出去！”

张金兴使劲地搂着妻子莫妮卡，既高兴又非常佩服莫妮卡的勇气和智慧，“上帝保佑我们，我们一定会成功地逃出这个魔窟！”

突然门外传来托马斯的声音：“装完了吗？快一点儿吧！”张金兴和莫妮卡这才清醒过来，两个人赶快装满了一车煤，又抓了几块木头放在煤上面，张金兴恋恋不舍地说：“我得赶快走，你不要出来。”说着推小车就往外走，走到门边突然停下来，把一个纸包扔给莫妮卡，然后快步推着小车走出小锅炉房。

莫妮卡打开纸包一看，原来是一片黑面包！人都快饿昏了，一片黑面包是多么珍贵呀！莫妮卡把面包贴在脸上，闻着那一股面包酸酸的香味，忍不住眼泪又淌了下来。

四十六

除了白天和晚上不停空袭之外，远处还传来了炮声，战线越来越近了。张金兴心里越发不安起来。他不知道什么命运在等着他。和每天一样，他还是不停地打扫卫生，忽然看见一个人影闪电般地进入办公室，肯定不是罗德或者托马斯，他们两个一早就去造船厂了。张金兴心里怦怦直跳，躲在墙角观察着。过了大约三分钟那个人从办公室里出来了，就是前两天抓住的那个钓鱼的人——威廉。

威廉看到了躲在墙角里的张金兴，向他摆摆手，示意他不要出声，拿过张金兴手里的抹布再次走进办公室，彻底擦干净他留下的脚印，用流利的德语说："你别怕。我是美国人，这个集中营还关了两个美国飞行员，我还没找到他们。我们就要打过来了，我到这里是要摸清情况，想办法把所有的人救出去。"威廉不眨眼直视着张金兴严肃认真地说。

张金兴上下打量了威廉一会儿，相信他说的是真话，他用德语慢慢地说："我知道那两个美国人，他们每天在水泥厂干活。我是中国人，姓张。去年五月被抓进这个集中营。为了大家能逃命，需要我做什么事，请尽管吩咐。"

"德国人要在我们的军队到达这里之前，把我们全部杀掉来毁灭证据。我观察你好几天了，我需要你的帮助，只有你能摆脱警犬的追踪。我们不但要救那两个美国人，还必须解救这里所有的人。我必须想办法和我们的人取得联系。"威廉为难地说。

"快走吧！这里太危险了，今晚我到你那里去再谈吧。"张金兴急切地说。

晚上熄灯以后，张金兴小心翼翼走出房门，既紧张又兴奋。刚走了几步，警犬维利就跑了过来。张金兴弯下腰去摸了摸它的头，像每次给它洗完澡那样，在它的背上拍了两下。维利没有叫，转身跑去了。张金兴快走了几步，走进了北边的平房里。这是专门焚化尸体的地方，里边有一股令人作呕的难闻的气味。

黑暗中威廉拉着他蹲在墙角处，压低声音慢慢地说："现在情况非常危急，罗德要把我们所有在押的人全部杀死，毁灭罪证。英国军队离这里不远了，不能让我们这几百人在胜利前夕被德国人杀掉啊！现在只能向美军突击队求救。现在最要紧的就是把情报送出去。可是我实在想不出办法来！"

"我有办法从南边小锅炉房那边逃出去。只是这段路很长，我穿着这身囚服很容易被岗楼上的哨兵发现。"

"你要是能逃出去那就太好了，几百人的性命就保住了！送情报这件事只能由你来完成了，只有你能够躲过警犬的追击。"威廉说着，把一件旧军装交给张金兴，"实在令人恶心，这是我从死亡的德国士兵身上扒下来的，把你身上的囚服脱下来，穿上这身暗绿色的旧军装沿着墙根爬过去不容易被发现。"

威廉把逃跑的路线和接头方法仔细地讲了一遍。最后把一张小纸条郑重地放在张金兴的手里。"告诉来救我们的军队，要从大烟囱下面这边摸进来。烟囱后面是一个死角，探照灯照不到那里，那里的河水比较浅，容易强渡。河边铁丝网下边的土质疏松，可以挖洞钻进来。记住，我们几百人的性命就全靠你了！我相信你能够拯救所有集中营里的人。"说完紧紧地握了握张金兴的双手。

张金兴小心翼翼地向南边的小锅炉房爬过去。岗楼上的探照灯有规律地照射着整个集中营，张金兴很快就熟悉了探照灯光柱运动的规律，他爬几步就停下来观察一下四周，找出前边探照灯找不到的角落。身上德国兵暗绿色的旧军装虽然又脏又臭，还是起了很好的防护作用。他很顺利地爬到小锅炉房的门口，抬头一看，窗户上的玻璃打碎了一块。真是太好了，莫妮卡已经把洞挖好了！

张金兴刚要敲门，门已经无声无息地打开了。莫妮卡伸手把他拉了进去，他俩摸黑沿着墙边走到锅炉后面，莫妮卡小声地说："谢天谢地，可总算把你盼来了。"张金兴激动地小声说道："我们要赶快逃出去，尽快联系到美军，让他们把这里的人都救出去。迟了的话，这里的人都会被杀掉！"

他俩无声无息地移开了盖在洞口上的铁桶，莫妮卡用那条紫色的头巾包好了头，先钻进洞去，张金兴钻进洞后又把铁桶移回原位。洞实在很小，里面很潮湿，有一股令人窒息的气味，莫妮卡在前边吃力地爬着，上面的土不断落下来，落在爬在后面张金兴的身上，他不顾一切跟在莫妮卡的后面拼命地爬着。

终于爬到了小洞的尽头，莫妮卡小心地推开了她用灌木编织的盖子，一股清新的空气吹进了小洞，张金兴深深地吸了一口，沁人肺腑的香甜空气呀！莫妮卡探出头去向四外张望了一下，钻出洞口转身把张金兴拉出洞来，用灌木编制的盖子盖住洞口。张金兴心跳得很厉害，他觉得莫妮卡的手在微微地颤抖。听着易北河哗哗的流水声，看到对岸黑漆漆的森林，只要游过河去，就从这个魔窟里逃脱了！两个人都十分激动，渴望的自由就在身边了！

两个人弯着腰尽量无声无息地向岸边走去。忽然，从不远处传来了警犬的狂吠，那是雌性军犬爱娃的叫声。这条军犬经过特殊的训练，嗅觉和听觉特别灵敏。两个流动哨晃动着手电筒，跟在军犬的后面快速地向这边跑过来。

莫妮卡迅速地向四周看了一下，镇静地说："我们跑不掉了！你赶快溜下河去，到水里警犬就闻不到你的气味了。赶快叫美军来救我们！快走！"张金兴抓着她的手不肯放，低声说："我们一起下河去！"莫妮卡抽出手来急切地说："不行啊！他们看到我们在河里，会开枪打死我们的。你快下河去，这里几百人的性命全靠你了！"说着用力推了张金兴一把，把他推到河水里，转身沿着河边狂跑起来。

张金兴蜷身蹲在冰凉的河水中，用河边的植物挡住露在河面的头部，睁大眼睛看着狂奔着的莫妮卡的身影，虽然没有月光，但还是能看到她穿着条纹囚衣的身影，看到那条头巾包裹着的头部的轮廓。军犬狂叫着猛追着莫妮卡，两个哨兵晃动着手电筒边追边喊，接着，强烈的探照灯光照到了莫妮卡！她用尽力气跑着，最后还是被军犬扑倒，两个如狼似虎的哨兵把她拖走了。

张金兴不敢再看下去，他捂着脸恸哭起来。这是他第二次眼睁睁地看着心爱的妻子被抓走，这一次肯定凶多吉少！他难过得抽搐起来。冰冷的河水流过来，一个浪花打在他的头上，他突然清醒了，想起了威廉的嘱托，想起了为什么莫妮卡要舍身掩护他逃跑，突然感到自己责任重大，一定要逃出去，拼出性命也要把情报送出去！

探照灯还是不停地在河边扫来扫去，光柱快照到身边时，张金兴蹲在水中一动不动。过了好一会儿，探照灯停止了对河边的照射。他这才尽量少出声音慢慢地向前游去。上岸之后，脱下了湿漉漉的德国士兵服装尽量拧干水，按照威廉告诉他的路线，沿着铁道线向南边急速走去。忽然从高萨尔岛那边传来警犬的狂吠声，张金兴听得出，那又是军犬爱娃的叫声，回头一看，两个岗楼上的探照灯一起向河里照来照去，真是太险了！

世界上珍贵的东西就是自由！逃离了人间魔窟，呼吸着自由的空气，张金兴感到无比的轻松，不知哪来的这么大力气，他竟然沿着铁轨跑起来。从南面开过来一列火车，车头的大灯把铁轨照得雪亮，张金兴赶紧躲进路基旁边的树丛里。他坐在地上大口喘着气，抬头仔细看着天上的星星，根据以前当水手的经验，很快找到了北极星，判定准确的方向。火车过去之后，他向南边快速走了五公里，看到了灯光密集的哈堡。威廉告诉过他，必须绕过有德国兵把守的哈堡，继续沿着铁路向南，再走约五公里，到达目的地最威他尔，英国军队已经控制了这里。

对于一个长期营养不良、身体十分虚弱、每天干重体力劳动的人来说，沿着铁路路基跑上十几公里确实非常不容易。张金兴走一段跑一段，实在走不动就扶着树站一会儿。他抬头看着天上的星星，仿佛看到了莫妮卡的笑脸，看到了陈厚宝、梁勇和死在集中营十七个中国人的身影，看到了每天在纳粹士兵警棍下饱受煎熬的各国劳工。耳边又响起了威廉的声音：几百人的性命就全靠你了！他咬紧牙关，拼命地向前走去，摔倒了再爬起来，他已经不知道疼痛和疲惫了，跌跌撞撞往前走，沿着铁轨向南，一分钟都不敢停。

好不容易到达了最威他尔，看到了那个亮着灯的白色小房子，看了看招牌，果然是威廉说的夜间售药的药房。他扶着栏杆爬上台阶，连续按了五下门铃。门开了，一个白胡子的老人仔细打量了他一下问："你买什么？"张金兴颤巍巍地答道："我买五朵黄玫瑰。"老人赶紧上前搀住他，扶他走到屋子里坐下，"你的钱呢？"张金兴把那张纸条郑重地交给老人。

那老人看了一下纸条激动地说："真是太及时了，太感谢你了！"张金兴突然觉得眼前一黑，他再也支持不住，昏了过去。

第二天下午张金兴才醒过来，浑身仍像散了架一样难受。那个老人让他先漱口，然后递给他一杯热牛奶和一盘土豆泥。洗了一个热水澡之后，老人给他拿来一套崭新的美军制服和皮鞋，可惜尺码太大，裤腿儿和袖子都要卷起来才行；皮鞋也太大，没有办法只能将就着穿。那个老人又递给他几包饼干和几块巧克力，"记住，现在不能一次吃得太饱，肉食更要少吃。你的胃已经缩小了，要慢慢恢复才行，现在吃太多会引起胃穿孔，会有生命危险的！饿了你就吃几块饼干或巧克力。"张金兴谢过了那位老人："再给我一盘土豆泥吃吧！"

一位美军上尉推门走了进来。"你好，中国人。我是迈克尔上尉，谢谢你给我们送来了准确的情报。今天夜里我们的突击队就会打进集中营，把所有被关押的人救出来。"说着从皮包里拿出一张军用地图，"有些情况需要你说明一下，你会看地图吗？"

"我当过水手，会看海图，也会看地图。请把指南针给我用一下。"说着用指南针定了方向，又看了看图上的比例尺，然后详细地介绍了高萨尔岛上的地形地貌，特别详细地描述了他逃出集中营的路线以及低潮位的河水深度。"高萨尔岛和陆地只有一座桥梁相连，岸边建有坚固的碉堡。河水每天涨潮落潮，这两天潮差有二米，河的宽度也会有十五米的变化。我就是在后半夜低潮位的时候游过河的。我的妻子莫妮卡为了掩护我逃出来，引开了德国兵，我看着她被哨兵抓走了。"

"集中营是用铁丝网围起来的长方形，铁丝网的高度约为两米五。铁丝网通了高压电。靠北边的那排平房和大烟筒是火化场，大烟筒的后面是探照灯照不到的死角，土质也比较疏松，威廉说很容易挖一个洞钻进去。院子的中间有四排平房，都刷成了白色，最南边的高一些的房子是办公室和德国兵的宿舍，三排比较大的房子是关我们这些劳工的地方。四个角上有二十几米高的岗楼，岗楼上有哨兵日夜执勤，夜里有探照灯和流动哨，还有两只警犬。”

“谢谢你，我们马上根据你说的情况去制订战斗方案。尽快去搭救你的妻子和集中营里所有的人！”迈克尔上尉说。

“我还有一件重要的事请你们帮忙，请一定要答应我。我们还有很多人被关在福尔斯布特的监狱里受折磨，请你们也去把这些人救出来！”

迈克尔上尉马上打开地图看了起来。“英国军队已经离这个地方不远了，我马上用电台呼叫他们，请他们尽快占领这个监狱，救出里面的人，你放心吧！”

四十七

天渐渐地黑了下来。外面响起了汽车刹车的声音，五辆美国中吉普停在门口，车上下来三十几名全副武装的美军。几个军官聚在一起，制订了具体的行动计划：不能直接攻击桥头堡夺取桥梁，这样代价太大，集中营里的德军也会来增援。最好的办法就是趁下半夜低潮位的时候渡河进行偷袭。

“我要和你们一起去，那里的情况我熟悉。”张金兴请求说。

迈克尔上尉拍了拍他的肩膀说：“好吧！不过你要听指挥，要注意保护你自己。”

“我还有一个请求，一定带上足够的食物，集中营里的人都快饿疯了。”

“这个你放心，”那个白胡子老人说，“我开着我那辆面包车跟在后面，在车上装了满满的一车食物。”

趁着夜色，所有的汽车都没有开灯，司机们都戴着夜视镜小心地驾驶着汽车，车队绕过了哈堡。在离高萨尔岛大约还有一公里的树林里停下车，除了司机留在车上以外，所有的武装人员静悄悄地摸黑前进，在张金兴的带领下，很快就到达了高萨尔岛对面的河岸边。迈克尔上尉用望远镜仔细观察四周的情况，然后命令按原计划行动，几个士兵在岸边架好了两门 82 毫米迫击炮，瞄准了岗楼。几个士兵按照张金兴指的地点武装泅渡，上岸后迅速地向大烟筒的方向爬过去。几个工兵迅速架起一座小型充气浮桥。

岛上的警犬叫起来了，探照灯的光柱也向这边射过来，刺耳的警报响彻夜空。迈克尔上尉一声令下，两发迫击炮弹准确命中了两个岗楼，探照灯也被打灭了。迫击炮又接着打了几发炮弹，其余的两个岗楼也没了动静，但是刺耳的警报还是响个不停。

这时充气的浮桥已经架好，迈克尔上尉挥动着左轮手枪带领着所有的美军冲到对岸，那几个武装泅渡士兵用工兵铁锹在通电的铁丝网下面挖了一个大洞，所有的人很顺利地钻过铁丝网冲进了集中营。

威廉已经在院子里等候，他吹了一声口哨。迈克尔上尉大声问："是威廉中尉吗？"

"是我，快到这边来。给我一支卡宾枪，跟我走！"

两只警犬在狂叫，威廉一梭子子弹打过去，两只警犬都倒在血泊里不动了。

从一个岗楼里传来了机关枪的射击声，美军立即组织火力还击，一发迫击炮弹打过去，机枪被打哑巴了。从平房里冲出来几个德军士兵，用冲锋枪猛烈地向美军射击。威廉中尉带着几个士兵绕到德国士兵的背后，把那几个在院子里射击的德国士兵击毙。威廉中尉用德语高呼道："你们都被包围了，抵抗没有用，赶快投降！我们是美国军队，不会伤害你们！"听不到德国人射击的枪声，威廉中尉从地上爬起来，还没站稳就中了一枪，跌倒在地上。张金兴和一个美国兵不顾一切地爬到威廉身边，把他拖到较为安全的地方。威廉中尉喘着粗气，咬着牙说："迈克尔，抓住德国人让他们去烧平房里的那些尸体，让他们闻闻烧尸体的臭味！看看他们自己犯下的罪恶！"

其他几名美国士兵不停地向平房开枪扫射。虽然平房里面只有零星的还击，美军也不敢轻易上前，这样僵持到了天亮。

迈克尔上尉见德军还在抵抗，就命令向德军宿舍开炮，几发迫击炮弹把房顶炸了个大窟窿，窗户的玻璃全被震碎。从窗户里伸出了一面小白旗，德国人投降了。

"把武器从窗子里扔出来，举起双手一个接一个走出来！"

平时神气活现的德国士兵举着双手，狼狈不堪地从房子里面走出来，他们衣冠不整，灰头土脸。还有几个负伤的士兵，被人搀扶着走了出来。

医官托马斯·舒马赫用他的左臂搀着一名受伤的士兵，缓缓地走了出来。

最后走出来的是集中营指挥官约翰尼斯·罗德，他绝望的双眼里闪着凶光，右手紧紧地抓了一个穿着一身条纹囚服的女人，用这个女人挡住他的身体。那个女人低着头，双手被紧紧地绑在一起，紫色的围巾遮住了大半边脸。罗德的左手握着一支手枪，枪口直顶着那个女人的脑袋。他疯狂地大声叫着："给我一辆车，不准阻拦我！快点儿，不然我就打死她！"

迈克尔上尉举起左轮手枪，虽然他是个神枪手，他怕打到那个无辜的女人，不敢贸然开枪。

看到那条紫色的围巾，张金兴的心激烈地跳动起来，眼前这个女人难道是莫妮卡吗？他揉了揉眼，仔细端详了一下，眼前这个女人骨瘦如柴，佝偻着身子，条纹囚服显得特别宽大。

僵持了几秒钟，那个女人忽然抬起头来，甩了一下挡在脸上的紫色围巾。张金兴立刻认出来，被绑架的瘦弱女人正是他最心爱的妻子莫妮卡！他不顾一切地向前冲去，嘴里边高喊着："莫妮卡！我的莫妮卡呀！"一个美国兵拉了他一下，居然被他挣脱了。莫妮卡略一愣神，也认出了眼前向他冲过来的这个瘦瘦的男人就是她的丈夫张金兴。她不顾一切地大吼一声，用尽全身的力量挣脱了罗德的手，发疯般地向前冲去。

"金兴，金兴，我的……"莫妮卡边跑边嘶哑地大声喊着。

丧心病狂的罗德开了一枪，正好打中了莫妮卡的胸部，莫妮卡踉跄了一下，一头倒在地上，鲜血泉涌般地流了出来。张金兴扑上去跪在地上抱起了她的身体，不停地摇晃着，嘴里不停地高声喊着："莫妮卡，我来救你来了，你要坚持住啊！你看看我呀！我们胜利了啊！我们自由了啊！"

莫妮卡两只大大的蓝眼睛深情地望着张金兴，苍白的脸上泛起了一丝红晕，嘴巴动了几下，好像有说不尽的千言万语。忽然她的头一歪，满头金发的头部倒在了张金兴的怀里，她停止了微弱的呼吸，无神的目光望着远方，可是她的嘴角上却挂着一丝幸福的笑容。她的鲜红的血液流到了张金兴的手臂上，也染红了那条紫色的围巾！张金兴紧紧地抱着莫妮卡渐渐变冷的遗体，呼天抢地地恸哭起来。那撕心裂肺的哭喊声四处回荡，所有在场的人无不动容。医官托马斯·舒马赫跑过来想要救莫妮卡，无奈那颗罪恶的子弹打中了她的心脏，他已无力回天。张金兴绝望地哭喊着，不一会儿他自己也昏了过去，怀里还紧紧抱着莫妮卡的身体。

迈克尔上尉亲眼目睹了这一幕，他怕罗德再开枪伤害别人，他也无法控制自己的情绪，果断地扣动了扳机，一颗复仇的子弹打中了罗德的头部，结果了这个杀人恶魔。迈克尔上尉下令把莫妮卡的遗体装入美军的收尸袋里，不要火化。

被关押的人冲出了牢房，他们还穿着宽条纹囚服，但是他们欢呼着、跳跃着，相互拥抱着，用各种语言高喊着。很多人都流下了热泪。白胡子老人开着他的面包车进了集中营，打开车门把各种食物分发给大家。有人认出了他："这位就是科尔老先生，是个药店的老板，平时就特别爱帮助别人，今天又给我们送来了食物。我们举他一下怎么样？"十几个人上前不由分说就把科尔先生抛向空中。很多人上前又和科尔先生热烈拥抱。

张金兴在众人的簇拥下，在地上躺了好一会儿，慢慢地停止了哭泣。他被周围的气氛感染，他要为活着的同胞再做些事。他爬起来在人群中跑着叫着，寻找着中国同胞。他一眼就看到了老高，赶紧跑过去。老高看到他一身的美式服装，先是吃了一惊，然后就拉着张金兴高兴得哭起来。二十几个中国人聚在一起，那种劫后余生的幸福感使大家都喜极而泣。

"你怎么穿上了美国的军装？你和美国人一起来的吗？"

"是的，是我把美国兵领来的。赶紧跟我去领吃的去！"张金兴生怕食物发完，连忙领着众人来到科尔先生的汽车前边。他爬上车去，帮科尔先生把各种各样的食品分发给大家。每人领到一份美军的食物，那个高兴劲就别提了。老高领到一听牛肉罐头，张金兴掏出口袋里的一包饼干送给了老高。

短暂的高兴过后，人们的怒火开始在心头燃烧。那两个美国人和几个洋人围着迈克尔上尉讲起了他们在集中营里受到的虐待。有人脱掉上衣向美军展示他们瘦骨嶙峋的上身，一根根肋条凸起来，腹部深深地陷下去，简直就是一副骨头架子。有人声泪俱下地控诉德国士兵的野蛮暴行，有人展示他们头部和身上的伤痕。有人把迈克尔上尉拉到火化炉旁边，让他们看看那种难以形容的惨状，光是从死者身上卸下来的假肢就有一大堆，假牙就有一桶，各种眼镜堆得像小山一样，还有几麻袋女人的头发。

几个劳工把迈克尔上尉拉到工棚里，发霉而潮湿的气味充斥整个工棚，令人作呕。在黑暗中听到微弱的呻吟声，虽然迈克尔是个军人，战场上多次见过死人，但是走过去一看，还是被吓住了：躺在木板上呻吟的那几人个个形销骨立，睁着无神的眼睛，急促地呼吸着，面貌十分恐怖，已经是奄奄一息了。

走出工棚，迎面碰到张金兴背着一位快要断气的中国人跑过来。迈克尔一看，那位中国人脸色蜡黄，紧闭双眼，呼吸十分微弱，看着就要不行了。迈克尔高声喊道："快救救他！"

迈克尔上尉听到看到这些惨绝人寰的事实，从悲伤到气愤，从气愤到暴怒，他双眼圆睁，额头上的青筋乱跳。他实在控制不住自己了，拔出左轮手枪向天上开了两枪，命令美军立刻集合，大声下达了命令："把那些德国人给我拉到墙边去！"

集中营里的德国士兵们一边挣扎一边用生硬的英语绝望地叫道："我们都是在执行公务，执行上面的命令！现在我们是战俘，你们应该遵守国际战俘条约，应该把我们送到战俘营。我们可以接受审判，你不能这样草率地处决我们！"

"你们不是战俘，你们是地地道道的刽子手！你们残酷地虐待了各国劳工。有多少人死在你们手里？你们就是杀人犯！枪毙你十次都不多！我今天就是要给这些人报仇！举枪！"

"等一等！"只见张金兴从人群中跑出来，站在医官托马斯的前边，冲着迈克尔上尉高喊起来，"不要打死他，他和那些魔鬼不一样，他是好人。他给我们吃了预防药，控制住痢疾的传播，我们起码少死几十个人。他办了点好事，不要杀他！"

一个美国兵想把张金兴拖走，张金兴一边挣扎，一边还喊个不停。一个美国劳工也站出来为托马斯说好话，一个美军少尉说："我们现在没有医生，威廉中尉和几个伤员可以让这个德国医官紧急治疗一下。"

美国兵把托马斯从德国人中间拉了出来。他的脸上毫无表情，那只左眼无神地注视着远方，好像身边没有发生过什么事。

“举枪！瞄准！射击！”一阵纷乱的枪声响后，那些德国士兵倒在血泊里。

迈克尔上尉点上一支香烟吸了一口，平静了一下自己的情绪，严肃地对大家说：“现在我们并不安全，德国人很可能反扑。我们要组织起来，武装起来，保卫这个小岛。我们已经控制了桥梁，花砂港那边还需要布防。我们只有三十几个人，还有两名伤员。大家自愿报名，到我这里领枪。我们要日夜警戒，不能放松！现在我们的大部队还没打过来，战争还没有结束，离开这个岛很不安全，大家还要暂时留在这个岛上。”

二十几个人自愿拿起枪加入到武装队伍当中。这支队伍看上去有点滑稽，他们穿着条纹的囚服，有的拿着美国卡宾枪，有的拿着德国冲锋枪，什么年龄都有，个个瘦得皮包骨头。

张金兴说：“我们这些中国人要为大家做点事儿。我们好多人原来都是从事餐饮业的，就让我们接管厨房吧！保证把饭菜做得最好！”

迈克尔上尉点头同意，旁边的人发出一片叫好的声音。

张金兴对科尔老人说：“请你给我们送些新鲜的蔬菜、面粉和肉类来！拜托了！”

两个美国士兵押着托马斯从废墟中找到一些医疗器械。托马斯虽然只有一只手和一只眼睛，但是他能很熟练地给威廉左肩上的伤口进行消毒和包扎，用嘴叼着纱布的一头，左手熟练地进行着包扎；又对其他的伤员进行了紧急处理。

老高手里拿着那听牛肉罐头看来看去找不到工具打开，一个美国兵用开罐刀帮他打开了罐头，还送给他一盒骆驼牌香烟和一个打火机。挨过了那么多饥寒交迫的日日夜夜，美味的牛肉罐头对他的吸引力实在是不可抗拒的，他一边吸着香烟一边嚼着美味牛肉，实在是太享受了，一支烟还没吸完，就把七百五十克的牛肉罐头吃光了。他觉得有些口渴，就喝了一大杯热水。忽然他觉得肚子有些胀痛，越痛越厉害，最后疼得满头大汗，再也忍不住了，躺在地上大叫起来。

等到托马斯来到他身边的时候，老高双眼紧闭，口吐白沫，只有微弱的呼吸了。托马斯看到他身边空的牛肉罐头盒时，立刻就明白了。一切都晚了！

张金兴发疯一般地跑过来，抱着老高的遗体痛哭起来："老高呀，你吃了那么多的苦，受了那么多的罪，痢疾你都挺过来了，好不容易盼到了自由，你怎么就这样走了呢？将来见了纪林他们我可怎么交代啊?!"张金兴又想起了莫妮卡，越哭越伤心。后边跟来的十几个中国人也都忍不住放声大哭。

两天过去了，德国人没有打过来，英军已经顺利地占领了哈堡。英军又派来支援的部队，还带来了红十字会提供的衣服和食品，一名军医和两名护士也来到了岛上。

所有的劳工都欢天喜地地换上了新衣服，尽管颜色和款式并不理想，很多人的衣服也不合身，但大家恢复了做人的尊严，比那个该死的条纹囚衣要好上百倍了。

大家痛痛快快地洗了淋浴，把换下来的囚服堆成一堆，浇上汽油，把囚服烧成灰烬。

军医和护士来到岛上，托马斯已经成了多余的人。迈克尔上尉下令把他押到英国人的战俘营中去。几天来托马斯已经瘦了一圈，他被带到一辆吉普车前面，回过头来环视了一下四周，他看到了张金兴，向他微微点了点头，然后坐上吉普车，向大桥的方向绝尘而去。

到了一九四五年五月七日这一天，传来了德国无条件投降的消息，集中营里的各国劳工们欢欣雀跃，激动万分。很多人都喊着："我们总算可以回家了！"

张金兴和所有的中国人在厨房里忙了一整天，为所有的人准备了最丰盛的晚餐。美军把他们的香烟、葡萄酒、罐头和巧克力都拿了出来。有人在院子里点了一堆篝火，大家围着火堆吃着喝着说着笑着，很多人眼里都闪着泪花，围着篝火跳起舞来，很多人都喝醉了。

第二天早晨，集中营里开来了一辆德国大众牌面包车，一对白发苍苍的老夫妇打开车门，向大家分发面包和奶酪。张金兴走过去一看，吃惊地喊道："舒马赫先生，您怎么找到这里来了？"

舒马赫先生看了半天才认出张金兴，紧紧地握着他的手说："德国战败了！集中营的人要回家了，我给他们准备了一些路上吃的东西。现在食品极度匮乏，买不到吃的东西。另外，我需要打听一下我儿子托马斯的消息。”

“前两天他刚被送到英国人的战俘营去了，走的时候我看见他了，人还挺好的。我再到迈克尔那里去打听一下，问清楚那个英国战俘营的名称和地址。”

“舒马赫先生，我有件事情要拜托您。我的妻子莫妮卡被德军杀害，她的遗体还在美军手里，我想请您把她的遗体安葬在墓地里。”张金兴流着泪说。

“莫妮卡是多好的姑娘，想起来真让人难过。”舒马赫太太也流下泪来。

“你放心吧！我这就和美军去交涉，办理莫妮卡遗体的移交手续。”舒马赫先生郑重地点了点头。“真不知怎么感谢你们才好！”张金兴紧紧握着舒马赫先生的手说。

“张，你准备到哪里去？首饰街已经被炸成一片废墟，我到那里去过一次，一个人都没碰到。这样吧，你先到我的农场工作吧！起码能吃饱饭，现在到处都是饥饿的人，一天只能领到四个土豆吃。”

“看来首饰街是回不去了。你的农场还需要几个人？我们几十个中国人现在还真没有地方去。”

“不要紧。你们先都跟我走，留下几个人在我的农场里干活。我去联系其他的农场，为其余的中国人都安排个工作。”

告别的时候总是令人非常难过。特别跟共患难的人离别的时候更是令人非常难过，幸存的中国人和其他国家的人紧紧拥抱，互致祝福。虽然大家都不太懂得对方的语言，但他们的心是相通的：我们这些人都是从死神的手里挣脱出来的，是最幸运的。谁知道我们这些共患难的人这辈子还有没有机会再相见。谁也不知道未来是什么样子，仗是打完了，到处都是一片凄凉，谁知道我们还会遇到什么样的困难？今后的生活会是什么样子呢？将来会定居在哪里呢？现在连个地址都没办法留下。

迈克尔上尉紧紧握着张金兴的手说：“非常感谢你冒着生命的危险，

给我们送去了最准确的情报。根据你介绍的情况我们成功地进行了袭击战，以最小的代价取得了胜利。我不知道怎么感谢你才好。”说着从脖子上摘下缴获的德国造蔡司牌八倍军用望远镜递给张金兴。“留个纪念吧，中国朋友！祝你好运。另外，我的部下报告，他们已经把你妻子莫妮卡的遗体从冷库中运出，交给了舒马赫先生。”

“谢谢你的帮助。请你告诉我关押德国军医托马斯的英国战俘营的名称和地址，我要转告他的父亲舒马赫先生。”

迈克尔上尉工工整整地写了一个纸条，连同一袋食品递给张金兴，“路上吃吧！现在外边买不到任何食品。”

四十八

舒马赫先生一家有一个很大的农场，有三十公顷土地，还有一个养牛场。农场里的工人早就被征兵送到前线去了。土地也基本荒芜了，老两口每天干着十分沉重的农活。张金兴和几个中国人到了这里，农场面貌马上就焕然一新。中国人非常勤奋，干起活来好像不知道劳累。他们在田地里种上庄稼，每天清晨起来挤牛奶，打扫牛舍，割新鲜的苜蓿草喂奶牛。

舒马赫太太留在家里为大家准备三顿饭。这天吃晚饭的时候，舒马赫先生满脸阴郁地说："张，明天你不要干活了。你穿得正规一点，我们带你去一个地方。"张金兴摸不着头脑，只是默默地点了点头。

第二天早晨，舒马赫夫妇俩都穿着黑色的衣服，他们把两大束鲜花放在汽车的后备箱里。老两口不像以前那样有说有笑，谁都不吭声。舒马赫先生脸色凝重地驾驶着汽车。

汽车一直向北开，最后开进了欧勒斯多夫墓地。舒马赫先生一句话没说把一束鲜花递给张金兴，带领他继续向前走去。张金兴好像有一种预感，心先是"咯噔"一声，然后越跳越快。

走过几排修剪得非常整齐的松树，张金兴看到一排十字架墓碑，只见一块墓碑上清楚地镌刻着：莫妮卡·张，1905—1945。张金兴恍然大悟，把鲜花放在墓碑前面，瘫坐在地上，抱着墓碑放声大哭："莫妮卡，莫妮卡！我再也见不到你了，你是为我死的啊！我的心都碎了啊！"

舒马赫夫妇点起了蜡烛放在墓碑前面。过了好一会儿，舒马赫太太含着泪抚摸着张金兴的头，不停地安慰他。舒马赫先生把他扶起来，把毛巾递给他。

舒马赫太太抱着鲜花继续往前走，舒马赫先生拉着张金兴的手走在后面，张金兴感觉到舒马赫先生的手在不停地颤抖。在一棵高大的橡树下面，他们停住了脚步，把一束鲜花放在墓前，墓碑上用花体的德语字母刻着：医学博士托马斯·舒马赫，1903—1945。舒马赫先生老泪纵横，但是咬着嘴唇没有放声大哭。舒马赫太太却忍不住大哭起来："真不该让我们这些白发人来墓地看望金发人！"张金兴点燃了蜡烛，他在烛光里好像看见了那个成绩优秀的中学生、足球队的中锋，又看见了右眼戴着黑色的眼罩、失去右臂的集中营医官。

一切都过去了，舒马赫夫妇永远失去了他们唯一的儿子，张金兴永远地失去了他的爱妻。他们都感到无比的悲痛。

开车回来的路上，舒马赫先生对张金兴说："你是一个勇敢而正直的中国人。我听说那个美国军官要枪毙所有的德国人，是你站出来救了托马斯。他虽然逃过了这一劫，但不知什么原因还是死在了英国人的战俘营里。当年他刚刚拿到医学博士学位，就应征入伍，到前线的野战医院工作，在一次空袭中失去了右眼和右臂，调到那个该死的朗格摩根集中营里当了医官。要不是这场战争，他肯定会成为一名出色的医生。"

舒马赫太太抽泣着说："托马斯这一辈子太惨了，上学的时候太用功，只用了十个学期就拿到了博士学位。他连恋爱都没有谈过，从前线回来已经残废，一辈子都没有结婚啊！"

舒马赫先生接着说："莫妮卡被捕后，先是被关进监狱里，她不承认反纳粹，也不肯跟你离婚，按说最多关一阵子就会释放的。但是有一个中国人，就是那个鸦片酒吧的陈颂献，指认她帮助犹太人逃跑，这是一个严重的罪名。那个陈老板有间谍嫌疑，还有卖鸦片和伪造证件的罪名，本应处决，由于他指认莫妮卡有功，没有被处死。后来莫妮卡被送到朗格摩根集中营里做苦工。美军把她的遗体交给了我，我把莫妮卡安葬在这个墓地。原来的墓碑非常小。安葬托马斯之后，我为他们两个不幸的人定制了现在的墓碑。昨天我收到通知，墓碑已经安放完毕，所以我们今天就来看望他们了。"

回到家里，舒马赫太太把一个精致的白铁盒子交给了张金兴。"这是莫妮卡的遗物，我把它送到汉堡最好的洗衣店，做了最好的清洁处理。”舒马赫太太表情凝重地说。

张金兴小心翼翼地打开那个白铁盒子，啊，居然是干干净净、叠得整整齐齐的莫妮卡那条紫色的围巾！张金兴把围巾贴在脸上，两行热泪扑簌簌地涌了下来……莫妮卡，我的莫妮卡啊！张金兴反反复复低声地叫着。

这一夜张金兴翻来覆去怎么也睡不着，眼前总是浮现着往事，总觉得莫妮卡就在他的身边。直到天快亮时才迷迷糊糊地睡着。忽然他被人推醒，舒马赫先生大声地喊道：“特大的好消息，日本投降了！你们快起床，我在客厅里等着你们！”

几个中国人顾不上梳洗，衣冠不整地跑进了客厅。只见舒马赫先生戴着老花镜，拿着剪刀正在那里剪报呢。他抬头看了看几位兴高采烈的中国人说：“你们都坐下，今天早晨我从广播里听到了日本投降的消息，赶紧出去买了几份报纸。我把报纸的消息给你们讲一讲，让你们也高兴高兴！”他摊开报纸，慢慢地讲了起来：

虽然德国在 1945 年 5 月 7 日投降，但是战争并没有结束，中国美国还在和日本作战。战争状况依然非常惨烈。日本在中国已经处于守势，中国军队顽强抵抗，特别是在中国的西南，中国军队取得了很多胜利。在华北华东华南地区，日本也已经陷入泥潭，到了强弩之末的地步。美军在太平洋战场上取得了很多胜利，虽然付出了惨重的代价，还是占领了日本本土的硫磺岛和冲绳岛。美国的 B-29 重型轰炸机，从中国的成都机场和冲绳岛的机场起飞，多次轰炸日本本土，但是日本就是不投降，要在本土上搞全员玉碎。8 月 6 日和 8 月 9 日，美国向日本的广岛和长崎，投了两颗原子弹，把这两个城市夷为平地，至少五万人当场被炸死。苏联也向日本宣战，向中国东北进军。日本已经没有抵抗能力了，今天宣布无条件投降。我们这里比东京晚八个小时，但是今天所有的报纸头版头条消息就是：今天，一九四五年八月十五日，日本正式宣布无条件投降！第二次世界大战结束了！

张金兴和几位中国朋友高兴得跳了起来，我们终于胜利了，我们终于打败了日本！从一九三七年“七七事变”到现在整整八年了，如果从一九三一年“九一八事变”算起，整整十四年了！这漫长而艰苦的岁月总算熬过来了。我们虽然没在国内参加抗战，但是我们每天都心系祖国，无时无刻不想着国内的亲友，尽量多地捐款支援抗战。听到日本人在中国犯下的种种罪行，我们总是心痛不已呀！南京大屠杀，五一大扫荡，铁壁合围，三光政策，强化治安，毒瓦斯细菌战，每次听到国内来的这些消息，总是让我们毛骨悚然，我们总是提心吊胆地过着日子。

舒马赫太太拿来了葡萄酒，大家眼含热泪举起了杯子。舒马赫先生高声地说道：“今天是个胜利的好日子，我们要好好庆祝一下。今天我们不干活了。你们看，今天阳光灿烂，我们把桌子抬到院里去，我们要在阳光下庆祝胜利！”

大家举起酒杯一饮而尽。张金兴说：“今天太高兴了！多年没唱过歌了，我们今天唱支歌庆祝胜利吧！就唱岳飞的那首《满江红》吧！”几个中国人大声地唱了起来：

怒发冲冠，凭栏处、潇潇雨歇。抬望眼、仰天长啸，壮怀激烈。三十功名尘与土，八千里路云和月。莫等闲，白了少年头，空悲切。

靖康耻，犹未雪；臣子恨，何时灭。驾长车，踏破贺兰山缺。壮志饥餐胡虏肉，笑谈渴饮匈奴血。待从头、收拾旧山河，朝天阙。

四十九

心灵的创伤是最难医治的。张金兴白天经常坐着发呆，晚上经常被噩梦惊醒。他原来总想着莫妮卡能从监狱里出来和他团聚，没想到这竟然成了一个不可实现的梦想，他陷入了痛苦的挣扎之中。

他和莫妮卡最幸福的时光是在首饰街度过的。他特别怀念首饰街 18 号张业记食品店，夜里做梦常梦见这个地方，无论如何也要到那里去看一看。

战后的汉堡到处是一片废墟，站在易北河南岸向北望去，除了几座教堂的尖塔和议会大厦之外，几乎看不到有完整的楼房，到处都是残垣断壁，整个城市就像一个瓦砾场，只有宽阔的易北河日夜不停奔腾地向西边流去。

很多桥梁都被炸坏了。市里很多街道被瓦砾堵塞，路边的残垣断壁还有垮塌下来的危险。张金兴只好坐着渡船沿河而下，在鱼市码头上岸。这里是他最熟悉的地方了，以前每个星期日的早晨都要和莫妮卡一起到这里买鱼，顺便帮人捉螃蟹，有时还要买一大堆水果和蔬菜。现在一切都完了，市场上有很多大的漏斗形的弹坑，路边的楼房也都被炸毁，楼房的顶棚全都不见了，窗户和门也都不见了，只剩下烧焦的残破墙壁，好像风一吹都要倒下来。街道上是一堆堆的砖头瓦块，烧焦了的门窗、破碎的玻璃和各种各样的杂物，有些地方的这些战争垃圾堆得有两三层楼高。

张金兴凭着记忆慢慢地向北走，他找到了绳索街，走过堆满瓦砾的谷物街，来到了首饰街的东口。虽然有些精神准备，看到眼前的惨景，还是把他惊呆了。路南边单号门牌虽然有几座楼房被炸坏，好歹还能看出来几座残存楼房的模样；路北边双号门牌的楼房，除了西口靠近教堂的那座楼房没被炸坏，其余楼房全部被炸成一堆废墟，几乎找不到一面残破的墙壁，只有堆得高高的瓦砾堆，烧焦的房顶覆盖在瓦砾上边，根本不可能找到 18 号的楼房了。

张金兴跌坐在一块残墙上，望着圣・约瑟夫教堂——那是他和莫妮卡结婚的地方，放声大哭起来，没想到会这么惨呀！天上飘飘洒洒地下起了小雨，打湿了张金兴花白的头发，他的脸颊上湿漉漉的，说不清是雨水还是泪水。他擦了擦脸，慢慢地站起来，踩着脚下的瓦砾慢慢地向前走。

他仔细看着路边的废墟，嘴里喃喃地说道："这里是梁勇老板的士多店，我以前经常在这里买中国调料。多好的梁老板呀，说话总是那样和气。这里应该是李老板的洗衣店。前面应该是陈纪林大哥的水手馆。纪林大哥回国参加抗战去了，他帮着那么多的人逃离了这里，真是功德无量啊！也不知他现在怎么样了，一点消息都没有，我太想念他了。前边应该是长城饭店了，再往前面应该是振麟酒吧了。再往前就是我的张业记了。"

首饰街 18 号楼房已经面目全非，地下室完全被碎砖垃圾掩埋起来，已经看不到张业记食品店的踪迹。他蹲下身去仔细地看着面前的一砖一瓦，尽力地回想张业记食品店的原貌。他捡起了一块写有半个中国字的碎玻璃，轻轻地擦去上面的尘土，翻来覆去地抚摸起来，然后用毛巾小心翼翼地包起来。

面对圣・约瑟夫教堂，他为所有在首饰街和周边几条街上不幸遇难的中国同胞默默祈祷。他的脑海里浮现着当年生活在这个地区中国人的身影。莫妮卡，莫妮卡！美丽而善良的吕贝克姑娘，淳朴而正直的金发女郎，我最亲爱的德国妻子，我祝愿你在天堂永远幸福！

背后传来了有人在瓦砾上哗啦哗啦行走的声音，他回过头去一看，只见一个消瘦的老妇人头上系着围巾，佝偻着身子慢慢地向他这边走来。张金兴定睛一看，大声喊了起来："耶格夫人，是你吗？"那位满头白发、满脸皱纹的耶格夫人看了他半天，才认出张金兴，她踉踉跄跄地跑过来，抱着张金兴大哭起来。张金兴也忍不住哭起来，两个人在瓦砾堆上的哭声回响在空旷的首饰街上。

耶格夫人对着圣·约瑟夫教堂大声说道："感谢上帝啊！我们经历了这么多苦难，现在总算又重逢了！"

"你怎么到这里来了？这里满地都是碎砖乱瓦呀！"

"政府要求我们清理这些瓦砾，不来干活就不发给食物。食物少得可怜，每天两片面包、四个土豆和一杯牛奶。"

"你住在哪里呀？"

"我住在五号的地下室里，就是原来那个鸦片酒吧的地下室。告诉你一个好消息，你的老朋友张先生也住在那里。"

"快带我去吧。我马上就想见到他！"

首饰街五号没有被炸坏，通往地下室的台阶已经被清理干净，门窗上贴着报纸代替了原来的玻璃。推门走进去，里面黑洞洞的没有灯光，耶格夫人点亮了一根蜡烛。张金兴用广东话大声喊着："张大哥，张大哥！你在哪里啊？"

从另一间地下室里传来了广东话的回音："你是金兴吧！我一听声音就知道是你！"张添林快步走过来，紧紧地抱住了张金兴，"怎么这样瘦啊？你简直是皮包骨头啊。"

"你也一样啊！我摸着你身上只有骨头了。"张金兴说，"我把蜡烛拿过来，让我好好看看你吧。"在摇曳的烛光下，两个人互相仔细打量着，两人都不敢相信对方现在的模样，变化实在是太大了。

张金兴头发已经花白了，眼窝深陷，颧骨突出，脸颊也深深地凹进去，满脸都是皱纹。

在张金兴的印象中，张添林是微微发胖的身材。他一向是非常注意整洁和衣着服饰的人，他的头发总是梳得很整齐，总是穿着雪白的衬衣和熨烫过的西装。

可是眼前的张添林一下子瘦了许多，两只眼角下垂，眼袋明显，前额上出现了很多抬头纹，原来胖乎乎的脸颊只剩下了皱起的皮肤。头发胡子都很长，身上穿着皱皱巴巴的衣服。

耶格夫人说："现在好了，我们又在一起了。你们快坐吧。我去烧点水来喝。"

两个人手拉手坐在木板床上，望着跳动的烛光，千言万语不知从哪儿说起。两个人居然都含着眼泪沉默起来。

张金兴忽然想起来最重要的喜讯，他大声地说："日本投降了，我们胜利了！"

"我当天就听说了，高兴得我两天没睡着觉。我们总算把日本打败了！"

"你太太和女儿还好吧？她们在哪里呢？"张金兴关切地问。

"丽娜仍然在波兰她的家乡。我这里安顿好后，就会把她接到汉堡来。我和女儿失去了联系，不知道她如今在哪里。"

"那些和你一起关在福尔斯布特监狱里的人怎么样了？"

"惨啦！你还记得新中国大酒楼的胡烈坚老板吗？盖世太保说他非法兑换外币，向中国汇钱扰乱德国金融，一次又一次对他严刑拷打。那个埃里希·哈尼施每次审讯都下狠手毒打他。胡老板在去年年底去世了。洗衣店的李老板、老二，还有几个人也被他们折磨死了。我也被打了几次，后来每天做苦工，还换了两次监狱。唉，所有的监狱都一样，不把我们当人看，每天都要做繁重的体力劳动。我还被押到汉堡到哈堡的铁路工地干活，每天累得筋疲力尽，吃的是猪狗一般的饭食。算我命大，好歹挨到了今天。你那边情况怎么样？送到集中营里的人怎么样了？"

"那个朗格摩根集中营就是人间地狱，人们每天被押到工厂里做苦工，劳动强度非常大，工作充满了危险，动不动就挨一顿警棍。每天只给很少的食物吃，那简直就不是人吃的东西！卫生情况非常糟糕，还流行过痢疾和斑疹伤寒。刚到集中营不到十天，就死了十七个中国人。士多店的梁勇老板、陈厚宝、水手馆的小李，还有十几个人都死了。最惨的是水手馆的老高，好不容易获得自由，一口气吃一个大号的美军牛肉罐头，居然给撑死了！唉，撑死比饿死强啊。"

"老高实在太可怜了。没想到这个山东大汉竟然这样死去了，真让人难过呀！"

沉默了一会儿，张添林忽然问道："鸦片酒吧的老板陈颂献也死在集中营里了？"

“这个坏蛋在集中营里还想当牢头狱霸，让中国人狠狠地打了他一顿。他恶习不改，居然在集中营的厕所里和吉卜赛人搞起了同性恋。被德国看守抓住，戴上手铐押走了，我想他肯定活不成了。可是那个烧死尸的吉卜赛人说，没看到过他的尸体，后来也没人见过他。真的人间蒸发了吗？”

“他这个坏蛋十恶不赦，绝对不会有好下场！我现在有很多事要做。我被释放的时候，红十字会给了我六百马克，还有我身上穿的这套衣服、两件衬衣、三条内裤、几双袜子和一顶帽子。这就是我的全部家当。我要去安葬胡烈坚老板、洗衣店的李老板和其他几位死在监狱里的中国人，把他们安葬在欧勒斯多夫陈纪林买的华侨墓地。”

张金兴说：“我也要把梁勇老板、陈厚宝、水手馆的老高和小李他们安葬在那里，让他们永远在一起吧！”

“不要把陈颂献那个坏蛋的名字刻在任何墓碑上，他不配和死难同胞在一起，他只能待在粪坑里。”

“你打算将来干些什么呢？”张添林关切地问。

“我现在和几个中国人在舒马赫先生的农场里干活。我还没想好将来要干什么。”

“那么多的犹太人都在向德国政府索赔，我也要向德国政府索赔。他们无缘无故地捣毁了我的旅店，给我造成那么大的损失，还把我抓起来。他们必须得赔偿我的损失。拿到赔偿之后，我想重开我的‘香港酒楼’。到时候你和耶格夫人到我这里来工作吧。”

“但愿如此吧。”耶格夫人插话说，“不过，我想索赔的事情没那么容易。”

“我也知道这是很难的事情。我没有钱聘请律师，只能一个人上法庭控诉。虽然我孤军奋战，可我还是要拼到底！”

“我真佩服你，张大哥，你是勇士！我们是要找他们索赔！唉，天黑了，我要告辞了，再晚就赶不上渡船了。下次我来一定给你们带些吃的东西。”张金兴恋恋不舍地起身告辞。

张添林把张金兴送到渡船的码头。他们来晚了一步，渡船刚刚离岸。张添林望着渡船，忽然大声地喊起来：“金兴，你看船上那个水手是不是那个埃里希·哈尼施?”张金兴揉揉眼睛仔细一看，果然是他!

“英军接管监狱以后，我就死盯着这个家伙。我真想亲手干掉这个恶魔！后来红十字会来发钱发衣服，他就趁乱溜掉了。现在到处通缉他，没想到他逃到渡船上当起水手来了。我们现在马上去向英军报告，抓住这家伙!”

他们来到警察局，一个英国军官正在吃饭，他把炼乳倒进咖啡杯里用茶匙不停地搅拌着，吃着玻璃纸包着的蛋糕，面对两个饥肠辘辘的人头都不抬一下。“你们说的那个人已经被击毙，你们肯定是看错了。这么重要的逃犯，要是还活着早就跑得无影无踪了，他怎么还会在渡船上当水手?”尽管他们两个人反复地说，确实看见了那个人，英国军官仍然有滋有味地吃着蛋糕、喝着咖啡，不再理他们了。

“别指望那个英国佬了。我回去再叫几个人来，一定要抓住那个魔鬼!”出了警察局，张添林摩拳擦掌地说。

几个从福尔斯布特监狱回来的德国人听说要去抓哈尼施，马上跟着张添林一路小跑来到码头上。渡船正慢慢地靠岸，大家看清楚了渡船上拿着缆绳的人就是埃里希·哈尼施。几个人立刻围了上去，哈尼施一看岸上那些摩拳擦掌的人，断定情势不妙，扔掉缆绳跳到河里，没命地向下游游去。两个德国人也跟着跳下水去，紧紧地游在哈尼施的后面。张金兴没有跳进河里，他一边沿着河边快步地向下游跑，一边脱掉了上衣甩掉了鞋子，在哈尼施的前面跳入河中。张金兴自小一身好水性，又当了好多年水手，他非常有经验，跳到河里后，双手击水打在哈尼施的脸上，使他睁不开眼，喘不上气来。后面那两个德国人死死地抓住了哈尼施的头发，把他拖到岸边。

哈尼施躺在岸上，脸色苍白，不住地大口喘着气。几个人当场确认，他就是那个恶魔埃里希·哈尼施。张添林捡起张金兴的鞋子，往哈尼施的头上狠狠打过去，他恨不能一下子把这个杀人恶魔打烂。一个德国人拦住他说，不能让他这么便宜地去死，他欠了那么多的血债，我们要公审他！他欠我们的血债要和他一笔一笔地清算！大家连拖带拽，把他送到了警察局。

那个英国军官手里还拿着咖啡杯呢。这么多人的指认，埃里希·哈尼施想赖也赖不掉了。英国军官命人给他戴上手铐，又用打字机起草了一份公文，让大家在上面签了字。英国军官自言自语地说："真没想到，这家伙居然还敢在易北河上当水手。这家伙准是想，越危险的地方越安全。"他明确地告诉大家，要把这家伙送到特别拘留营去。接着说了一通感谢的话，每人发给两个小面包作为奖励。

张添林和张金兴两个人特别高兴，他们亲手抓到了残酷迫害他们的魔鬼。要不是那几个德国人阻拦，非把他当场打死不可。

张金兴回到舒马赫农场，把他在首饰街的所见所闻讲给大家听。舒马赫先生说："没想到你们能够亲手抓住埃里希·哈尼施。这实在是一个大快人心的好消息。做梦也想不到，这个十恶不赦的杀人魔王终于落入法网。"舒马赫太太说："我去烤一些面包，准备一些食物。过两天你再到首饰街去一趟，让他们先吃几顿饱饭吧！"

五十

几天以后张金兴扛着一袋土豆和蔬菜，提着一袋面包，再次来到首饰街。耶格夫人接过这些东西，真是开心死了。张添林却满脸忧郁地坐在那里一动不动。他的脸刮得很干净，头发也梳理得很整齐。耶格夫人重重地叹了一口气说：“他刚从法院回来，赔偿的事没有希望了。”张添林愤怒地说：“法官说那是正常的警察行动，不属于种族灭绝行为，没必要进行补偿。你说他们讲理吗？我们和德国没有外交关系，没有任何人能替我说话。我在法庭上明确地说，我还要上诉，直到获得赔偿为止！”

耶格夫人说：“你这样单打独斗，没有律师又没有后援，是很难成功的。你应该去参加那个受害者协会的组织，让他们提供一些帮助，也许还有一些希望。”

“我已经加入了那个纳粹受害者协会。那个法官被我问得没话可说，当场答应给我一个经营饭店、旅店的营业执照。总算没有白去一趟法院。”

外面突然人声嘈杂，一位女士匆匆忙忙地走了进来，一进门就扔掉皮箱大声喊着：“爸爸，亲爱的爸爸，我回来了！”

张添林先是愣了一下，然后弹簧般地跳起来，用颤抖的声音大声叫着：“玛丽埃塔，我的小雪花，我的宝贝女儿！”玛丽埃塔扑到爸爸的怀里放声大哭起来。张添林抚摸着女儿的头发，亲着女儿的脸，抱着女儿的肩头，喜极而泣。

玛丽埃塔长得比爸爸还高一些，看上去身体很健壮，张添林真是高兴极了！玛丽埃塔看到衰老瘦弱的父亲，又难过地哭了起来。

“大家都团聚了，应该高兴才对啊。”张金兴连忙过来劝解，“今天真是太巧了，我带来了西红柿、洋葱和土豆，还有一小块牛肉。我们今天好好地吃一顿团圆饭吧！”

“对呀，我们是应该好好庆祝一下了。我去削土豆剥洋葱，你去切面包。多长时间了，我们没吃过一顿像样的饭了。”耶格夫人说。

“你怎么一个人到这里来了，你姨妈呢？”张添林问。

“在今年三月的一次空袭中，那个小村子已经被炸成了平地，我跟着村里的人到处流浪。我坚信到汉堡一定能够找到爸爸，走了这么长时间才到这里。”

玛丽埃塔从贴身的衣袋里拿出一个信封，她小心翼翼地交给爸爸。张添林打开一看，是他的瑞士苏黎世银行存折。他被捕的那天交给了丽娜的波兰的亲戚，他做梦也没想到，还会重新拿到这个存折。

“金兴，当年那个犹太医生让我们把钱存到瑞士银行真是太正确了。现在我们有了这笔钱，可以把汉堡贝格大街上的旅店盘下来。”

“张大哥，我太羡慕你了。我们那点私房钱也存到瑞士银行，当时以莫妮卡的名义开的账户。存折早就丢了，莫妮卡也已经过世，我连账号都记不起来了，那些钱再也拿不回来了。”

那个时候瑞士法郎是最坚挺的货币。战争刚刚结束，德国的房地产价格很低，特别是有些损毁的楼房更是无人问津。张添林请律师起草了非常正规的房屋买卖合同，用瑞士法郎把汉堡贝格大街 14 号买了下来。他们又请了几个监狱里的难友，把整个楼房仔仔细细地装修了一遍。一楼是餐厅和酒吧，上面四层是旅店客房。

张添林非常慷慨地招待监狱里的难友，除了用瑞士法郎发给他们工钱以外，每天还请大家吃三顿饭，晚饭还给每人一瓶啤酒喝。这在当时真是绝无仅有的待遇。所有的人干起活来又快又认真，仅用了两个星期，就把原来破破烂烂的楼房收拾得焕然一新。

张添林请来一家装饰公司，研究一下如何布置门面。张金兴说：“我们这些人吃尽了这里的酸甜苦辣，我想应该采用五颜六色字母来拼出 HONGKONG HOTEL 的招牌，每个字母最好还是东倒西歪的。”张添林说：“正合我意，我也不想让每个字母都直立地站在那里。再配上霓虹灯，晚上看起来更为醒目。正式开业的那天，我们一定要燃放鞭炮，去去那些邪气，崩崩那些凶神恶煞!”

为了庆祝香港饭店重新开业，张添林专门到一家有名的服装店为他自己和张金兴挑选了一套西装，还给他的女儿玛丽埃塔和耶格夫人各买了一套新衣服。

开业那天，大家很早就起床准备起来，先是彻底地做了一遍卫生，然后大家精心地布置起来。张金兴在厨房里忙得满头大汗，他要为来宾们准备最丰盛的饭菜。

这是战后在原来中国唐人街附近开张的第一家饭店。上午十点，舒马赫夫妇和其他一些德国朋友准时来到。张添林把头发染黑，穿上他那身笔挺的西装，和每一位来宾亲切握手。玛丽埃塔跑过来，把一朵鲜花插在爸爸西服上衣的口袋上。张添林紧紧地握着舒马赫先生的手说：“多亏了你给我们提供了那么多新鲜的蔬菜和肉类。现在物资这么匮乏，没有你们的支持，我这个饭店一天也开不下去。”

张金兴把十几串鞭炮接到一起，从五楼一直垂到地面，玛丽埃塔点燃了鞭炮，一霎时鞭炮声、欢呼声响成一片。

战争刚刚结束，市面上一片萧条，大家都在找工作，首先总要解决吃饱肚子的问题，到餐馆就餐简直就是非常奢侈的事情。尽管张添林他们有丰富的经营饭店的经验，由于客人太少，生意非常差，旅店也经常没有客人。

张添林对张金兴和玛丽埃塔说：“经营这个饭店就靠你们了，我还有很多重要的事情要做。首先我要到波兰去，把丽娜接来。我还要向法院上诉，索赔我以前受到的损失。我还有更重要的事情要办，我要联系监狱里的那些难友，搜集各种证据，控告那个党卫军头子，那个恶魔埃里希·哈尼施。那么多人死在他的手上，我决不能放过他。我还要为纳粹时期受害者协会做一些工作，为那些受害者，特别是为中国的受害者争取最大的权益!”

玛丽埃塔说：“爸爸，你太伟大了。我没想到有这么多重要的事情要你去做。你不是餐馆老板，你是一个战士，不取得胜利决不下战场的战士。你尽管放心，我们会把饭店经营好。请你注意，那个恶魔埃里希·哈尼施在波兰也做过很多坏事。你在调查的时候，一定要到波兰华沙去取证，他在那里杀的人比在德国还要多。”

张添林把一叠材料放进包里，说：“他现在被关在英国的拘留营里，受到优待，吃的住的比德国普通老百姓还要好。我不能让他这样养尊处优。我是要到波兰那边去的，如果波兰方面能提供足够的证据，我就会想方设法让波兰把他引渡过去。”

张金兴说：“我也要做一些力所能及的事情。安葬那几位中国同胞的事情交给我来办吧。”

所有的事情进展得都很不顺利。张添林每天回来之后，经常坐在椅子上一声不吭，望着雪白的墙发呆。玛丽埃塔故意问东问西，说各种笑话逗他开心，可是爸爸还是经常沉默不语。

“索赔的事情已经彻底结束了，我们不会拿到任何赔偿了。本来想拿这些赔偿为大家做一些事，看来是不可能了。”张添林有些绝望地说，“真没办法了。我们中国和德国没有外交关系，没人能帮我们说话，我们现在是没娘的孩子啦！”

张金兴不解地问：“纳粹当局无缘无故地砸了我们的店铺，毫无根据地把我们抓起来送进集中营，让我们在那里受尽了苦难，我们死了那么多人，还有一些人根本就下落不明，难道现在的德国政府就不赔偿我们吗？他们赔偿了犹太人，赔偿了美国人、英国人、俄国人、波兰人，为什么偏偏不赔偿我们中国人？”

张添林无可奈何地说：“你说的这些理由我在法庭上都陈述过了，还找了很多旁证。那些法官回答说，当时纳粹当局是采取的警察行动，符合现在的法律第几条第几款。我问法官这第几条第几款是什么内容，他们明知道我请不起律师，就回答你应该去请教律师。我自己找来相关法律的书籍，好不容易弄清了法律条文的具体内容，他们又说这条法律的根据是另一条法律规定。就这样绕来绕去折腾了半年多，还是没有个头绪。没有办法，我就去参加其他索赔案件的旁听，想看看别人是怎么打官司的。我一看就明白了，人家都雇了好几位律师，还有政府的代表和外交官，光是证人就一大堆。旁听席上坐得满满的，很多报纸和杂志的记者也参加旁听，把庭审的结果及时地报道出来。那些法官都是正襟危坐，一点儿都不敢松懈。到了我的索赔案件开庭，原告席上就是我一个人，旁听席上稀稀落落有几个人，既没有证人出庭，我也拿不出多少证据文件来，只是听我的口述。那几个法官一脸轻松，每次都是随便找个法律第几条第几款就把我给拒绝了。报纸上从来没有报道过我索赔的案件。

“虽然每次开庭之后我都很失望，但是想起我们那些死难的同胞，想起被毁灭的唐人街，我就又鼓起勇气和他们抗争。你看，这半年来连生意都顾不上了。我的头发又白了不少。我尽了最大的努力，最终还是竹篮子打水一场空。现在我们中国和德国没有外交关系，没人替我们说话。我们没有坚强的后盾，没有舆论的同情和支持，怎么能打赢官司？”

玛丽埃塔睁大眼睛问：“他们怎么也得给说出几条理由来吧?！为什么那么凶残地镇压中国人？”

张添林看着她的女儿说：“他们根据纳粹当年遗留的档案，说是唐人街上很多中国人倒卖鸦片，所有的中国店铺都偷税漏税，所有的中国人都参加地下赌博。另外就是黑社会横行，拐卖妇女，地下枪支泛滥，还出现过两次不明原因的凶杀案。抓捕中国人的主要根据是中国人败坏了社会风气。”

张金兴摇着头说：“当年唐人街上绝大部分中国人是遵纪守法的，坏人和不法分子只是陈颂献那几个人，当时为什么把我们全部抓起来？纳粹的档案很多都是夸大其词编造出来的，难道现在还能作为不赔偿的根据吗？纳粹当局当时都找不到我们违法的根据，只好给我们定个反纳粹的罪名。现在反纳粹是正义的，应该受到褒奖的，怎么不作为法律的根据呢?！”

张添林望着天花板说：“扪心自问，我们中国人确实有一些不好的地方，有人说这是民族的劣根性。我们中国人一盘散沙，都是自己顾自己，绝大部分人不想融入当地的社会，只是想自己发财，还经常发生各种窝里斗的事情；可是人人又都很怕事，出了事就想破财免灾。本来德国的法律不允许有黑社会存在，可是在华人社会里却有黑社会存在的土壤，让一些坏人兴风作浪，再加上一些不负责任的媒体胡乱报道，添枝加叶、添油加醋的，好像我们这里华人都是坏人。德国警察看我们的长相都差不多，分不出来哪些是好人哪些是坏人，一看到华人就以为是黑帮。战争期间警察局也没有那么多时间把事情搞清楚。特别是那些仇视中国人的盖世太保和党卫军的头子，如埃里希·哈尼施之流推波助澜，最后来了个 China Aktion 一锅端，摧毁了唐人街，把所有的华人都抓起来，让大部分遵纪守法的华人也一起受连累。”

张添林十分沮丧地说：“我单打独斗去索赔，本来是有理的事情，最后也败下阵来。我现在终于明白了，弱国无外交，弱国的公民要想打赢向德国政府索赔的官司是不可能的。”

张添林两眼呆呆地望着雪白的墙壁，喃喃地说：“完了，真想家了，真想中国了!”他擦了擦含泪的眼睛，忽然问他女儿：“玛丽埃塔，你能为我找一位画家吗?”

“汉堡这里画家多的是，电话本上就能找到许多专业画家。”玛丽埃塔惊奇地问，“你要画什么呀?”

“给我找一个擅长画风景的画家吧。”

穿得破破烂烂的画家走进来的时候，张添林大吃一惊：“你不是和我一起在监狱里扛过木头的罗斯吗？没想到你居然是个画家，为什么把你也抓起来了？你也反纳粹了吗?”

“我是个抽象派的画家，是纳粹不喜欢的那一派的画家。他们说我的画有讽刺纳粹的嫌疑，就把我抓起来了。老朋友，想让我画一个抽象派的画吗?”

“不是的。我想请你画一幅风景画，画我家乡的风景和人物。我现在特别想念故乡。”

“这可是够难的。我没去过中国，你有中国的照片吗?”罗斯犯了难。

“只好请你帮忙了。我的家乡在中国广州，请你去图书馆查查图片资料吧。那里主要的风景有珠江、六榕塔、镇海楼、五羊石像等。能画多少就画多少吧!”

“那好吧，我先到图书馆和私人收藏家那里搜集广州的风景画素材，再用铅笔起个草稿，如果你能满意，我就正式画一幅。再见吧！”罗斯说着就要走。

张添林一把拉住他说：“还有更重要的事情。我现在正在搜集那个恶魔埃里希·哈尼施的犯罪证据，请你联系当时狱中的难友。我们要正式起诉他。喂，请你等一下。”

张添林拿来一包食物交给画家罗斯。“不知道是你来，没有准备，先拿这点东西回去吃吧。这些钱就算定金，先拿去用。”他把一个装满钞票的信封塞进罗斯的衣袋里。

两星期后画家罗斯拿来了铅笔画的草稿。“金兴，你来看看，这是不是我们家乡？”张添林高兴地喊着。“很不错，是珠江的景致，中国的帆船就是这样。六榕塔、镇海楼也画进去了。最好在边上画上个人物、几棵榕树和芭蕉树。”张金兴提了一点修改意见。

“你看见右面那面墙了吗？就要和这面墙一样大，可以吗？”

“那没问题。作为老朋友，除了这幅风景画以外，我要免费给你画一幅肖像画。”罗斯说着又掏出一叠纸来，“这是监狱的难友提供的证据，如果需要，我们会上法庭做证。”

画家罗斯尽心竭力，他的风景画水平很高，尽管他没有去过中国，他根据前人的画稿和搜集到的中国风景照片仔细推敲，精心构图，又在色彩上下了很大的功夫，采用多点透视的画法，层次丰富、意境深远。他给张添林画的肖像画，不但形似，在眼神和面部表情上做了很多处理，画上的人看上去慷慨忠厚，性格刚毅，坚韧不拔。

张金兴帮着罗斯用水平尺校准，把巨幅风景画端端正正地挂在右面的墙上。从此以后，张添林经常木雕泥塑般地坐在画的对面，仔细地看着画上的景物，经常不知不觉地掉下泪来。

五十一

转眼到了 1946 年年初。

一辆美国军用吉普停在香港饭店门前，一个美军军官大踏步走了进来。“我要找张先生，我有非常重要的事情。”张金兴看了半天也想不起在哪里见过他。军官摘去黑色的太阳镜，仔细看了半天，微笑着说：“你就是张先生吧！怎么变成这个样子了？我是威廉啊，想起来了吧？我在朗格摩根集中营火化炉让你去递送情报，后来我被德国兵开枪打伤了，是你把我拖到了安全的地方。我一辈子也忘不了呀！”

张金兴真不敢相信，眼前这个高大威武的军官，就是当年那个穿着破衣烂衫、蓬头垢面烧死尸的人！他赶忙走上去，紧紧地握着军官的手，激动地说：“真没想到，今天在这里见到你！你怎么找到这里来了？还要我帮你送情报吗？你给我的那套德国兵的旧军装我已经扔到垃圾箱里去了。”

“我还是来请你帮忙的。你还记得当年的迈克尔上尉吗？他现在可麻烦大了，有人起诉他，说他在集中营里集体屠杀德国战俘。我现在到处找证人，把当时的真实情况说清楚，替迈克尔辩护。我好不容易在这里才找到你，请你无论如何要提供证词。”

“这当然毫无问题，我是这件事的亲历者之一。集中营的德国指挥官在众目睽睽之下，枪杀了我的妻子莫妮卡，激起了公愤，在这种情况下，迈克尔中尉才开枪击毙了那个想要逃跑的指挥官。他是下令处决了那些杀人如麻的德国看守，但他不是乱杀无辜，在我的请求下他还释放了那位托马斯军医。我会原原本本地把这些事情写清楚。”

“那太好了。你用中文写吧，表达会很准确。法院雇有汉语翻译。你写好以后，装在这个信封里，地址和收件人我已经写好了，邮票也贴好了。你直接寄走就是了。”

“威廉，如果你还需要什么材料，直接到这里找我。你可一定要把这件事的结果告诉我。迈克尔是个好人，我们大家一定要全力为他辩护。”

刚刚送走了威廉，一个头戴礼帽穿大衣、留着长长胡须的人走了进来。他坐下来先看了看墙上的风景画，然后从大衣的口袋里掏出一张旧报纸，指着报纸上的一张照片说：“我要找这个中国人。”张金兴一看，正是自己在结婚的那一天何领事给他在张业记食品店门口拍的那张照片。

“你找对了，照片上的人就是我。请问你是谁？”

“我是约翰森医生，老约翰医生的儿子，你认不出我来了吗？”说着摘下礼帽，脱下大衣，仔细端详了张金兴老半天。“我的上帝呀！你怎么变成这个模样了？我真不敢认你了！当初是你给我们拿到了去中国的签证，我们全家都牢记着这件事。”

这才几年的时间呀，约翰森和他爸爸一样留起了长长的胡须，比以前胖了很多，只是那双炯炯有神的蓝绿色眼睛、褐色的头发和突出的颧骨与以前完全一样。

约翰森动容地说：“你的变化太大了，你怎么瘦成了这样？头发也花白了，背也驼成这样，满脸都是皱纹了。你一定受了很多苦吧！”

“我还是算幸运的，总算活到了今天。你还记得首饰街上那些中国人吗？1944 年 5 月首饰街上没来得及逃走的中国人全部被盖世太保抓走，有的人死在监狱里，有的人死在集中营里，没有几个人活下来。我是从集中营死里逃生的。”

“我到谷物街和首饰街都去看了，很多建筑物都被炸坏了，原来我们开诊所的那个楼房已经再也找不到了。首饰街双号的那一侧全被炸成废墟，我居然没有找到 18 号你们那个张业记食品店的痕迹。真够惨的呀！好不容易才在这里看到一家中国饭店，没想到还真找到了你。我爸爸妈妈嘱咐我一定要找到你。”

“他们都好吗？你们在中国过得好吗？”

“我们先到了上海，那时日本人已经占领了上海，那里也越来越不安全，总有传说德国人要叫日本人杀我们这些犹太人。日本人就乘机勒索我们这些人。我们联系到了张添林先生的朋友卓景荣博士，他说天津比较安全，我们一家就跑到了天津，卓景荣博士帮我们安顿下来。天津有很多租界地，我们准备在特别二区那里开诊所。恰巧这时在天津遇到了澳门的总督，我们以前在南美的时候就认识。他说日本人不敢打澳门，日本在南美葡萄牙殖民地有很多侨民，他们敢打澳门，葡萄牙就会报复。因此澳门最安全。他会全力帮我们在澳门开诊所。于是我们全家迁到了澳门。日本人果然没有占领澳门，我们总算一切顺利。”

“感谢上帝，保佑你们一家平安！我们原先还有个约定，只可惜，那个空竹再也找不到了，现在我们没法再一起抖空竹了。”张金兴十分惋惜地说。

“没关系的。我在天津买了一个二十响的刘海牌空竹。我爸爸妈妈说了，如果找到你，一定要把你带到澳门，那里是你的故乡。我们一定会给你安排非常好的工作。现在德国遍地都是废墟，估计短时间内不会恢复。澳门没有受到战争破坏，情况比德国要好得多。你还是跟我走吧！我们到澳门去一起抖空竹吧！”

“张大哥现在不在家。他这里也很缺人手，我真不忍心离他而去。让我考虑一下，好吗？我也要和张大哥商量商量。”

“那好吧！我要去柏林买一批医疗器械，过两天来找你。”

听说张金兴要回国的消息，张添林两眼紧盯着那幅风景画沉思起来。自己 19 岁就来到德国，这么多年经历了那么多的事情，我的归宿应该在哪里呢？家乡已经没有亲人了，我也要回国去吗？买下这家旅店之后，已经没有什么钱了，我真要回国怎样谋生呢？现在这里经济这么差，想再卖掉旅店几乎是不可能的。我要走了，我的宝贝女儿怎么办呢？难道让她也跟我一起到中国去吗？我的女儿一句广东话都不会说，中国的文化氛围和广东亚热带湿热的气候她能适应吗？千头万绪涌上心头，真是剪不断，理还乱。

“金兴兄弟呀，我真是舍不得让你走啊。你要是走了，我这里连一个朋友都没有了，我和谁去说说知心话呀？厨房里也没有好厨师，只能我披挂上阵了。可是我想来想去，就按我们中国人的老话说吧，少年出外老大回，总要落叶归根吧！况且你还有这个好机会，那个犹太人肯帮助你，澳门那个地方你也很熟悉，情况也比这里好。你在这里无家无亲，没有牵挂，收拾行李就可以回家。我真比不了你，我身上的包袱太重了，想回家乡都拔不出腿啊。我今后只能在这里和女儿相依为命了。将来说不定要客死他乡了！”说着说着掉下泪来，掏出一个厚厚的纸包递给张金兴，“这点钱你拿着吧！回国安家用得着的。再娶个媳妇儿，成家立业，生几个子女。”

“这些钱你还是留着用吧。现在生意不好，你也缺钱呀！我回到中国总有办法赚钱。我真不想离开你啊！”张金兴紧紧握着张添林的手，十分恳切地说：“我走以后有点事要拜托你。我就是总想着莫妮卡和其他死难的弟兄们。请你在每年的11月份到莫妮卡的墓前替我放一束鲜花，点一支蜡烛吧。”

“这个你放心，我不但在每年的11月洋人的扫墓季节，在我们中国的清明节、盂兰盆节我都会拿一大束鲜花到墓地去，在莫妮卡、胡烈坚、梁勇、陈厚宝、李老板、老高、小李和所有的华侨遇难者墓前摆放鲜花，点亮蜡烛。我也非常怀念他们呀！比起他们来，我们真是太幸运了！”

张添林把那包钞票塞到张金兴的手中：“不过这些钱你还要拿着，你可千万不要推辞呀！我也有事要拜托你。这边的报上没有中国的消息，回国以后要经常给我写信来，把家乡的各种新闻告诉我。”

“大哥，你可要多保重啊！”张金兴说着，跪了下来。张添林也跪了下来，两人跪在地上抱头痛哭了起来。

为了把大批医疗器械顺利地运回澳门，约翰森决定乘船先去香港。他买了两张英国邮轮的头等舱船票。坐火车要换很多次车，西伯利亚铁路也不安全。

令人难过的分离时刻终于来了。威廉上校开着一辆中吉普车来了，他把行李装进车里，握着张金兴的手说：“迈克尔的案子结束了，他被判无罪！你的证词起到了关键作用。他很感激你。不过他也被强制退休，回到他的弗吉尼亚的农场种花生去了。其实这也是很好的结局，谁知道我退役以后会干什么去呀！”

约翰森医生到香港旅店来接张金兴，顺便和张添林告别。他们两人紧紧握手，张添林说：“你父亲和你都是好医生，这么多年来给我们这些华侨解除了很多病痛，我们永远感谢你们。”约翰森说：“你们中国人也给我们帮了很多忙。金兴冒着风险跑来跑去帮我们拿到签证，让我们能及时逃脱纳粹的魔掌。你那位好朋友卓景荣博士也给我们帮了很多忙。他现在是天津邮政总局的专职医生，这是他的地址和电话号码，你可以和他联系。你们还记得那位何领事吗？我在南京看见他了，他为我们犹太人发了几千份生命签证，我们一家曾经登门当面向他道谢。他现在还是那么忙忙碌碌的，正在为汉堡人拉贝先生筹集募捐。拉贝先生现在住在柏林。他先后被英国人和俄国人逮捕，从监狱出来以后，贫病交加，几乎陷入绝境。他帮助过的南京人没有忘记他，纷纷为他慷慨解囊。但愿上帝保佑何领事和拉贝先生这些国际义人——这些伟大的好人！”

舒马赫夫妇也闻讯赶来。当年风度翩翩的绅士淑女，现在成了风烛残年的老人。他们相互搀扶着来为张金兴送行。舒马赫先生展开一份当天的报纸，指着一条新闻说：“真是善有善报恶有恶报啊！你们看这里：前纳粹党卫军上校埃里希·哈尼施得知要被引渡到波兰受审后，昨晚在英国人的 Neuengamme 拘留营中上吊身亡。”张添林长长地舒了一口气：“这个恶魔总算下地狱去了。他畏罪自杀了，逃过了我们正义的审判，真是太便宜他了！”张金兴说：“我走之前能听到这个消息，也算对我最大的安慰了。他残害了莫妮卡，残害了那么多中国人和波兰人。上帝绝不会宽恕他的！”

舒马赫太太打开一个纸盒，拿出一顶崭新的德国式礼帽，亲手戴在张金兴的头上。“海上风大呀！戴上这顶帽子挡挡风吧！”

“太感谢你了，舒马赫太太！还有几个中国兄弟在你的农场里干活，请你今后要多多关照他们。我们这些中国人永远不会忘记你们这些真心实意帮助过我们的善良的德国人！你们年纪也大了，也要注意身体，多保重啊！”

舒马赫太太不停地用雪白的手帕擦着眼睛，一句话也说不出来了。舒马赫先生声音颤抖地说：“你放心吧！我会照顾好你的中国兄弟，我们会永远怀念你们这些勤劳诚实的中国人。”

玛丽埃塔匆匆地跑过来，把手里的一束鲜花递给张金兴：“祝你一路平安，一定要经常写信来呀！”张添林把一件早已准备好的厚呢子大衣披在张金兴的身上，“在海上挡挡海风吧！”

“谢谢你，张大哥！我一定会回来看望你的。我到澳门安顿好后立即给你写信。你有机会一定回国找我们啊！”张金兴反复说了好几遍。张添林流着眼泪说：“天知道我这辈子还能回家乡吗?!”张金兴连忙安慰他说：“大哥说哪里话，你一定能回家乡，我等着你！”

张金兴恋恋不舍地拉着满头白发的耶格夫人的手说：“多保重啊，耶格夫人。我特别留恋我们和莫妮卡一起度过的美好时光。我们再也见不到莫妮卡了。你可一定要多保重啊！”

威廉上校开车把大家送到码头。这个码头正是张金兴 1918 年从勇士号下船的那个码头。日月穿梭，时光荏苒，转眼 28 年就这么过去了！

张金兴一步一回头地走上舷梯，站在船舷边不停地挥舞着礼帽向大家致意。岸上送行的人也朝他不停地挥手。他看到张添林不停地擦着眼泪，玛丽埃塔哭了起来。

白色的英国邮轮起航了。船上和岸边的人都在不停地挥手告别。人们的喊声被隆隆的发动机和涡轮拨水的声音淹没。巨大的邮轮在汹涌澎湃的易北河中顺流而下。张金兴忽然从衣袋里掏出莫妮卡那条紫色的围巾，挥舞着向告别的人们致意。船上的人影越来越模糊了，可是那条挥舞着的紫色的围巾在蓝天的衬映下依然分外夺目。

船影越来越小，慢慢地从人们的视线中消失了。

后 记

张添林先生的女儿玛丽埃塔（张雪芳）拿出了一张1948年拍摄于汉堡绳索街的照片给我们看。“这是我们一家最幸福的时光，爸爸和妈妈走在我的两旁，我走在中间，笑脸像盛开的鲜花。当时我们就住在香港酒楼的楼上。”

玛丽埃塔从学校毕业后在柏林好几个公司工作过，她还有过一段失败的婚姻。后来又回到汉堡爸爸身边。爸爸变成一个非常孤独的人，经常沉默寡言，从来不谈他在监狱中受的苦难。尽管他的德语非常流利，但有很长时间他拒绝说德语。我始终不知道，到底有多少不幸的事情发生在他身上。他从来不主动向我说他的苦难经历，我只知道他在修建汉堡到哈堡的铁路中做过苦工。现在真后悔，为什么那时候没有仔细地询问他。

“爸爸总是静静地坐在自制的厨房的凳子上，注视着门上的镜子来观察店堂里发生的一切。他不愿意让客人看到他。我觉得他是个严厉的人，但是他从来不说尖酸刻薄的话。如果你缺钱用，你是一个勤劳正直的人，爸爸肯定会慷慨解囊相助。

“他请圣保利的画家罗斯画了一幅中国山水画，挂在进口的右侧。虽然随着年月这幅画慢慢褪色，他总是深情地看着这幅画。

“1983年爸爸中风去世，我继续经营香港酒楼。我取消了餐厅，只保留了酒吧。我这里再也没有馄饨汤和春卷，只有皮尔森啤酒和鸡尾酒了。在酒吧正面墙的上边，我在中间挂上了爸爸年轻时的照片，左边挂上了他老年的肖像画，右边挂上了最早的香港酒楼营业执照。我把以前的明信片和旧的钱币作为特色装饰。

“爸爸去世前的最大愿望，就是想把遗体埋在中国。他手里只有中华民国的护照，他的这个愿望没能得到实现。”

德国人没有忘记当年的汉堡唐人街。虽然很多资料在战争中丢失，德国的历史学家 Lars Amenda 还是根据收集到的材料发表了汉堡华人的研究成果（详见参考文献）。

四名德国学生在首饰街拍摄了电影——《陌生的家乡》。该片获得 2009—2010 年举办的中德科教年电影短片竞赛一等奖。

中国驻德国大使馆为拍摄这部电影给予了大力支持。

德国 TEDETV 电视在 2013 年 2 月 21 日出版了纪念汉堡唐人街的视频节目，实地采访了香港酒楼的现任老板——张添林先生的女儿玛丽埃塔女士。在此片中介绍了当年唐人街的情况以及华人遭到纳粹迫害的详情。

玛丽埃塔非常高兴地看到了以他父亲的经历拍摄的影片和撰写的文章。她说：“我只想告诉人们，我爸爸是非常正直勇敢的人，一个在德国汉堡生活多年、非常诚实的中国人。”

一些德国的历史学家和艺术家还搞了很多纪念活动。1996 年，汉堡圣保利档案协会先是在首饰街上树立了一块很大的临时性纪念牌。1998 年，两位德国学者在首饰街 13 号对面的一个角落里设立了永久性的纪念牌。

首饰街的北侧建筑（原双号一侧）在战火中被完全摧毁，没有重建。现在已经改建成为绿地和一个足球运动场，历史学家们曾经在那里组织了纪念性的足球赛。

首饰街的南侧现存 1 号到 15 号，是几幢新旧相间的楼房，楼房之间断开的部分是被炸毁楼房形成的空地。5 号楼和 9 号楼（白色楼房）是战前所建，虽然窗子和外墙已经更新，建筑结构还是基本保持原貌，特别是地下室还保持原来的状态。7 号和 11 号红色楼房是 1994 年新建的住宅楼。在 7 号的门口的地面上，可以看到艺术家们为胡烈坚先生制作的黄铜纪念砖。

长晨集中营的遗址现存很少。找到的照片只是集中营的一角。在高萨尔岛上的153路公共汽车的Eversween Nord车站旁树立着一块蓝底白字的纪念牌，记载着当年那个恐怖的强制劳动集中营的概况。

作为纪念地，那个位于Holstenglacis大街3号的调查监狱和福尔斯布特监狱，完好地保留了下来，门口钉着蓝底白字的纪念牌，提供了当年纳粹犯罪的铁证。

在埋葬着部分中国遇难者的欧勒斯多夫墓地，矗立着高大的纳粹时期受难者纪念碑，纪念那些在1933年到1945年纳粹统治期间的各国遇害者。

附录：本书中一些人物的资料

1. Chong Tin Lam 张添林（护照上的中文名）

1907 年 7 月 14 日生于广州，1983 年病逝于汉堡。

1926 年来到汉堡。1938 年在 Hamburg Berg 14 号开设香港酒楼。和一位波兰女士 Lina Donatius 共同生活。1942 年，他们的女儿张雪芳（旧护照上的中文名），即 Marietta Solty 出生。他在战争期间与中国驻柏林领事馆合作，为一些中国人办了港澳通行证。1944 年 5 月 13 日在盖世太保的“中国行动”中被捕，被先后关押在 Fuhlsbüttel 等三处监狱，受到残忍的虐待。1945 年战争结束时，他回到了汉堡，成为纳粹政权受害者协会的成员，并重开他的香港酒楼，但是他的索赔要求被拒。1983 年中风后病逝。她女儿继续经营香港酒楼至今。

（附件有他不同时期的几张照片，以及他的证件扫描件。）

2. 陈纪林（1877—1948）

最早来到汉堡的宁波人之一。早年在德国船上做水手。1920 年在汉堡 Hopfen 街租房建立了水手馆。1929 年在大自由道 24 号（当时的长城酒家）成立的中华会馆任首任会长。他在 Ohlsdorf 墓园建立了“华侨公墓”（碑文由驻德公使蒋作宾题写）。1933 年回国，在上海成立办事处。

其子陈顺庆（1908—1971），1925 年到达汉堡，接手水手馆的工作。“二战”中，克服重重困难，帮着在德国陷入绝境的中国海员经意大利 Trieste 港回国。1954 年任中华会馆会长。1962 年买下 Im Winkel 街 5 号的一幢楼房，成立了中华海员之家。

第三代陈名豪 1942 年出生。1958 年来到汉堡，继承并发展了中华海员之家的事业。1994 年被选为中华会馆会长。

3. 拉贝先生

人物原型是约翰·拉贝（John Rabe）。1882 年 11 月 23 日出生于德国汉堡，1950 年 1 月 5 日逝世于柏林。

1908 年来到中国。1938 年任西门子公司驻华总代表。南京大屠杀时，和其他西方人一起建立了 3. 88 平方公里的安全区，为大约 25 万中国难民提供了避难的场所，在他自家的花园中庇护了 600 名左右的难民。后来被西门子公司召回。由于在德国多次公开演讲揭露日军暴行，被盖世太保逮捕。他拍摄的南京大屠杀的照片被没收。“二战”结束后，拉贝因曾是纳粹党员先后被苏军和英军逮捕。1946 年被无罪释放，生活拮据。南京市民的捐助及中国政府的接济让他一家渡过战后的难关。1950 年 1 月 5 日在柏林中风逝世。其日记资料由他的家人保存。1996 年拉贝日记重见天日，据此拍摄的电影《拉贝日记》在全世界受到广泛好评。

4. 何领事

人物原型是何凤山先生。1901 年 9 月 10 日生于湖南益阳，1997 年 9 月 28 日逝于美国旧金山。

1929 年进入德国慕尼黑大学，1932 年获得政治经济学博士学位。1938 年至 1940 年任中国驻维也纳总领事。基于人道主义立场，何领事冒着极大的风险，向数以千计的犹太人发放了“生命签证”。纳粹当局以总领事馆原属于犹太人房产为由，将总领事馆没收。何领事自费在约翰巷 22 号租下一套小公寓，把总领事馆搬到那里，继续发放签证。何凤山先生去世后，他当年解救的幸存者把证据送到以色列大屠杀纪念馆。经过仔细评审，“国际义人授命委员会”

决定授予何凤山先生“国际义人”的称号。

（何凤山先生的纪念碑照片请看附件）

5. Woo Lie Kien 胡烈坚（音译）

1885 年 9 月 8 日生于广东开平，1944 年 11 月 23 日在汉堡遇害。

1926 年定居在汉堡。他住在首饰街 7 号，1936 年在首饰街 9 号开设餐厅，这里也是中国海员的聚会场所。他于 1944 年 5 月的“中国行动”中被捕，关进 Fuhlsbüttel 监狱，遭受酷刑后死于 1944 年 11 月 23 日。被安葬在 Ohlsdorf 万国遇难者墓地。

（为了纪念他，在首饰街 7 号门前专门钉了一块铜质纪念砖，见附件照片。）

6. Kam Sing Fok 霍金兴（音译）

广东人，生卒日期不详。

1930 年开始在首饰街 18 号经营餐馆 Wong Fu，按发音及与照片比对，应为黄埔饭店。他和汉堡圣保利当地女士共同生活，他们的儿子在 1930 年出生。霍先生在 1944 年 5 月的“中国行动”中被捕。受尽折磨但劫后余生，战后回到汉堡，在谷物街又开了一家中国餐馆。

注：在我能查到的文献当中，只有霍金兴先生和首饰街 18 号有关。当时他经营的饭店名为黄埔饭店。还能找到一张不太清楚的照片。另一张照片上的首饰街 18 号是张业记 CHOP SHUY，对比两张照片上的灯箱影像，应该是同一个地方。张业记的老板应该是姓张，因此本书的主要人物取名为张金兴。

首饰街上的纪念牌请看附件照片。

据圣保利档案协会的人讲，纪念牌上的这张照片是合成的，因此很难推断照片上那位男士的真实身份。

7. Liang Wong 梁勇（音译）

1904 年生，经历不详。1944 年 5 月和其他中国人在“中国行动”中一起被捕，后被送往 Langer Morgen“朗格摩根”集中营强制劳动，受尽虐待，于 1945 年 2 月 28 日死于该集中营。后被安葬在 Ohlsdorf 万国遇难者墓地。

8. Chan Ho Bau 陈厚宝（音译）

1897 年 9 月 2 日生，经历不详。1944 年 5 月和其他中国人一起被捕，后被送往 Langer Morgen“朗格摩根”集中营强制劳动，受尽虐待。于 1944 年 10 月 22 日死于该集中营。后被安葬在 Ohlsdorf 万国遇难者墓地。墓碑上的名字是 Bau Chan Ho，虽然姓名拼写顺序有别，但生卒日期正确，可以认定是陈先生的墓碑。

9. 卓景荣医生

留德医学博士。20 世纪 40 年代学成回国。医术高超，在天津西医界享有盛名。他还是京剧票友。回国后在天津市邮局做专职医生，直到退休。

10. 埃里希·哈尼施（Erich Hanisch（？—1948））

纳粹党卫军头目，策划并实施了针对华侨的“中国行动”。1944 年 5 月 13 日带领 200 多名秘密警察逮捕了汉堡首饰街及周边的全部华人。埃里希·哈尼施还亲自指挥和实施对华人的酷刑和虐待。他在波兰也犯下严重罪行。战后被俘。1948 年在他被引渡到波兰受审的前夕，在当时英国人的 Neuengamme 拘留营中上吊身亡。

11. 约翰尼斯·罗德（Johannes Rode）

生卒日期不详。“朗格摩根”强制劳动集中营的第一任指挥官。此前是福尔斯布特监狱的监狱长。他直接指挥了残害各国人士的行动。

参考文献

有关德国汉堡华人历史的书籍

Lars Amenda: *China in Hamburg*

Verlag: Ellert & Richter; Auflage: 1. Auflage (17. Oktober 2011)

Sprache: Deutsch

ISBN-10: 3831904537

ISBN-13: 978-3831904532

有关 1944 年 5 月 13 日“中国行动”的参考文献

网页：http://de.wikipedia.org/wiki/Chinesenaktion

参考文献

- Lars Amenda: *„Chinesenaktion“: Zur Rassenpolitik und Verfolgung im nationalsozialistischen Hamburg.* In: ***Zeitschrift des Vereins für Hamburgische Geschichte.*** Band 91, 2005, S. 103–132, abgerufen am 12. Februar 2013 (deutsch).
- Lars Amenda: *Fremde, Hafen, Stadt. Chinesische Migration und ihre Wahrnehmung in Hamburg 1897–1972* (= *Forum Zeitgeschichte.* Bd. 17). Dölling und Galitz, München u. a. 2006, ISBN 3-937904-36-0 (Zugleich: Hamburg, Universität, Dissertation, 2004).

相关链接

- *Das Ende von Chinatown auf St. Pauli.* In: ***WDR 1 - Stichtag.*** 13. Mai 2004, abgerufen am 13. Februar 2013 (deutsch).
- Hanna Huhtasaari: *Opium und Pils vom Fass - Hamburgs vergessene Chinatown.* In: ***SPIEGEL ONLINE.*** Abgerufen am 13. Februar 2013 (deutsch).
- Renate Wilke-Launer: *Chinatown an der Alster.* In: ***der überblick, 04/2007.*** S. 124, abgerufen am 13. Februar 2013 (deutsch).

有关 Langer Morgen“朗格摩根”集中营的参考文献

网页：http://de.wikipedia.org/wiki/Arbeitserziehungslager_Langer_Morgen

参考文献

- Herbert Diercks: *Der Hamburger Hafen im Nationalsozialismus. Wirtschaft, Zwangsarbeit und Widerstand*; herausgegeben von der KZ-Gedenkstätte Neuengamme, Hamburg 2008 (Das Heft basiert auf der Ausstellung *Der*

Hamburger Hafen im Nationalsozialismus im Hamburger Rathaus vom 25. Januar bis zum 17. Februar 2008 und weiterer Termine.)

- Landeszentrale für politische Bildung, Freundeskreis KZ-Gedenkstätte Neuengamme e.V. und KZ-Gedenkstätte Neuengamme: *Zwangsarbeit in der Hamburger Kriegswirtschaft 1939-1945*, Hamburg 2007; auch als pdf-Datei: Booklet (PDF; 57 kB)
- Gabriele Lofti: *KZ der Gestapo. Arbeitserziehungslager im Dritten Reich*, Stuttgart (Deutsche Verlagsanstalt), 2000 ISBN

相关链接

- Landeszentrale für politische Bildung, Interaktive Karte: Zwangsarbeit in Hamburg abgerufen am 11. Januar 2010

福尔斯布特等纳粹监狱相关文献：

网页： http://de.wikipedia.org/wiki/KZ_Fuhlsb%C3%BCttel

参考文献

- Herbert Diercks: *Gedenkbuch „Kola-Fu“. Für die Opfer aus dem Konzentrationslager, Gestapogefängnis und KZ-Außenlager Fuhlsbüttel.* KZ-Gedenkstätte Neuengamme, Hamburg 1987.
- Herbert Diercks: *Die Wachleute des KZ Fuhlsbüttel ab 1948 vor Gericht.* In: Kurt Buck (Red.): *Die frühen Nachkriegsprozesse.* Herausgegeben von der KZ-Gedenkstätte Neuengamme. Edition Temmen, Bremen 1997, ISBN 3-86108-322-1, S. 75–92. (*Beiträge zur Geschichte der nationalsozialistischen Verfolgung in Norddeutschland* 3)
- Herbert Diercks: *Hamburg-Fuhlsbüttel.* In: Wolfgang Benz, Barbara Distel (Hrsg.): *Der Ort des Terrors.* Band 2: *Frühe Lager.* Beck, München 2005, ISBN 3-406-52962-3, S. 112–119.
- Detlef Garbe: *Institutionen des Terrors und der Widerstand der Wenigen.* In: Forschungsstelle für Zeitgeschichte in Hamburg (Hrsg.): *Hamburg im Dritten Reich.* Wallstein Verlag, Göttingen 2005, ISBN 3-89244-903-1.
- Werner Johe: *Neuengamme. Zur Geschichte der Konzentrationslager in Hamburg.* 2. durchgesehene Auflage. Landeszentrale für Politische Bildung, Hamburg 1981.
- Henning Timpke: *Das KL Fuhlsbüttel.* In: Martin Broszat (Hrsg.): *Studien zur Geschichte der Konzentrationslager.* Deutsche Verlags-Anstalt, Stuttgart 1970, S. 11–28. (grundlegend) (*Schriftenreihe der Vierteljahrshefte für Zeitgeschichte* 21, ISSN 0506-9408)

相关链接

- Gedenkstätte Fuhlsbüttel
- Willi-Bredel-Gesellschaft – Geschichtswerkstatt e.V.
- Evakuierungsmarsch nach Kiel-Hassee

声　明

本书中真实的外籍人物姓名均采用文献中的德文姓名的中文音译。出于对老一辈华侨的敬仰之心，本书里中国人物陈纪林、张添林是真实姓名，希望他们能永垂海外华侨青史。其他中国人物的汉语真实姓名均无从查证，只好采用文献中德文姓名的中文音译。人物姓名的来源详见本书附录。除此说明之外，其余中外人名均为虚拟。如有雷同，纯属巧合。本书中涉及的历史事件的时间地点力求准确无误。